その呪物、取扱注意につき

歪《いびつ》な神様

角川文庫
24623

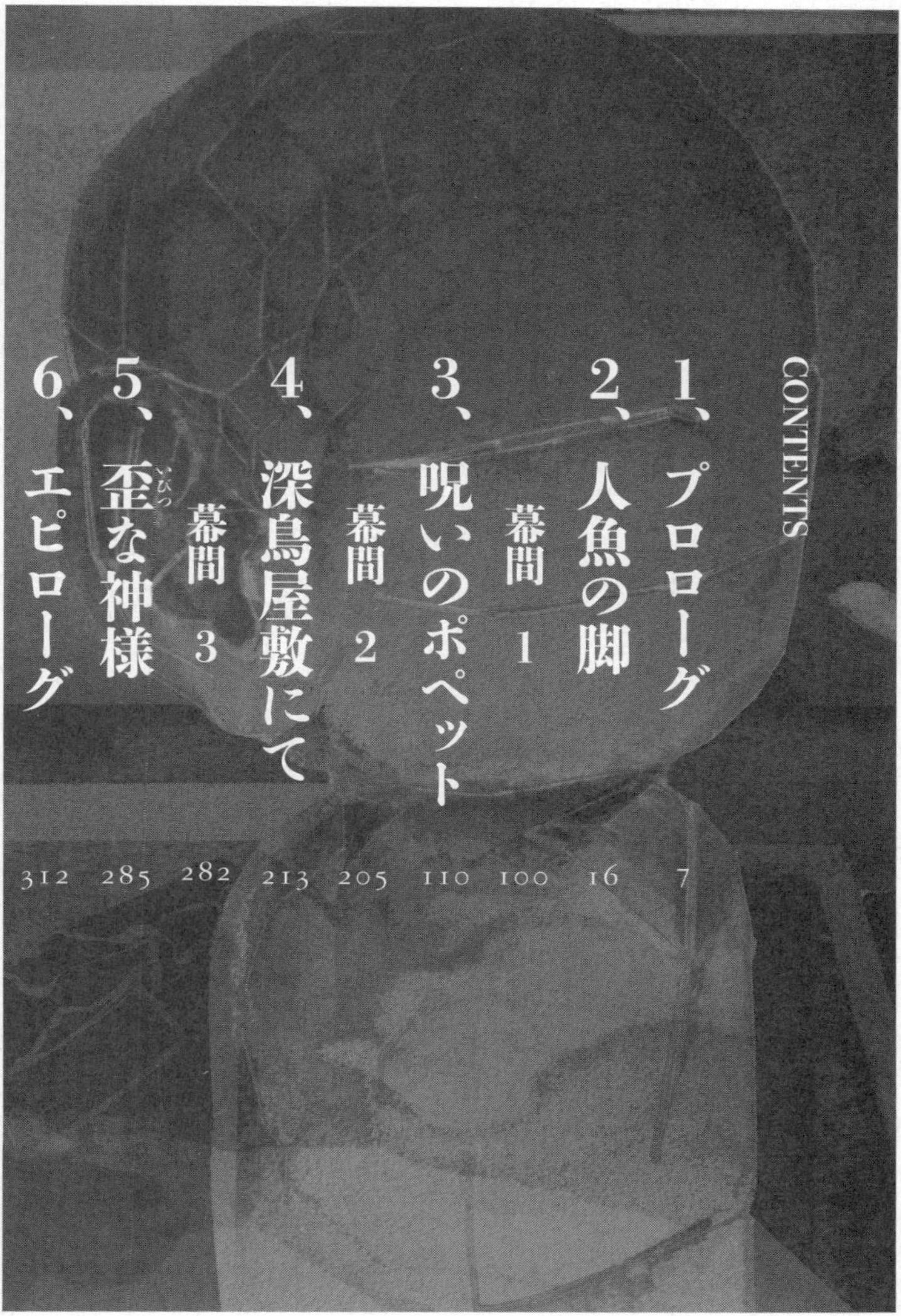

CONTENTS

登場人物紹介

成瀬義人（なるせ・よしひと）

交番勤務の警察官だったが、
ある事件を契機に「カナリア」の
一員となる。ある特殊な「資質」を
持っている。趣味は料理と山歩き。

九尾天全（きゅうび・てんぜん）

強い力を持つ霊能者。
占いショップを営みつつ、
霊視や除霊を請け負っている。
外国にルーツを持つ美しい容姿の持ち主。
日常生活はかなり雑。

イラスト／アオジマイコ

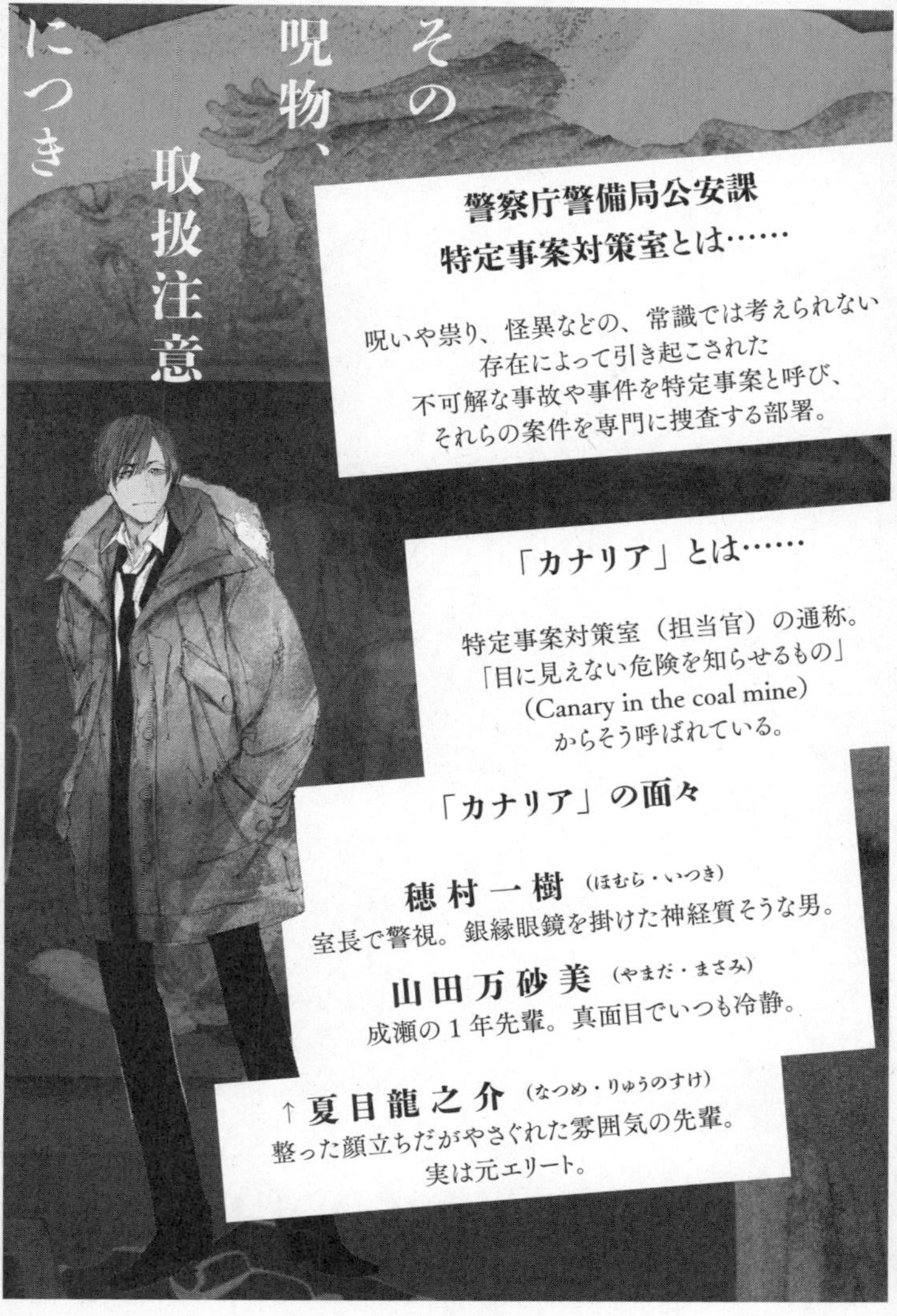

その呪物、取扱注意につき

警察庁警備局公安課
特定事案対策室とは……
呪いや祟り、怪異などの、常識では考えられない
存在によって引き起こされた
不可解な事故や事件を特定事案と呼び、
それらの案件を専門に捜査する部署。

「カナリア」とは……

特定事案対策室（担当官）の通称。

「目に見えない危険を知らせるもの」

（Canary in the coal mine）

からそう呼ばれている。

「カナリア」の面々
穂村一樹（ほむら・いつき）
室長で警視。銀縁眼鏡を掛けた神経質そうな男。
山田万砂美（やまだ・まさみ）
成瀬の１年先輩。真面目でいつも冷静。
↑夏目龍之介（なつめ・りゅうのすけ）
整った顔立ちだがやさぐれた雰囲気の先輩。
実は元エリート。

1、プロローグ

その場所に向かう道の途中には、深い谷間が横たわっていた。

以前は吊《つ》り橋が架かっていたのだが、四年前に老朽化によってワイヤーが何本か切れて、グレーチングの橋板が落下してしまった。

以来、吊り橋は修復されず、その場所に向かうには、谷底へと下りてから、上流の浅瀬を通って、彼岸へと渡らなければならなくなった。

一応、谷底へ続く石灰質の岸壁には、釣り人のために作られた鎖場があったが、すでに蔦《つた》や好石灰岩植物の中に埋もれてしまっていた。渓流の流れる音だけが繰り返され、ときおりどこぞの梢《こずえ》から響き渡る、山鳥の羽ばたきや鳴き声が聞こえるのみであった。

しかし、二月も終わりに近づいたある日の早朝。いつもと変わらない渓流の流れる音と重なって、鎖がたわむ音と草木の葉擦れが微《かす》かに聞こえてくる。

大きなリュックを背負った大柄な男が赤茶けた鎖を握りながら、慎重に足場を確認しつつ谷底へと下りようとしていた。蛍光グリーンのマウンテンパーカーとベージュのカーゴパンツを身に着け、目深に被《かぶ》った黒のキャンプハットから覗《のぞ》く白髪と細い目が特徴的だった。

名前を新垣真一《あらがきしんいち》という。

元々は神社仏閣に忍び込んで神仏の像や祭器を盗み、海外に売りさばいていた。その過程で本物の呪物《じゅぶつ》と出会い、そういったものが高値で取引されている事を知る。今ではもっぱらSNSで危険な呪物を専門に売買するようになっていた。数年前に不法侵入で捕まってからは大人しくしていたのだが、最近金が無くなり、彼の胸のうちで悪い虫が騒ぎ出してしまった。

新垣がこれから向かおうとしているのは、オカルトマニアには有名な場所で、吊り橋が落ちる前は多くの人が訪れていたのだという。地上波で心霊番組が全盛の時代は、その異様な光景を収めようと、テレビ局のロケ隊がやって来た事もあったらしい。

しかし、今となっては誰もがその場所の事を忘れていた。

新垣の目的は、その場所に祀《まつ》られたそれを持ち出して、高値で売る事にあった。

そういった場所にあるものは、所有者が不明なものが多く被害届も出されにくい。防犯設備もとうぜんながら整ってはいない。それを欲しがりそうな海外のマニアにも心当りがある。彼のような盗人としては、明らかに狙い目であった。

しかし、往々にして、そういった人里離れた場所には、人智の及ばない何かが住んでいる事を、このときの彼は理解できていなかった。

ようするに新垣真一は舐《な》めていたのである。

◇◇◇

ようやく肌寒さが薄れ始めてはいたが、その日の空は今にもぐずつきそうな灰色だった。

都内某所の歓楽街の一角に所在する回転寿司《ずし》屋の入り口には、ランチタイムである事を告げる手書きの立て看板があった。二階はファストフード店となっており、通りに面した窓際の席には、学生らしい若者やノートパソコンに向き合うサラリーマンの姿が窺《うかが》えた。

その向かい側だった。うらぶれた雑居ビルの地下へと続く階段を下りるのは、だらしなく着崩した黒のスーツとモッズコートをまとった痩身《そうしん》の男であった。首元からぶらさげたネクタイも黒で、インナーにはネイビーストライプのシャツを着ていた。垂れ目で顔立ちは整ってはいたが、どこかやさぐれた雰囲気を感じさせた。

特定事案対策室所属の〝カナリア〟夏目龍之介《なつめりゅうのすけ》である。

そのまま彼は階段を下った先にある『Ｂａｒ 東カリマンタン』の扉口を潜り抜けた。

この店は、店主の鈴木龍玄《すずきりゅうげん》が、修業時代に長く滞在していたインドネシアをモチーフにしていた。

いつもは足を踏み入れた瞬間に異国の夜の歓楽街を思わせる原色の照明が目に付き、

ムーディーなインドネシア語のBGMが耳を打つのだが、このときはまだ開店前の時間で店内は薄暗く静まり返っていた。

店主の鈴木も起きたばかりらしく、そのトレードマークのモヒカンはかろうじて整えてあったが、衣服はやぼったい白のサイドライン入りの黒ジャージであった。彼は如何《いか》にも眠たそうな顔で、店内奥の観葉植物の鉢に小鍋《こなべ》で汲《く》んだ水をあげていた。

そんな鈴木の姿を目にすると、夏目はぞんざいに右手だけの敬礼をして声をあげた。

「……うっす」

すると、店内左手に位置するコの字形のカウンターに着いていた先客が「先輩、遅いです」と声をあげた。

背中まで届く髪を後頭部で一つにまとめた女で、ダークグレーのパンツスーツをまとい、お堅い印象の黒縁眼鏡を掛けていた。名前を山田万砂美《やまだまさみ》という。彼女もまた〝カナリア〟の一人だった。

その山田に向かって夏目はヘラヘラと笑う。

「ごめん、ごめん……て、別に遅刻してないじゃん」

そう言って、夏目はオリエンタルな柄の壁掛け時計の文字盤へと目線を向けた。時刻は集合予定時間から三十秒しか経っていない。しかし、山田は冷たい声音で言い返す。

「五分前には来てください」

「山ちゃん、ぜったい学生の頃に『ちょっと、男子～』とか言ってたタイプでしょ？」

そう言って、夏目は欠伸《あくび》を一つかまし、山田から少し離れた場所に腰をおろした。そして、何かを言い掛けた彼女を無視して、鈴木に向かって声を掛ける。

「ほんで、鈴木さん、話って何？」

この日は鈴木の方から彼らに話があると連絡があり、こうして集まる事となった。

その呼び出した当人は、ガラジウムの鉢の上で傾けていた小鍋を空にすると、カウンターの方に戻りながら語り始めた。

「……昨日、常連客が店を出て、このビルの前でとつぜん胸を押さえて踞《うずくま》って、そのまま亡くなった。死因は心筋梗塞《こうそく》って事になってる。名前は馬場《ばば》房信《ふさのぶ》。歳は四十三。丸《まる》の内《うち》にある外資系企業の管理職で月に二度くらいは店に顔を出していた」

「なるほど。それで、鈴木さんの見立ては？」

その夏目の質問に、鈴木はカウンターのスイングドアを通り抜けて、シンクの近くに小鍋を置いてから答える。

「間違いなく呪殺よ」

鈴木龍玄は特定事案対策室に協力する民間の霊能者〝狐狩《きつねが》り〟の一人でもあった。彼はジャージのポケットからマールボロとオイルライターを取り出して煙を燻《くゆ》らせる。そして、その常連客の死因について付け加える。

「救急車に運ばれる直前の馬場さんに触れたとき、一瞬だけ視えたわ。針に胸を刺された黒い人形が。これは、マジカルポペットによる呪殺よ」

すると、これまで黙って話を聞いていた山田が声をあげた。

「それって、呪いの人形の事でしたっけ？　布や粘土などで作られた呪術用の人形で〝願掛け人形〟などとも呼ばれる……」

彼女の言葉に鈴木は首肯して煙を吐き出すと、シンクの底にあったアルミの灰皿にマールボロの灰を落とした。

「そんなに強い力を持った呪物じゃないんだけどね。別な儀式と組み合わせる事でより強い力を発揮するわ。例えば、対象の髪や爪、写真などで関連付けの儀式を行うとかね。そうする事で、遠く離れた人にも影響を与える事ができるけど、人を殺すとなると更に高度な儀式が必要になる」

〝ブードゥードール〟という名称でも有名だが、これはフィクションの影響によるもので、実際のブードゥー教とは関係がなく、人形を使った類似の呪術は世界各国の様々な文化圏で見られる。

「すぐに霊視で人形の位置を辿《たど》ろうとしたけど、駄目だったわ。ポペットは探知がしづらいの」

関連付けの儀式を行った人形が対象に向けて呪いの力を放っているとき以外は、普通の人形と区別がつきにくく探知は困難である。例えば今回ならば人形を針で刺しているときは呪いの力を辿る事ができるが、抜いてしまうと探知ができなくなる。これは、どんなに卓越した霊能者でも例外はないそうだ。

どうやら、鈴木が霊能力でポペットの呪いを辿ろうとした直後に、人形に刺さっていた針は抜かれてしまったらしい。

「もう少し、表の騒ぎに早く気がついていればね」

「探知されないように素早く針を抜いたとなると、プロの呪術師の犯行でしょうか？」

その山田の言葉に鈴木は渋い顔で頷《うなず》き煙を吐き出す。

「かもしれないわね……」

〝カナリア〟は特定事案の原因となりうる人物や団体などの監視も任務として行っている。そうした監視対象の中には危険な力を持った呪術師も含まれており、そうした人物の中に今回の一件の犯人がいるのではないかと、山田と鈴木は考えたようだ。しかし……。

「いや、そうとは限らない」

それは、ずっと黙り込んでいた夏目の声だった。山田が怪訝《けげん》そうに首を捻《ひね》る。

「夏目先輩、急に何ですか？」

「いや……」と言って、夏目はいつになく真面目な顔で答える。

「プロの呪術師ならば、霊視での追跡が困難だったとしても、被害者の周囲にそういった力を持った人間が確実にいないタイミングを狙うだろう」

「ああ……」と、山田は声を上げた。夏目は更に話を続ける。

「今回はかなり際どかったはずだ。もし、被害者がポペットの呪いを受けて、この店を出る前に死んだとしたら、流石に鈴木さんが探知できたでしょ？」

「ええ、流石にね」

と、鈴木が同意する。その答えを確認したあと、夏目は再び語り始める。

「もし、犯人が霊視による追跡を危惧《きぐ》していたなら、そうした状況はもっとも避けたいだろう。腕の立つ呪術師《じゅじゅつし》ほど、その辺りは抜かりなくやる。不測の事態に備えて、呪殺対象の身辺はしっかり調べるのがセオリーだから、被害者が常連だったこの店についてもすぐに解るんじゃないか？」

鈴木はときどき客相手に過去視を披露していた。

彼は霊的なものを判別したり、遠くにあるものを視たりするのは苦手らしいが、他人の記憶を探る過去視は得意だった。日時さえ解れば、その人物がそのとき何をやっていたのかをかなり正確に当てる事ができる。それゆえに、占いが得意なマスターがいるBａｒとして、この店はそれなりの知名度があった。

「ともかく、人形を使ったやつは、やり方を知ってるだけの素人だ。犯人は鈴木さんの事を知らない、もしくは、鈴木さんの霊能力を信じていない人間である可能性が高い……」

そこで夏目は山田がポカンとしながら自分の顔を見つめ続けている事に気がついた。

「どしたの？　山ちゃん」

「いや……いつもと違って、やる気あるなって」

「何を言ってんの。俺の売りは、やる気と元気よ？」

と、夏目がおどける。すると、鈴木が肩を竦《すく》めて山田に向かって言う。

「……夏目くん、ああ見えてもT大出の元エリートだから、やれば出来る子なのよ」

「仕事が出来るのは知ってますけど、いつもはもっと、目付きが死んでるのに……」

「ちょっと！　俺の事、何だと思っているの⁉」

と、夏目が抗議の声をあげると、鈴木は皮肉めいた言葉を投げ掛ける。

「ホント、馬鹿の振りやめれば、ちょっとは恰好《かっこう》いいんだけど」

ここで、いつもの夏目なら、ひねくれた言葉を返すはずだった。しかし、黙り込んでしまったので、鈴木は眉間《みけん》にしわを寄せた。

「どうしたの？　夏目くん」

「いや、ちょっと、昔の事を思い出しただけ」

夏目は何かを誤魔化すように、へらへらと笑って肩を竦める。

「そんな事より、今日はうちの大型ルーキーくんは、どこで何やってんの？」

〝大型ルーキーくん〞とは新人であるにも拘《かかわ》らず、コトリバコを用いた無差別連続呪殺事件の解決に大きく貢献した成瀬義人《なるせよしひと》の事である。

その夏目の質問に対して、山田が答える。

「成瀬くんなら、別件で九尾《きゅうび》先生と一緒です」

2、人魚の脚

暗闇の中、水が流れる音がして便所の扉が開き、薄暗い廊下に鬼灯《ほおずき》色の明かりが射し込む。その中に浴衣《ゆかた》姿の痩《や》せた男がそっと姿を現す。白髪が多く、歳は五十過ぎに見えた。寒さに肩をこわばらせ、眠たげな顔つきで眉間にしわを寄せている。男が吐き出す白い息が暗闇の中に溶け込んでいく。

春となり、ずいぶんと暖かくなったとはいえ、まだ夜間の気温は低い。

男はすぐに寝床へと戻ろうとしたが、無性に喉《のど》が渇いている事に気がついて台所へと向かった。入り口にあたる磨《す》り硝子の格子戸をそっと開き、左側の電気のスイッチを押した。

そして明るくなったとたん、男は寝ぼけ眼をいっぱいに見開く。

台所の入り口から正面奥の流し台へと続く床に、三人の男児が寝そべっていた。全員が坊主頭で年齢は七、八歳ぐらいだろうか。みすぼらしい着物をまとっていた。そして、彼らには脚がなかった。着物の腰のあたりから身体の丸みがなく、裾《すそ》が平たく潰《つぶ》れている。苦悶《くもん》の表情と呻《うめ》き声をあげて釣り上げられたばかりの魚のように床の上でのたうっていた。

恐怖で硬直した男が戸口で立ち尽くし何もできずにいると、最も近い場所にいた男児がまるで助けを求めるかのように右手を伸ばし、彼の左足首を掴《つか》んだ。すると、男児の全身が、右手からどろどろに腐り果てる。

男の絶叫が轟《とどろ》いた。

◇◇◇

「脚のない子供の幽霊を見たんです……」

そう言った男は、昔の文豪を思わせる陰気な表情をしていた。茶色い着流しをまとい、腰には紺の兵児帯《へこおび》を巻いていた。

男は座布団に正座をし、申し訳なさそうに肩を落としてうなだれている。それを年代物の手動開閉式レジの向こう側から呆《あき》れ顔で見おろすのは、黒のトレンチコートをまとい白い耳当てつきのニット帽を被《かぶ》った九尾天全《きゅうびてんぜん》であった。

彼女のいる勘定台の右隣では、ダークネイビーのスーツに黒のチェスターコートを羽織り、首にはボルドーのネクタイを巻いた成瀬義人が、周囲へと物珍しげな視線を這《は》わせていた。

そこは神保町《じんぼうちょう》の奥まった裏通りにある『かぐら堂』という骨董《こっとう》屋の店内だった。

入り口から見て左右の天井付近の壁には振り子時計が並び、棚やショーケースの中には壺《つぼ》や皿、腕時計などが陳列されている。薄暗く静かで、微《かす》かに甘ったるいような、苦いような、古道具特有の匂いが店内には満ちていた。

そんな店舗の最奥の勘定場で正座している着流しの男が、店主の神楽坂卓也《かぐらざかたくや》である。彼は霊能力がまったくないにも拘らず、霊に取り憑《つ》かれたり祟《たた》られたりし易い体質であった。どうもアレルギーのようなもので〝過敏体質〟という事らしい。呪いや祟りの影響を受けにくい〝資質〟を持った成瀬とは正反対である。

そんな彼は〝狐狩り〟の中でも最高の霊能者とされる九尾天全の常連客であった。何か霊的な被害に遭う度に九尾に助けを求めてくるのだという。

成瀬はたまたま先の無差別連続呪殺事件の事後処理に関するいくつかの確認事項があり、九尾の経営する占いショップ『Ｈｅｘｅｎｌａｄｅｎ』へ向かおうと連絡を入れた。すると、彼女がちょうど神楽坂の元に向かうところだったので、後学のために同行を申し入れたという経緯であった。

「最初の二日は変な夢を見るくらいでした。元の持ち主の遺族からは、おかしな話は聞きませんでしたし、単に夢見が悪いだけだと……」

神楽坂によると事の発端は、四日前に神奈川に住んでいた資産家の遺品整理に携わった事なのだという。その中に曰《いわ》くつきの品物があり、気味悪がった遺族に引き取って欲しいと言われ、断る事が出来なかったらしい。

「それで、昨日の夜なんですがね。また悪い夢を見たなと思ったんですが……」

そう言って神楽坂は正座を崩して左膝《ひだりひざ》を立てた。そして、着物の裾を捲《まく》る。彼の足首に土留色の小さな手形がくっきりと浮き出ていた。

「これは……」

成瀬が大きく目を見開く。

そして神楽坂は、その容姿の印象と違《たが》わぬ陰気な語り口で、昨晩の真夜中に起こった出来事の顚末《てんまつ》を話し始めた。

「……そういう訳で、こりゃあ、駄目だっていうんで、九尾先生に連絡を」

話が終わると、成瀬は「先生」と言葉を詰まらせて、九尾の横顔を見た。すると、彼女はいつになく真剣な顔つきで言った。

「精神のみならず、肉体にも影響を及ぼし始めている……」

神楽坂は足を戻して再び正座すると、申し訳なさそうな顔で九尾を見上げた。

「そんなぁ……」

九尾が呆れた様子で深々と溜《た》め息を吐く。

「神楽坂さん。あなたはご自身が霊障を受けやすい体質だって、自覚はありますよね？」

「はい……」

「ならなんで、そんな怪しい物を引き取っちゃうんですか……」

この九尾の言葉を、成瀬はもっともだと感じた。君子危うきに近寄らず。霊障を受け易い体質だというならば、そんな如何《いか》にも祟られそうな物を受け取らなければいいのだ。

って」

「だから、断れなかったんですって」

そう言い訳がましく述べたあと、神楽坂はむくれ顔で言葉を続けた。

「……それに、あくまでも素人判断ですが、大丈夫なんじゃないかって思える根拠もあって」

「根拠？」

と、成瀬が首を捻《ひね》ると、神楽坂は腰を浮かせて立ち上がる。

「ともかく、ちょっと、現物を直接見てもらえますか？」

そう言って神楽坂は、勘定場の座敷の後方にある雪見障子戸を開けて、その向こうに姿を消した。そうして、三分くらい経って、細長い木箱を両手で抱えて戻ってくる。箱の長辺は七、八十センチぐらいありそうだった。ちょうど鮮魚店などで見る、大型の魚用の発泡スチロール容器ぐらいの大きさと形をしている。

神楽坂はその箱を勘定台の上に置き蓋《ふた》を開いた。すると、成瀬は思わず息を呑《の》む。

「これが……」

それは、鼠色の干からびた木乃伊《ミイラ》だった。

頭髪はなく、輪郭は丸くふっくらとしている。まるで人間の赤子のような顔をしていた。両肘《りょうひじ》を曲げて小さく万歳をした恰好で、指は五本あり、その間には水掻《みずか》きらしき萎《しな》びた膜が張っていた。右手首にだけ黄ばんだ包帯のような布が巻き付いている。

何よりも目を引いたのは、肋骨《ろっこつ》が浮き出た胸から下だった。脇腹のあたりに魚類の鰓《えら》のような切れ込みと鰭《ひれ》がある。二本の脚はなく鱗《うろこ》に覆われた下半身は先端に向けて細くすぼまり、扇形の尾びれが先っぽについていた。

そして、勘定台の縁に立て掛けて置かれた木箱の蓋の裏には、右浪《みぎなみ》の丸紋と呼ばれる種類の家紋と共に草書体の書付があった。その書付の冒頭には次のような文字列が見られた。


『人魚之干物』


神楽坂が忌々《いまいま》しげに言葉を口から吐き出す。

「これ所謂《いわゆる》、人魚の木乃伊なんですが、こういうのって、作り物なんですよ」

人魚や河童《かっぱ》、鬼や龍《りゅう》などの架空生物の木乃伊は、主に江戸時代から明治初期に掛けて、両国《りょうごく》などで林立していた見世物小屋の出し物として作られたものだった。

これが、いつしか不老長寿や魔除《まよ》けのご利益があるとされるようになり、興行が終わったあとも破棄される事なく神社や寺に奉納される場合もあった。これらの木乃伊は輸出品としても海外の好事家に需要があったらしく、今でもヨーロッパの博物館に当時の物が所蔵されている。

以上の事は、成瀬も雑学としては知っていた。だから、以前ならば人魚や河童の木乃伊などは紛《まが》い物だと言い切れたのだが、埼玉県の駅前交番勤務から特定事案対策室に異動した今となっては、一概にそう断言する事ができなくなっていた。

呪いや祟り、怪異。

それらは確かに実在し、我々人間に少なくはない被害をもたらしている。成瀬は〝カナリア〟としていくつかの特定事案の対処に携わり、その事実を骨身に染みて理解していた。

「猿や猫、犬などの動物と魚の剝製《はくせい》をくっつけたものなんですよね？」

この成瀬の言葉に神楽坂は頷《うなず》く。

「そうです。普通は」

と言って、木箱の蓋を持ち上げ、九尾と成瀬に裏側が見えるように勘定台の上に置いた。そして書付を指差す。

「それで、この書付を見て欲しいんですけど……」

書付は癖のある草書体で記されており、知識のない成瀬には〝人魚之干物〟という文字の他にいくつかの単語が何となく読み取れる程度であった。

一方の九尾も「ふむふむ、なるほど」などと、鹿爪らしい顔で頷いていたが、けっきょく何も解らなかったらしく、神楽坂に尋ねた。

「で、何て書いてあるんですか？」

「ここには、この人魚の木乃伊には、本物の人間の子供の身体が使われているとあります」

「本物の？」

成瀬はまじまじと木乃伊を見つめた。神楽坂が書付に視線を置いたまま続ける。

「それから、同じように子供を使った木乃伊が他に三つあると……」

腫《は》れぼったい目や丸い鼻は確かに人間の赤子のようだったが、違和感もあった。以前にどこかで目にした写真や動画の中の木乃伊は、目蓋や鼻、唇などが風化していて、眼《がん》窩《か》や鼻腔《びこう》、歯茎がむき出しになり髑髏《どくろ》のような顔をしていた。しかし、この木乃伊は鼻や唇、目蓋が残っていた。

「九尾先生、この木乃伊は……」

成瀬の言葉に、九尾は鳶色《とびいろ》の瞳《ひとみ》で木乃伊を見つめたまま頷くと己の見解を口にした。

「……これは、人間の子供ではないわ。恐らくニホンザルね。顔は細工で整えて、指の水掻きとか鰭も何かの皮をくっつけたんだと思う」

「ええ。それは、元の持ち主も気になっていたらしく、木乃伊のDNA検査を行っていたらしいのです。その結果は九尾先生の見立て通り上半身は猿でした。因《ちな》みに下半身は鯉らしいです。先生の言う通り、この木乃伊の作者が人間の木乃伊に見えるように、いろいろと細工したみたいですね」

「つまり、この書付は嘘だったと？」

成瀬の言葉に神楽坂は頷き返す。

「さっきも言いましたが、遺族によれば薄気味悪い品物ではありますが、何か変な事があったという事はなく、故人である元の所有者からもそうした話は聞いた事がなかったそうです。それで、まあ、大丈夫だろうと。大変に珍しいものですし、それに何かこう……」

言い淀《よど》む神楽坂に対し、成瀬は怪訝《けげん》に思いつつも促す。

「何ですか？」

「その……妙に惹《ひ》かれるものがあって」

「惹かれる？」

その言葉に眉《まゆ》をひそめると、成瀬はもう一度、人魚の木乃伊を見下ろす。神楽坂の気持ちがまったく解らなかった。眉間《みけん》にしわを寄せていると、九尾が嘆息して言った。

「この人、取り憑《つ》かれやすい癖に、こういうのが好きなのよ……」

そこで神楽坂は照れ臭そうに笑って誤魔化す。

「こういった古い物には、何ともいえない魅力がありまして……」

その言葉を遮るように、おほん、と九尾は咳払《せきばら》いをした。

「断れないとか何とか言って、やっぱり単に欲しかっただけじゃないですか！」

「すいません……何か、こう、魅力的に感じてしまって」

神楽坂は悪戯《いたずら》を咎《とが》められた小学生のように苦笑しながら謝罪の言葉を述べた。

そして、九尾が眉を吊《つ》り上げながら己の見解を述べる。

「ともかく、霊障の原因は神楽坂さんが〝過敏体質〟だからです。この人魚の木乃伊を通じて、子供たちの霊が何かを訴え掛けているけど、それほど強い力ではない。普通なら何となく気味が悪いと思う程度でどうってことない。たぶん、神楽坂さんも木乃伊を手放せば大丈夫だろうけど……」

「なあんだ」

ぱっ、と神楽坂の表情が明るくなる。しかし、九尾はいつになく深刻な調子で続けた。

「……でも、もう神楽坂さんと完全に繋がってしまっている。手遅れね」

「そんなぁ……」と、肩を落とす神楽坂を尻目《しりめ》に、九尾は語る。

「その原因となっている子供たちの霊をどうにかしないと、霊障はどんどん酷《ひど》くなる。そして、厄介な事に子供たちはここにはいない。あくまで、この人魚の木乃伊はアンテナのように媒体になっているだけ」

「神楽坂さんの前に現れた男児たちは三人。つまり、この書付にあるように、他に本物の人間を使った木乃伊がどこかに三つあるという事でしょうか？」

この成瀬の問いに九尾は首を横に振る。

「まだちょっとわからないけど……とりあえず、視えたのは、どこかの寂れた漁村、それから古い井戸ね。それ以上は、ちょっと、解らない」

と、彼女は霊視結果を口にした。すると〝井戸〟という言葉が出た瞬間、神楽坂が目を丸くした。それに気がついた成瀬は彼に問う。

「どうかしましたか？」

神楽坂は怯《おび》えた目付きで、忌々しげに言った。

「見ました……黒松や苔《こけ》むした石灯籠《いしどうろう》が並んだ庭先にある不気味な古い井戸の夢を。この木乃伊《ミイラ》を引き取って、最初に見た夢です。その井戸の中から、子供たちの泣き声が……」

九尾と成瀬は無言で顔を見合わせる。

その様子を勘定台に置かれた木箱の中から、人魚の木乃伊がじっと見上げていた。

それから間もなく、九尾と成瀬は問題の木乃伊を持って『かぐら堂』を後にした。その帰り際、九尾はカラフルな包装の箱に入ったお香を神楽坂に手渡す。

それは彼女が自ら調合したもので、寝床で焚《た》けば魔除けになるのだという。これで当面はしのげるが油断はならないらしい。霊は徐々に神楽坂の精神から肉体にまで影響を及ぼし、現実を侵食し始めているからだ。

さておき、二人は成瀬の運転するリフターに乗って九尾の経営する占いショップ『Hexenladen』へと向かう事にした。

近くの駐車場に車を停めて、レトロな商店や年季の入った町中華が並ぶ裏通りを渡り、その一角にある店舗前へと辿《たど》り着く。ドイツ語らしい店名が記された茶色いオーニングテントの奥の扉には『臨時休業』の貼り紙があった。

九尾は貼り紙をはがして鍵《かぎ》を取り出すと、入り口の扉を開く。成瀬は木乃伊の木箱を抱えたまま、九尾に続いて扉口の向こうへと足を踏み入れた。

その奥行きのある店内は、護符や魔除《まよ》けといったいかにもオカルト的なもの以外にも、アクセサリー類や清掃用具のような日用品から香辛料、トランプや囲碁将棋のような遊具まで、雑多な品物で溢《あふ》れ返っていた。見る人が見れば、これらはすべてオカルトに関わる品物なのだというが、成瀬には未《いま》だにピンと来なかった。

ともあれ、成瀬は店舗最奥にあるレジカウンターのそばの床に木乃伊の木箱を置いた。九尾はカウンター内に入ると、ストゥールに腰をおろした。

「……ともかく、三人の子供の居場所を突き止めましょう」

「例の降霊術ですか？」

九尾は特殊な降霊術によって、土地や物に縛られた霊でも呼び出す事ができる。成瀬はてっきり三人の子供の霊を呼び出して、居場所を問い質《ただ》すものと思ったのだが、今回はそう簡単にはいかないらしい。九尾は首を横に振る。

「流石に三人の子供というだけしか解っていない現状では、情報が少なすぎて呼び出す事ができないわ。だから、これを使う」

と、言って、首に掛けていたスモーキークォーツのネックレスを外した。それは、九尾がいつも身に着けている魔除けで、ダウジングの指示器でもあった。

「ダウジングですか」

「ええ。これで、『かぐら堂』で視えた寂れた漁村と古井戸の位置を探る」

と、九尾は成瀬の言葉に答えて、後ろの棚にあった日本地図を手に取った。その地図をカウンターの上に広げると、ネックレスを指先からぶら下げて地図上に垂らした。そこで成瀬は九尾から聞いた言葉を思い出す。彼女は一度見た物なら、ヘアピン一本でもダウジングで捜し出せるのだそうだ。

しかし、成瀬は彼女のダウジングが、これまでに何らかの有効な結果を出したところを見た事がなかった。したがって、期待感は正直なところなかったが、黙って見守る事にした。

すると、地図を見下ろす九尾の表情に集中力が宿り始め、同時に指先から垂らしたネックレスが小さく円を描き揺れ始める。

九尾はそのネックレスを摘《つ》んだ右手を地図の上でゆっくりと動かし始めた。

その鳶色の瞳は、どこかここではない遠くを眺めているような、常に鼻先に浮かぶ何かを見つめているような、そんな神秘的な輝きを湛《たた》え始める。

これまでの結果が出なかったダウジングとは何かが違う。成瀬は固唾《かたず》を呑《の》んで見守り続ける。

そうしてネックレスが、地図上のある一点の真上を通過したとき、先端のスモーキークォーツが一際大きく揺れ動き始める。

それは日本海沿岸部だった。ちょうど秋田と山形の県境辺りだ。

「……えび……はま……？」

その地名らしき言葉を口にしたところで、九尾は集中力を切らしたのか、じゃらりと音を立ててネックレスを地図の上に置くと、深々と息を吐き出した。

成瀬も「エビハマ……」と、その地名を復唱しながら、コートのポケットからスマートフォンを取り出して、いくつかの関連ワードと共に検索する。

「山形県の酒田《さかた》市近郊の沿岸に蝦浜《えびはま》という地名がありますね。ここでしょうか？」

「間違いないわ……」

と、九尾も自らのスマートフォンを手に取り、何やら熱心に調べ始めた。

「何か気になる事でも？」

「ちょっとね……」

そう言って九尾は黙り込んでしまう。

手持ち無沙汰《ぶさた》となった成瀬は『Ｂａｒ　東カリマンタン』に向かった山田に、いったん連絡を取ってみようと思い立つ。

九尾に断りを入れようとすると、敏感に察したらしい彼女が、スマートフォンを見たまま、先に口を開いた。

「別にいいわよ。今回は、そこまで大変そうじゃないから、手伝ってもらわなくても大丈夫そうだし」

特定事案対策室の任務に協力する〝狐狩り〟であるが、逆に〝狐狩り〟が個人的に引き受けた案件を、特定事案対策室側が非公式に手伝う事もある。室長の穂村一樹《ほむらいつき》によれば〝持ちつ持たれつ〟という事らしいのだが……。

成瀬はいったん九尾の言葉に甘えようとしたが、不意に微《かす》かな不安が胸中を過《よぎ》り、カウンター越しに九尾が熱心に見つめるスマートフォンの画面をそっと覗《のぞ》き込んだ。

すると、そこには……。

『出羽桜《でわざくら》　大吟醸　720ml　山形県が世界に誇る銘酒！　明治創業から続く拘《こだわ》りの味！』

そして、その画面を見つめる九尾の口元はわずかに緩み、ほんの少し口角があがっていた。

九尾天全が最高の力を持った〝狐狩り〟である事は疑いようがないのだが、粗忽《そこつ》なところがあり、酒にだらしない。

一人で山形に行かせるのは不安しかない。

「いえ。今回もお手伝いさせてください」

そうはっきり言ったあと、成瀬は九尾の仕事を手伝う許可を得るために、穂村一樹に電話をかける事にした。

◆◆◆

明治三年の夏。

夜空を流れる雲の切れ目に輝く、大きな目玉のような満月が、海沿いに並ぶ柾葺《まさぶ》きの屋根を照らしていた。

その海沿いの村は文明開化という言葉からは程遠く、寂れており、陰気だった。潮風には鼻の奥にまとわりつくような生臭さが含まれている。電気も水道もなく、月明かりが雲に遮られると、村は古《いにしえ》の時代から続く暗闇の中に沈み込む。

凍り付いたような夜景であったが、その日に限ってはいつもと違う慌ただしい雰囲気があった。海岸付近の闇にいくつもの篝火《かがりび》の明かりが見えた。明らかに何らかの非常事態が発生している。

その騒動の中心にあったのは、村を見下ろす小高い丘の上にある瓦《かわら》屋根の屋敷だった。豪雪地方特有の出桁《だしげた》のせがい造りで、玄関正面に立って見上げれば立派な破風飾りと右浪の丸紋を拝む事ができた。伊妻嘉男《いづまよしお》の御殿である。

彼はいくつかの漁場を抱える漁業家でもあり、内陸の村外れに広がる田園を持つ地主でもあった。最近では投資に手を出し、他の自治体とも積極的な交流を図っていた。

嘉男は日に焼けた達磨《だるま》のような大男で、そのぎょろりとした大きな双眸《そうぼう》で、上座から大広間に集まった村の男衆を見渡した。

彼らは一様に申し訳なさそうな表情で俯《うつむ》いている。そこに嘉男の怒声が降り注ぐ。

「野郎どもが雁首《がんくび》そろえてなにやってる！」

八つ当たりだという事は重々承知していた。しかし、抑えきれず、思わず声を張りあげてしまった。

事の発端は前日に遡《さかのぼ》る。

嘉男の実子であり、八歳になる息子の由清《よしきよ》が母親や使用人たちの目を盗んで家を抜け出した。もう丸一日以上帰っていない。

彼は見栄っ張りで、大人たちがやるなと言う事ほどやってしまうような性格であった。更に悪い事に一昨日《おととい》の夜は酷《ひど》い嵐で、ずっと風が強く海がしけていた。海岸沿いに行って高波にでも拐《さら》われれば、まず助からない。

屋敷の者総出で何組かに分かれ、由清の行方を捜索していたが、芳しい成果はあがっていなかった。今は海沿いへと向かった組の帰りを待っているところだった。

「あの悪餓鬼め。今度という今度はただじゃ済まさんぞ……」

嘉男が苦虫を噛《か》み潰《つぶ》したような顔で言うと、下座の障子戸が開き、その向こうの縁側から臙脂《えんじ》色の袴《はかま》を着た線の細い男が姿を現す。彼は嘉男の実弟で伊妻利男《いづまとしお》といった。身体は小さいが学があり知恵が回る彼は、嘉男の右腕として村の経済面を支えていた。

「兄貴《あんちゃや》、いいか？」

今回の騒動では、利男は海岸沿いの捜索を指揮していた。戸口に立つ彼に、大広間にいた全員の視線が集まる。その利男の言葉に嘉男は不機嫌そうに応じた。

「どうした？」

もしも、彼らが由清を見つけたならば、真っ先にその事を口にするだろう。つまり、これから彼の口から語られるのが自らが望んだ結果ではない事は火を見るよりも明らかであった。

嘉男は顎《あご》をしゃくりあげ「早く言え」と、もう一度促した。すると、利男は鹿爪らしい顔で大広間へと、一歩、二歩と足を踏み入れる。そこで立ち止まり、戸口の方を向くと「おい、何をやってる!?」と声を荒らげた。どうやら連れがいるらしい。

その連れが縁側から姿を見せた瞬間、嘉男は更に不機嫌そうに鼻を鳴らした。大広間の男衆の間にも鼻白んだ空気が漂い始める。

やたらと首を前傾させた青白い肌の男で、汚らしい無精髭《ぶしょうひげ》と張り出した顎回り、魚のような離れた丸く小さな目が特徴的な醜男《ぶおとこ》であった。

彼の名前は吉岡十蔵《よしおかじゅうぞう》といった。

村外れに住んでいる変わり者で、村民からは鼻摘《はなつま》みにされていた。彼の家は代々、動物の死骸《しがい》を繋《つな》ぎ合わせて人魚だの、河童《かっぱ》だの、鬼だのの木乃伊《ミイラ》を作る細工を生業《なりわい》としていた。彼も家業を継いでおり、その腕前はかなりのものだった。

しかし、江戸時代から明治時代となった今は、昔ほどそういったものに需要がなく、その暮らしぶりは良いとは言えなかった。だが何の拘りなのか、十蔵は頑《かたく》なに他の仕事に手を出そうとしなかった。

齢《よわい》は三十六になるが、所帯を持つ事もなく、一心不乱に木乃伊の材料となる動物の死体を求めて彷徨《さまよ》う姿は気味悪がられていた。

彼と利男は、下座の中間で畳の上に膝《ひざ》を折る。嘉男が忌々《いまいま》しげに表情を歪《ゆが》めて言葉を発した。

「どうした、十蔵」

すると、利男が隣の十蔵の肩を小突いて話を促した。

「おい。お前が見た事を包み隠さずに言え。ほら、早くしろ！」

十蔵は何がおかしいのかヘラヘラと笑いながら、たどたどしく語り始めた。

「あの……け、今朝、浜辺に行ったとき」

嵐があった日の翌日には、海岸沿いに打ち上げられた魚を拾う十蔵の姿が以前より目撃されていた。きっと今回もそうなのだろう。

十蔵の低くぼそぼそとした声音を耳障りに思いながらも、嘉男は彼の話に耳を傾け続ける。嘉男だけではなく、大広間に集まった者たち全員の視線が十蔵の元に注がれていた。

「……船溜《ふなだ》まりの右側の、岸壁のところから、岩の崩れるような音がして、顔を上げてみたら、何かが海に落っこちて、波の中に呑《の》まれていって……」

その場にいた全員が大きく目を見開く。

「それで、たぶん、その……それが人の形に見えて……たぶん、人だったんじゃないかと……そんな、気がして……」

「間違いないのか？」

嘉男の声は震えていたが、その顔はまるで鬼のように紅潮していた。十蔵は恐れ戦《おのの》き、まごついて返答を口の中で迷わせる。そんなことには構わず、嘉男は一際大きな声で、先ほどと同じ言葉を発した。

「間違いないのか⁉」

すると、十蔵が返答を口にしかけたところで「あああああ……」と絶叫が聞こえた。

それは縁側の方からだった。

利男が腰を浮かせて縁側の障子戸を開けた。すると、その向こうに白い浴衣《ゆかた》の寝間着をまとった女が膝を突いて泣き崩れていた。

嘉男の妻であり、由清の実母である須磨子《すまこ》であった。彼女は、今回の一件で監督不行き届きであると散々夫になじられて、我が子が心配な事もあり、気を病んで寝込んでいたはずだった。

「あああああ……嘘だと言って頂戴《ちょうだい》……」

「落ち着け！　まだ、由清だと決まった訳ではない」

と、嘉男は声を張り上げた。すると、その声に弾《はじ》かれたように須磨子は顔をあげると、般若《はんにゃ》のような形相で十蔵を睨《にら》みつけ、勢い良く立ち上がって彼に詰め寄ろうとする。

「あんたが！　あんたが！　この……」

と、須磨子が十蔵に手を伸ばそうとしたところで、利男ほか周りにいた男たちが彼女を止めに入った。

「だから、落ち着け！」

と、嘉男が声を張りあげるが須磨子は金切り声をあげて鎮まろうとしない。

「あんたのせいだ！　あんたのせいに決まってる！」

「おらは、ただ、人の形をした何かが崖《がけ》から落ちたのを見ただけで……」

「知るか、このろくでなしが」

「やめてください、奥様……やめてください……」

十蔵は顔を真っ赤にしながらヘラヘラと不気味な笑みを浮かべていた。須磨子の騒動はそれから小半刻《こはんとき》ほども続いた。

そして、この翌日、砂浜に由清が着ていたものと思われる着物が打ち上げられていた。

しかし、本人の行方はようとして知れなかった。

◇◇◇

「うう、寒い……こんな日はやはり熱燗《あつかん》……」

「それしかないんですか、もう」

成瀬は渋面で、寒さに身を縮こまらせる九尾の言葉に呆《あき》れ返る。

九尾と成瀬は上越《じょうえつ》新幹線とき307号に乗り新潟へと向かった。

そうして駅に降り立ち驚いたのはその寒さだった。成瀬のイメージでは、三月のこの時期といえばもう春先であったが、駅周辺の街並みにはまだかなりの雪が見られた。ホームの屋根の天窓から射す陽光は暗く濁り、春からは程遠い。

この日の成瀬の服装は、昨日と変化はなかったが、タータンチェックのマフラーで首元を覆っていた。

対する九尾は、裾長《すそなが》でグレーのノーカラーコートと、ハイネックの黒いロングワンピース、耳当てのついた白のニット帽、足元はロングブーツで右手にはルイ・ヴィトンの鞄《かばん》を携えていた。

とうぜんながら国内有数の積雪を誇る県である事は知っていたので、成瀬としては寒さ対策はしてきたつもりだったが、正直なところ舐《な》めていた。それは九尾も同様だったらしい。

さておき、二人は冷気を肌身に感じながら、駅構内を移動する。

ここから白新《はくしん》線・羽越《うえつ》本線いなほ3号酒田行きに乗り換える訳だが、まだ発車時刻まで二十分ちょっとあった。二人は待合室を目指す。

新潟駅構内はどうやら大規模な改修工事を行っている最中らしく、ところどころに工事用のフェンスが置かれ、ビニールシートが張られていた。

流石に日本随一の酒処だけあって、ちょっとしたおつまみと共に立ち飲みできる場所なんかもあった。成瀬は、九尾が取り敢《あ》えず一杯などと言い出さないかと危惧《きぐ》していたが、流石にそんな事はなかった。どうやら、そこまで酒の事ばかりを考えている訳ではないらしい。

しかし、やたらと背を丸めて周囲をきょろきょろと見渡し、何やら挙動不審だった。在来線の改札近くの待合室に入り、ベンチに並んで腰を落ち着けると、成瀬は思い切って九尾に問い質《ただ》した。

「誰か会いたくない人でもいるんですか？」

「い、いや……」

九尾は咳払《せきばら》いを一つして話題を大きく変えた。

「……そんな事より成瀬くん。あの人魚の木乃伊について、どう思う？」

どうやら図星だったようだが、プライベートな話題に深く踏み込むのも失礼だと思い、成瀬は話題の変更に応じる事にした。

「ああ……えぇっと、驚きましたね。被害届が出ていたなんて」

これは昨晩のうちに判明した情報であるのだが、どうもあの人魚の木乃伊は盗品らしい。

今から十三年ほど前の事。山形県の酒田警察署に、蔵の中にあった剝製《はくせい》が盗難にあったとの被害届が提出されていた。届け出たのは本沢昭一《もとざわしょういち》という人物で、蝦浜《えびはま》にある善豊《ぜんほう》寺《じ》という寺の住職なのだという。

「恐らく盗まれたあとは故買屋によって売られ、持ち主の手を転々としていたのでしょうね。あんな木乃伊《ミイラ》を欲しがる人の気がしれませんけど……」

と成瀬が言うと、九尾は苦笑して語り始める。

「確かに、あの木乃伊は鑑賞品として所有されてたものだろうけど、もし書付にある通り、本物の人体を材料にしていたとしたら、呪術《じゅじゅつ》的な価値は計りしれないわ」

「そういうものなんですか？」

「ええ。まあ、あの人魚の木乃伊は偽物だったけど、呪物の中には人体を使ったものがけっこうあるでしょ？」

「あー」と、成瀬は相づちを打ちながら思い出す。先の無差別連続呪殺事件で用いられたコトリバコも人体を材料にした呪物だった。

「大昔ならいざ知らず、現代で気軽に素材となるような人体を手に入れるとなると、なかなか難しいわ。それだけで欲しがる人はたくさんいる。人体を用いる事で呪物の力は何倍にも高まるのよ」

なんとも、ぞっとしない話である。

「そういうものなんですか……」と、答えながら、何となくスマートフォンを見ると、夏目からのメールがあった。内容はさして重要ではない連絡事項であったが、その文面の最後にあった一文を目にした成瀬は思わずむっとした。

『それじゃあ新人くん、九尾ちゃんの介護がんばってね』

成瀬の表情の変化に気がついたらしい九尾が怪訝《けげん》そうに問う。

「どうしたの？」

成瀬は特に深く考えず、その話題を口にした。

「夏目先輩なんですけど」

「夏目くんがどうかしたの？」

「夏目先輩って、俺の事をまだ〝新人くん〟って呼ぶんですよね」

「は？」

九尾は心底意外そうに成瀬の横顔を見詰めながら、彼の話に耳を傾ける。

「もう研修期間も含めれば三年目じゃないですか。確かに〝カナリア〟じゃあいちばん新人ですよ？　でも、何かこう……」

「認められてない気がする？」

「ええ」

と、そこで成瀬は横目で九尾の方を見た。すると、彼女が自分の方を何とも言えない表情で眺めている事に気がついて、眉《まゆ》をひそめた。

「何ですか？」

「いや」

と、短く言って、九尾は正面を向いた。

「……夏目くんって、あれで意外と人に対して壁を作るところがあるから」

「でも、山田先輩には違うじゃないですか。俺と一年しか違わないのに……」

「夏目くんって、基本的に女子には馴《な》れ馴れしいし……ていうかさ、成瀬くん」

「何ですか？」

「成瀬くんって、意外とそういうの気にするんだね」

「まあ……」

「案外、可愛いところあるんだ」

「なっ」

このときの成瀬の横目に映ったのは、にやにやと笑う九尾の顔だった。

成瀬はそこで、この話題に応じた事を後悔した。憮然《ぶぜん》とした表情になり宣言する。

「……もう、金輪際、九尾先生にこういう話はしません」

「えー、そんな事言わないで、これからも頼りにしてよ」

「嫌です」

「何か、元気でたわ」

「うるさいです」

成瀬は椅子から腰を浮かせた。

「どこ行くのよ？」

「コンビニです」

「なら、わたしも行くわ」

と、九尾も立ち上がる。

そうこうするうちに電車の発車時刻が近づいてきた。

◆　◆　◆

由清が姿を消した翌年の四月の事だった。

その茅葺《かやぶ》きの小さな家の薄暗がりには酷《ひど》い臭いが充満していた。玄関を入って左手の炊事場の奥には、莚《ござ》がしかれており、血に汚れた作業台や工具箱、明礬《みょうばん》や柿渋の入った壺《つぼ》や樽《たる》などが置かれている。

そこは、剝製職人の吉岡十蔵が住む家だった。その土地は沿岸部とは反対の村外れで、善豊寺の墓地裏にあった。

村人はほとんど誰も近寄らない場所であったが、この日は来客があった。古井戸のある日当たりの良い裏庭に面した縁側で十蔵は、その来客に声を掛けた。

「……利男さんのところに行かなくていいのか？」

すると、縁側の縁に腰を下ろした来客が、傍らに立つ十蔵を見上げながら笑顔で頷《うなず》く。それは、紺の縞柄《しまがら》の着物をまとった七歳の男児だった。彼の右手首の内側には歪《ゆが》んだ三日月のような形の痣《あざ》がある。名前を磯部亀吉《いそべかめきち》といった。

亀吉は膝《ひざ》の上に木箱を載せており、中には鳥と子猿の死骸《しがい》を組み合わせた木乃伊が入っていた。吉岡十蔵が作った烏天狗《からすてんぐ》の木乃伊である。

「それより、おっさん、これすげえよ」

亀吉はきらきらと好奇心に輝く眼差《まなざ》しをその烏天狗に向ける。彼の反応を受けて十蔵は満足げに頷いた。

村の大人からは忌み嫌われていた十蔵であったが、一部の子供からは好かれていた。十蔵の手で作りあげられる架空の生き物の木乃伊は、この何もない村で暮らす子供たちにとっては大きな刺激だったからだ。

もちろん、村の大人たちは良い顔をしなかったが、それでもこっそりと十蔵の元を訪れる子供が後を絶たなかった。

亀吉は、この日は朝早くから伊妻屋敷に向かうはずだった。伊妻利男が仕事の合間をぬって村の子供を離れに集め、手習いを見たり、算術を教えたりしていて、この日がそうだったのだ。しかし、亀吉は両親には内緒で十蔵の元を訪れていた。

どうやら勉強が嫌いらしいのだが、この少年は頭の回転が速く物覚えも良かった。十蔵としては、亀吉は真面目に勉学に励めば将来はひとかどの人物になれると感じていたので、利男の元へと行った方が良いとは内心で思っていた。しかし、内向的な彼は、その思いを口にする事はできなかった。

そんな十蔵の心中など素知らぬ様子で、亀吉は無邪気に質問を切り出した。

「なあ、おっさん……」

「何だ？」

十蔵は亀吉の隣に腰をおろした。

「おらの母親《ががちゃ》が言ってたんだけど、おっさんの木乃伊って、本物の人間の死体を材料に使ってるって、聞いたんだけども、それって本当か？」

十蔵は面食らう。

村の大人がそんな風に言っているのは知っていた。あまりにも馬鹿馬鹿しく、否定する気も失《う》せるほどのくだらない噂話だった。

「だから、おっさんはお墓の近くに住んでるんだって……」

その亀吉の言葉で流石に吹き出してしまった。

「それは、勘違いだ。だから、怖がらなくても大丈夫だ」

そう言って、十蔵は精一杯の微笑みを浮かべた。すると、亀吉も破顔して悪戯《いたずら》っぽい調子で言った。

「……だよなあ。おっさん、顔は怖いけど、そんな大それた事なんかできねーよな」

「ひひひ……」と、十蔵は何かを引っ掻《か》いたような引き笑いを漏らし、不気味な顔つきで笑った。それを見た亀吉も笑う。そうして、ひとしきり笑いあったあと、亀吉が改まった様子で切り出した。

「なあ、おっさん」

「なんだ？」

「今度は、人魚が見たい。おらはまだ見た事がねえ」

「人魚？」

これまでに人魚の木乃伊《ミイラ》は作った事がなかった。なぜなら、人魚という題材は十蔵の中では特別なものだったからだ。

それでも、亀吉のためとあらばと、約束する。

「わかったよ。次は人魚にする」

「約束だぞ？」

「ああ」

十蔵は力強く頷いた。

それから二人はしばらく雑談を交わす。すると、お昼頃になり、亀吉が帰ると言い出したので、十蔵は見送りに出た。

立ち並ぶ墓石の向こうへ遠ざかろうとする小さな背中を見つめながら、十蔵はえも言われぬ寂しさを感じていた。もっと、ずっと亀吉と話していたかった。しかし、同時に新しい作品製作への意欲も込みあげる。

木乃伊を作っても、面白がった商人がときおり買って行く程度であまり儲《もう》けにはならない。しかし、それでも十蔵が木乃伊作りを止めないのは、村の子供たちの興味を引けるからだった。

もっと、村の子供たちが喜ぶような、凄《すご》い作品を作りあげなくては。どうすれば、亀吉や他の村の子供は喜んでくれるだろうか。

十蔵は意気込みも新たに墓地へと背を向けて帰路に就く。

そんな彼の頭上では黒雲が渦を巻きながら海の方へと流れていた。

もうすぐ嵐が訪れる。

◇◇◇

山形県の庄内《しようない》地方は対馬《つしま》海流の影響で、内陸部よりも温暖で積雪量は少ない。その事は知識として頭にあったので、成瀬が酒田駅に降りてまず感じた印象は〝思っていたのと違う〟であった。

けっこう寒い。そして、まだ沿道や街路樹の周囲には融《と》け残った雪が見られた。経由してきた新潟とそこまで変わらない。どうも連日の悪天候で例年よりも多くの積雪があったらしく、最近になってようやく晴れ間が覗《のぞ》くようになったようだ。

何にせよ、ここからはレンタカーでの移動となるので、成瀬は内心で鬱々《うつうつ》としていた。

慣れない土地での運転はただでさえ神経を遣う上に、冬季の運転には何かと煩わしい事が多いからだ。

とりあえず、改札を出ると駅構内を後にして、近隣のラーメン屋で昼食を取る事にした。

ちょうど昼時で混んでいたが、運良くそれほど待たされる事はなかった。食券を購入したあとで九尾と共にテーブル席に着く。店内には温かな湯気と魚介出汁《だし》の香りが漂い、威勢の良い店員の声が響き渡っていた。

成瀬は中華そばを、九尾は醤油《しょうゆ》ワンタン麺《めん》を注文した。待っている間、成瀬は例の人魚の木乃伊についての新たな疑問を九尾にぶつけてみる事にする。

「で、九尾先生。根本的な疑問なんですけど……」

「何？」と応じて、九尾は両手で持ったお冷やのグラスに口をつけた。

「あの木乃伊は偽物だった訳ですけど、あの書付の通りに本物の子供たちを使った木乃伊がどこかにあるとして、その製作者が人体を使って木乃伊を作った具体的な目的は何になるのでしょうか？」

「うーん……」と、九尾は眉間《みけん》にしわを寄せると、お冷やのグラスをテーブルに置いて、成瀬の疑問に答え始める。

「呪物《じゅぶつ》っていうのは、ざっくりと大きく二つに分ける事ができるわ」

「というと？」

「まず、一つ目は初めから呪物として作られたもの。二つ目は結果的に呪物になってしまったものね」

「あー……」

成瀬はこれまで自分が関わった特定事案に登場した呪物を、頭の中で思い浮かべながら、九尾の話に耳を傾ける。

「本物の人間を材料にした『人魚の木乃伊』を使った呪術なんて聞いた事もないから、きっと後者だと思う」

「なるほど」

少なくとも呪物として作られたものではない。

この道の専門家である九尾天全がそう言うのならば、そうなのだろう。しかし、ますます解らなくなる。わざわざ人間を使って人魚の木乃伊を作る理由はなんだろうか。

個人的な妄想や観念、素材とされた者への妄執、怨恨《えんこん》、フェティシズム……。

いずれにせよまともではない。

成瀬はぞっとして眉間にしわを寄せた。すると、そのタイミングで注文の品が運ばれてくる。

「……まあ、考えるのはあとにして、今は目の前のものに集中しましょう」

と、九尾が満面の笑みで、備え付けのケースから割り箸《ばし》を二膳《ぜん》取り出して、そのうちの一膳を差し出してきた。それを成瀬は受け取る。

「成瀬くん、これから運転だけど疲れたら遠慮なく言ってね。わたしも免許あるから」

「あ、それは大丈夫です」

「え、遠慮しなくても……」

「大丈夫です」

「あ、そう？」

しばらくの間、二人は黙々とラーメンを啜《すす》った。

「成瀬くん」

「何ですか？」

「もしかして、こんなポンコツに運転なんか任せられないとか思ってない？」

「そこまでは、思ってませんけど……」

と、成瀬は答えて、お冷やを飲んでから質問を返した。

「では、九尾先生、AT車でブレーキペダルは運転席側から見て左右どちらにあるか解りますか？」

「馬鹿にしないでよ。み……左でしょ？」

「その、み……って何ですか……」

成瀬が呆《あき》れた様子で問い詰めると、九尾は気まずそうに目を逸《そ》らした。

善豊寺は古い住宅街の外れにあった。

砂利の敷かれた駐車場の奥に立派な仁王像が左右に鎮座する楼門があり、その右手が墓地の入り口となっていた。駐車場の左隅には、除雪でできた小高い雪山と大きな蔵があった。

車を停めると二人は楼門を潜り抜けて境内へ足を踏み入れた。門から真っ直ぐ延びた石畳の左右には、雪に覆われた庭があり、板や縄で雪囲いのされた立派な桜の木や藤棚などが見られた。

石畳の先には固く閉ざされた本堂への入り口があり、そこからすぐ右手に庫裏の玄関があった。

成瀬は九尾と共に庫裏の玄関に立ち、引き戸の横の呼び鈴を押した。すると、すぐに屋内から人の気配がして戸が開く。

そうして姿を現したのは、作務衣《さむえ》姿の男であった。髪も眉毛《まゆげ》もなく年齢の解りにくい顔立ちだったが、そう若くはない事は何となく察せる。どうやら、彼が住職の本沢昭一らしい。

本沢本人かどうかを尋ねると「はいはい」と頷《うなず》いたので、成瀬は名刺を取り出して名乗る。

「昨日、ご連絡させていただいた成瀬といいます」

「あー、はいはい」

と、人の良さそうな笑みを浮かべながら、本沢は名刺を受け取った。因《ちな》みにアポイントは昨日のうちに取ってあったが、身分は文部科学省の研究機関の者であると偽っていた。

訪問の目的は全国に残る妖怪《ようかい》を模した木乃伊《ミイラ》の文化的な価値について調査研究しているという事になっていた。もちろん、木乃伊はすでに盗まれており、現存していないと言われたが、それでも構わない旨を伝えると了承してくれた。

「取り敢《あ》えず上がってください。どうぞ、どうぞ」

本沢に招き入れられて九尾と成瀬は戸口を潜り抜ける。黒御影石《みかげいし》のタイルが敷き詰められた広い三和土《たたき》に靴を脱ぎ、スリッパに履き替えた。大きな玄関ホールの奥の飾り棚には、水仙と白木蓮《はくもくれん》の生け花と、〝寿〟と力強く記された書額が飾られていた。左側には本堂へと続くであろう引き戸の入り口が見える。

成瀬たちは、そのまま左奥の廊下の先にある客間へと案内された。

欅無垢《けやきむく》材の年季の入った座卓に、成瀬と九尾は並んで座り、本沢が向かいに腰をおろした。すると、五十近くに見えるエプロン姿の女性がお茶を持ってくる。どうやら、本沢の妻らしい。

彼女が客間をあとにすると、定型的なやり取りを少し挟み、成瀬は本題を切り出した。

「……この寺が所有していた木乃伊には、本物の人間を素材としていたという言い伝えがあると聞きました」

「ええ。あの木乃伊には恐ろしい曰《いわ》くがあり、門外不出で、人目に触れさせたり粗末に扱ったりすると祟《たた》りがあると。でも、嘘なんじゃないかと思ってます」

「といいますと？」

「だって、みすみす不埒《ふらち》な泥棒に盗まれたにも拘《かかわ》らず、私ら家族には祟りらしい事は何も起こっていませんし」

と、言ってから、本沢は悪戯《いたずら》っぽく笑って言葉を続けた。

「もっとも、盗んだ方がどうなっているのかは解りませんけどね」

ここまでのやり取りで一つ判明したのは、例の木乃伊が本物の人間を使ったものではないと、本沢は知らないらしいという事だ。疑いは抱いているのかもしれないが。

ともあれ、そこで成瀬は、いちばん聞きたかった事を尋ねる事にした。

「では、その木乃伊が如何《いか》にして作られたのかをお聞かせください」

「はい」

と、本沢が了承したところで、成瀬はスマートフォンを取り出した。

「録音させてもらってもよろしいですか？」

「ええ。構いませんよ」

本沢は朗らかに許可する。成瀬は録音ボタンを押して、スマートフォンをテーブルに置いた。そして、話を促す。

「では、お願いします」

すると、本沢が視線を斜め上にあげて記憶を探り始めた。

「ええっとですね……明治の初め頃に、この一帯で七歳から十歳の子供が四人も失踪《しっそう》する事件が起こったらしいのですが」

そこで成瀬は眉をひそめる。

「四人ですか？」

「ええ、四人。木乃伊の箱書には、ここの寺に祀《まつ》られていた木乃伊以外にも、拐《さら》われた子供を素材に、三つの木乃伊が作られたとあります。それを作ったのが〝足斬り十蔵〟と呼ばれる男でした」

「〝足斬り十蔵〟……」

九尾がその禍々《まがまが》しい名前を復唱する。

本沢によれば、その〝足斬り十蔵〟という男は、人魚や河童《かっぱ》などの妖怪の木乃伊を作って、見世物小屋に売りさばいていたのだという。

「彼の家は代々そういった妖怪の木乃伊を作る職人で、江戸末期まではそれなりに潤っていたようです。彼の家の者が作った木乃伊は、酒田の上《かみ》・下日枝《しもひえ》神社の例大祭である山王祭《さんのうまつり》の見世物などで、たくさんの客を集めていたらしいのですが、徐々に飽きられてきたのか商売が上手《うま》くいかなくなっていったそうです。十蔵は、この寺の墓地裏の土地に建てた家で、荒《すさ》んだ生活を送っていたらしく、そんな中で職人としての名誉と富を欲するあまり、おかしくなっていったと言います。しまいに彼は、四人の子供を手に掛けてしまった……」

成瀬と九尾は共に怪訝《けげん》な表情で顔を見合わせる。確か神楽坂の見た脚のない子供の霊は三人だったはずだ。成瀬は本沢に問う。

「事件の記録はどこかに残っていたりしますか？」

「ええ。最初の犠牲者が、この一帯の地主だった伊妻家の長男だったんですが、彼の叔《お》父《じ》に当たる人物の覚え書きが残っているので、今お持ちしますね」

そう言って彼は、腰を浮かせると客間から姿を消した。

「どう思います？　九尾先生」

成瀬の投げ掛けた問いに、九尾はお茶を一口啜ったあとに答える。

「てっきり、あの偽物の木乃伊の他に三体の木乃伊が作られて、その素材に使われた男の子たちの霊が神楽坂さんに何かを訴えているのだと思ったけど」

「ええ。さっきの本沢さんの話が正しいならば、作られた木乃伊は三体ではなく四体。神楽坂さんが目撃した霊の数と合いません」

そこで九尾はまるで苦い薬を飲み下すときのような渋面で首を傾げる。

「それより、この蝦浜に来てから、ときおり感じているわ」

「何をです？」

「三人の男の子の霊の声を。か細すぎるし、頻度も低いから、どこからするのかよく聴き取る事ができない。あの人魚の木乃伊をアンテナ代わりにして、それでもやっと、

〝過敏体質〟の神楽坂さんに届く程度にしか、自分たちの存在をアピールできていない。こっちの声もぜんぜん届いていないみたいだし、これじゃあ、どうやっても霊に直接聞くのは無理かも」

「そもそも、どうして、あの偽物なんでしょう？　アンテナにするなら偽物ではなく、自分たちの身体が使われた本物の木乃伊を用いるはずでは？」

この成瀬の提示した疑問に九尾が頷く。

「まったく、その通りよ。本物の方が、より強く自分たちの声を媒介する事ができるはず」

「本物の木乃伊は既に現存していないのでは？　例えば火災で焼失したとか。それで、偽物の人魚の木乃伊をアンテナにするしかなかった……とか」

と、成瀬が己の推測を語ったところで、本沢が戻ってくる。

「いやあ、すいません。遅くなりました」

その彼の手には、大学ノートくらいの平たい木箱があった。彼は再び元の位置に腰をおろすと、その木箱の蓋《ふた》を開いた。そうして中から古びた和本を取り出して表紙をめくる。

「これを書いた人物は伊妻利男といい、さっきも言いましたが、明治九年の夏頃、いちばん初めに拐われた伊妻由清の叔父に当たります。ここに来る前に、松の生えた丘があったでしょう？　そこに伊妻の屋敷があったそうです」

「ああ」

成瀬は記憶をたぐる。

来る途中、海沿いの家々の屋根の向こうに、松林に覆われた小高い丘が見えていた。

「当時の伊妻家の当主は伊妻嘉男といい、青山留吉《あおやまとめきち》なんかと比べると、それほどでもありませんが、なかなかの傑物だったそうです」

青山留吉は天保《てんぽう》七年に、この蝦浜から程近い遊佐町《ゆざまち》で生を受け、二十四歳のときに北海道へと渡り、漁業家として成功をおさめた人物であった。

「……利男は嘉男の弟で、右腕として蝦浜の経済面を支えていたといいます。嘉男と共に家を空ける事が多かったそうですが、仕事に空きができると、屋敷の大広間に村の子供を集めて、手習いや算術を教えていたそうです」

「確か、日本で学校教育が始まったのって、その少し後ですよね？」

その成瀬の言葉に本沢は頷《うなず》く。

「ええ。明治五年ですね。まだ、この頃は利男のようにそれぞれの自治体で大人たちが寺子屋を開いて読み書きや簡単な計算なんかを教えていたみたいです」

と、本沢は答えてから、開かれた和本に視線を落とす。

「この覚え書きによれば、伊妻由清は当初、嵐の翌日に海岸の岸壁から転落したと思われていました。彼はどうも腕白な性格だったようで、大人の言うことを聞かずに勝手に家を出て事故にあったのだろうと。その由清が転落したところを見た唯一の目撃者が十蔵だったそうです」

「なるほど。ですがそれは偽証であったと？」

成瀬の言葉に本沢は頷く。

「それで、そのおよそ一年後の明治四年に、二人目の子供がいなくなったそうです」

◆◆◆

幼い頃の吉岡十蔵は、父親の仕事が嫌いだった。

柿渋と腐った血肉の悪臭はもちろん、死んだ動物を切り刻むという行為が残酷に思えた。村の同年代の子供たちからは「汚い」となじられて爪弾《つまはじ》きにされた。

それでも父親は家業を将来的に十蔵に継がせるために、幼い彼に仕事の手伝いを強要し、失敗があれば厳しく叱責《しっせき》した。死体からぞろぞろと引き抜かれる白濁した眼球やどす黒い血塗《ちまみ》れの臓物を目にして、泣いた事もあったし、吐いた事もあったし、逃げ出した事も、何度もあった。

本来なら甘えられるはずの母親も、彼を産んで命を落とし、顔も声も覚えていない。兄弟もおらず、十蔵は物心ついたときからずっと孤独だった。

唯一の救いは、この頃の彼の家は裕福とはいえないまでも、それなりに収入があり、食うに困らなかった事だけだ。そんな十蔵に転機が訪れたのは、彼が九歳の頃だった。

それは旧暦四月の中の申《さる》の日であった。

十蔵は父親と共に酒田で毎年行われている山王祭に訪れていた。

普段は柳の並木と、その向こう側に見えるお堀しかない小路《こうじ》だったが、その日はたくさんの出店が並んでいた。

細工飴《あめ》や団子の屋台の他に、乾物の店、蓙《ござ》の上に農具や日用品を並べて売る者。それらの威勢の良い掛け声と、覗《のぞ》きからくりの講釈の声、どこからともなく聞こえるお囃子《はやし》の音が雑踏と重なり合う。

そんな祭り会場の一角だった。

異様な熱気を帯びた人だかりがあり、その中央で派手な法被の男が何やら観衆を見渡しながら大声をあげていた。

十蔵の父親は、その人だかりの近くに息子を連れていくと、脇を抱えて自分の肩の上に乗せた。そこで十蔵はその人だかりが何なのかを理解する。

派手な法被の男の傍らには木の台があり、そこには木箱が立て掛けられていた。その木箱の布張りの内部の中央に、人魚の木乃伊《ミイラ》があった。それは父親が作ったものであった。

「親父《だだちゃ》、あれは……」

十蔵は自分の股《また》に挟んだ父親の顔を額の方から覗き込んだ。すると父親はどこか得意気に笑う。

「ほら、あのあたりを見てみろ」

父親が顎先《あごさき》で指した方を見ると、そこには人魚の木乃伊に向かって、真剣な様子で手を合わせて祈りを捧《ささ》げている者がいた。人だかりを見渡すと他にも何人か同じようにしている者がいて、十蔵は驚いた。

「親父、どういう事なんだ⁉」

再び父親に聞くと、彼は少し悪戯《いたずら》っぽく鼻を鳴らした。

「拝むだけで病魔退散のご利益があるんだと」

「本当なのか⁉」

自らの父親が作った物にそんな凄《すご》い力があっただなんて……。

十蔵は目を見開いて驚いたが、それを作った当人の答えは「そんな訳あるか」だった。

父親は笑いながら更に続ける。

「でも、みんな信じてる」

「ああ……」

十蔵はもう一度、集まった人々を見渡す。誰もが熱心に父親の作りあげた人魚の木乃伊を見つめており、法被姿の男が語る人魚が釣り上げられたときの法螺《ほら》話に耳を傾けている。

「……お前は可哀想だというが、のたれ死んで、ただ腐るだけの生き物を、ああやって俺たちの手で神様仏様にしてやってるんだよ」

十蔵は父親の言葉に、はっとする。

中にはいかにも馬鹿にしたような笑いを浮かべ、隣の連れとひそひそ話をしている者たちもいたが、それでもその場にいた全員が少なくとも楽しんでいるように見えた。

法被姿の男は講釈を終えると、人魚の木乃伊にさっと布を被《かぶ》せた。すると木乃伊が置かれていた台の正面の地面に置いてあった擂《す》り鉢に、人々が金を投げ入れ始めた。擂り鉢はすぐにいっぱいになる。

やがて人だかりがなくなると法被姿の男が十蔵の父親に気がついて、にやにやと笑いながらお辞儀をした。父親は十蔵を地面におろすと、その男に礼を返した。このとき見上げた父の横顔は、どこか眩《まぶ》しく感じられた。

それ以降、十蔵は以前よりも真面目に木乃伊作りの手伝いに励むようになった。見様見真似で自分の作品を作るようになり、拾ってきた動物の死体を自ら進んで切り刻むようになった。


それから二十八年後の事。

吉岡十蔵は莚の上で胡座《あぐら》をかきながら、作業台の上にある完成した人魚の木乃伊を見て落胆した。

職人としての腕前は相当なものだったが、どうも人魚だけは父親の作品に及ぶ物を作る事ができなかった。少なくとも自分の中では、あの幼き日に祭りで目にしたものには遠く及ばない。どうしても、そう思えてしまう。

これでは亀吉は喜んでくれないかもしれない。目の前の人魚の木乃伊は、いかにも白々しい偽物にしか思えなかった。

「あー！」

十蔵は奇声をあげて、ぼさぼさの頭を両手でかきむしる。白い粉のような頭垢《ふけ》が飛び散る。

「……これじゃあ、駄目だ」

十蔵は自分の不甲斐《ふがい》なさに歯噛《はが》みすると、作業台の縁に拳《こぶし》を振りおろした。

「もっとだ……もっと……」

どうすれば、あのとき見た人魚の木乃伊を超えられるのか。もっと本物の人魚らしく……。

そこで十蔵は気がつく。

自分が作っているのは、本物の人魚を模したものではなく、師である父親の作品を真似たものなのだと。そこから脱却しなくてはならない。

しかし、本物の人魚など、海に行ったところで目にする事はできない。なぜなら、それは、この世に存在しないのだから。

「どうすれば……」

そこで父親の言葉を思い出す。それは〝想像を常に働かせろ〟というものだった。父親の人魚の木乃伊ではなく、自分の脳裏に存在する人魚を模さなくてはいけない。しっかりと、その存在を意識して脳裏に思い浮かべる。

半人半魚の異形。

人と魚……。

「人と、魚……？」

十蔵はもう一度、作業台の上の人魚の木乃伊を見つめた。

どう見てもこれは人と魚ではない。

出っ張った額や潰《つぶ》れた鼻、鋭い牙《きば》。これは、魚の尾鰭《おひれ》を持った獣でしかない。

自分の中の人魚はこれではない。

人魚はもっと人間に近い。

「そうだ。きっと……ひひひひ……もっと人間に近づけなくては……そのためには……ひひひひ」

十蔵は何かの気付きを得た様子で、爛々《らんらん》と輝く双眸《そうぼう》をいっぱいに開き、歯茎を剝《む》き出して不気味に笑った。

◇　◇　◇

「伊妻由清の次の犠牲者は、明治四年の四月頃、その年の最初の嵐が過ぎ去ってからだとあります」

「また嵐の後《ご》……」と、九尾が独り言ちるように呟《つぶや》く。本沢は静かに頷《うなず》くと、手元の和本に目線を落として語り始める。

「再び捜索が行われたとありますが、けっきょく失踪《しっそう》した男児は見つからなかったようです。最初の伊妻由清は、ずいぶんと腕白な性格だったらしいですが、二番目の男児は、比較的大人しい子供だったらしく、嵐の後に危険な海沿いへと行くような性格ではなかったみたいですね」

「二番目の男児の名前は？」

この九尾の問いに本沢は首を横に振った。

「書いてありませんね」

そう言って、和本の頁をぱらぱらと捲《めく》った。

「えっと、由清以外の男児の名前はありませんね」

「なるほど。わかりました」と、九尾が納得した様子で頷くと、本沢が外れた本筋を元に戻した。

「えーっと、それで、続いて三人目の犠牲者が出たのは夏になってからです。お盆の少し前……ちょうど、由清がいなくなった頃だったと言います」

「一人目から二人目の間より、二人目から三人目の間が、かなり短いですね」

「ええ。そうです。一人目の由清が明治三年の七月十九日、二人目が拐われたのは翌年の四月二十一日頃だから、だいたい九ヶ月ぐらいですか？　それから三人目は七月四日なので二ヶ月半程度です、四人目までの間隔は更に短くて八月一日。一月《ひとつき》も経たずですね」

まるで、どんどんと我慢が利かなくなっているみたいだ。そんなイメージを成瀬は本沢の話から抱いた。

和本をぱらぱらと捲る音が響き渡る。

「……三人目の頃にようやく、何か異常な事が起こっていると村人は気がついたみたいですね。警察も、子供たちの失踪は単なる事故ではないらしいと事態を重く見始めたらしいです。そんな中、村人たちの中では、子供が消えたのはウルガシに連れていかれたんじゃないかっていう噂があったそうです」

「ウルガシとは何ですか？」

その成瀬の質問に本沢が答える。

「この地方の伝承で語られる、海で遭難したまま見つかっていない人の姿に化けて、その人と親しかった人の前に現れる悪霊の事です。ウルガシは、その親しかった人を海へと連れて帰るらしいですね。因《ちな》みに名前の語源は、食べ終わったあとのお皿などを〝水に浸《つ》ける〟という意味の方言〝うるがす〟だと云われていますが……」

親しかった人を海に連れて帰り〝うるがす〟のだろうか。何とも悪趣味に思えるネーミングに成瀬は苦笑しつつ、本沢に質問を返した。

「その消えた子供たちは全員親しかったんですか？」

「ええ。狭い村ですし。それはとうぜんですね」

と、言って本沢は、再び和本に目線を落として、この騒動の顚末《てんまつ》の続きを語った。

「それで、最初の由清以外の三人が消えたのが、これを書いた利男の寺子屋の日だったみたいなんですよね。三人とも帰宅するために伊妻屋敷を出てから行方不明になっています」

「それは何時くらいの事だったんですか？」

「ええっと……」と、そこで本沢が頁を捲る。

「この利男の寺子屋がだいたい朝八時ぐらいから昼までだったそうなので、それぐらいかと……」

「では、犯人の剝製《はくせい》職人は、その帰り道を待ち伏せしていたと？」

「そのようですね。四人目が消えたあと、伊妻屋敷の使用人たちの中から、寺子屋のある日の午前中に屋敷の付近を彷徨《うろつ》く十蔵の姿を見かけたという証言があったそうです」

「それで、彼を疑った訳ですね？」

「そうです。そもそも、以前から〝十蔵の木乃伊《ミイラ》は本物の人間を使っている〟という噂はあったそうです。それで、村の男たちは彼の家に押し掛け、強引に家捜ししました。するとこの寺にあった木乃伊と、裏庭の古井戸の底から四人分の脚が見つかったそうです。きっと人魚の木乃伊を作るために切断して、いらなくなった脚を捨てていたのでしょう」

古井戸という言葉を耳にした成瀬は九尾と視線を合わせた。子供たちの魂は、その古井戸の底に囚《とら》われ続けているのだろう。

しかし、再び疑問が鎌首をもたげる。なぜ、神楽坂が見た脚のない子供の霊は三体だったのか。

そこで九尾が質問を発した。

「彼の家にあったのは、この寺にあった木乃伊のみですか？　他の三つの木乃伊は？」

「すでに売られた後だったと、利男の覚え書きにはあります」

そう答えた本沢に、続けて成瀬が問う。

「その古井戸は今もあるのでしょうか？」

「もう、埋め立てられていますよ」と本沢は言って、ぱたりと和本を閉じた。

「この寺の墓地裏にあります」

「成瀬くん……」

九尾に向かって頷き返すと、成瀬は本沢に言った。

「そこまで案内していただけませんか？」

「構いませんよ」

本沢は和本を木箱にしまうと蓋《ふた》を閉めて立ち上がった。

厚手のベンチコートを着込み、ゴム長靴を履いた本沢に連れられて、九尾と成瀬は墓地へと向かった。

　立ち並ぶ墓石や卒塔婆《そとば》の隙間には、ところどころ雪が残っていたが、砂利の敷かれた地面が多く露出していた。墓地の奥には背の高い杉の生い茂る林があり、本沢はそちらに向かって歩いていった。成瀬と九尾も後に続く。

「それで、十蔵なんですが……けっきょく、彼は伊妻家の使用人たちの手によって私刑に処され、その子供たちの脚が見つかった古井戸に投げ込まれたそうです。とうぜんながら警察も介入したそうですが、私刑の件は伊妻家の威光でうやむやになったそうです。古井戸は埋め立てられて、そこに十蔵の墓が建てられました」

　子供たちの霊は、今も古井戸の底に囚われており、自らを殺した犯人である十蔵と共にいる。その事が霊障の原因なのではないかと、成瀬には思えた。九尾の方を見ると、彼女もそう考えたのか痛ましげに眉《まゆ》をひそめていた。すると、それを見た本沢が笑う。

「今ではあの墓に、そんなおどろおどろしい由来があるだなんて知る者は、ほとんどいませんが……さあ、着きました。あれです」

　本沢は杉林の方を指差す。そこには墓地の縁にぽつんと佇《たたず》む石塔があった。大きさは成瀬の腰丈程度で、自然石を粗く削っただけのような素朴さがあった。その前には雪の中から飛び出た枯れ芒《すすき》に埋もれるように、石造りの供物台が置かれていた。苔《こけ》むしており、湿った線香の燃え滓《かす》と溶けた蠟《ろう》が残されている。

九尾はその石塔に近づくと、真剣な表情で周囲をぐるりと回ってから首を傾げる。そんな彼女に成瀬は小声で問う。

「いましたか？」

とうぜん子供たちの霊の事だ。しかし、九尾は首を横に振る。そして、十蔵の墓に目線を戻すと、独り言ちるように言う。

「いっけんすると粗雑に見えるけど、すごく丁寧に儀式を施している……」

これは、霊能者としての見解であろうが、本沢は学者としての見解と勘違いしたようだ。特に不審がる様子もなく、九尾の言葉を補足する。

「そうですね。さっきの伊妻利男の覚え書きによれば、彼は十蔵が怨霊《おんりょう》になる事を恐れて、さる高僧を呼び、丁重に供養はしたそうですよ。私なんかには古い墓石にしか見えませんが、やはり見る人が見れば解るもんなんですね」

その言葉を笑って受け流し、成瀬は再び十蔵の墓へと視線を戻した。しかし、その墓石は真実を語ってはくれなかった。それとは対照的に本沢は語り続ける。

「……その高僧は、あの木乃伊を茶毘《だび》に付すつもりだったようですね。ですが、由清の母である須磨子があの木乃伊を目にするなり、これは自分が腹を痛めて産んだ子供に間違いないと言ってはばからず、強く反対したそうです。それで、しばらくは伊妻家が所蔵していたそうですが、ちょうど事件が終息した一月後《ひとつき》に須磨子が急逝して」

「え……」

成瀬は思わず声をあげる。そこで九尾の表情を盗み見ると、さきほどからずっと、何やら思案を巡らせているようだった。

成瀬は本沢に質問した。

「須磨子はなぜ死んだんですか？」

「溺死《できし》です。十蔵の偽証にあった由清が転落した崖下《がけした》の海に、彼女の遺体が浮いていたそうです」

「自殺でしょうか？」

「恐らくはそうなんじゃないかと思いますが。ただ村人たちは、由清に化けたウルガシに連れていかれたとか、十蔵が祟《たた》っただとか。それで、嘉男の方も何年か後に商売に失敗して不渡りを出し、その晩年はずいぶんと悲惨なものだったらしいです。そういった事実に尾ひれがついて、あの木乃伊の呪いだなんて話が出来上がったんでしょうな」

そこで、本沢は十蔵の墓のすぐ後ろに広がる鬱蒼《うっそう》とした杉林へと視線を移した。

「……今でも迷信深い年寄り連中の中には、嵐のあとは、この墓地裏や海沿いの辺りを〝足斬り十蔵〟の悪霊が彷徨《さまよ》いているだのなんだのって、言う人もいますね」

と、そこで、成瀬は些細《ささい》な引っ掛かりを覚えた。

「……本沢さん」

「何でしょうか？」

「墓地裏は解ります。十蔵の墓があって、ここはかつての彼の家であり、彼の犠牲となった子供たちの脚が発見された場所です。彼の悪霊が、ここに現れるのは解ります」

「はい？」

「でも、海沿いというのは？　何か彼にまつわる逸話があったりするのでしょうか？」

この、いっけんするとどうでも良さそうな疑問にも、本沢は答えてくれた。

「ああ、あの利男の覚え書きにもありましたが、十蔵は嵐のあとは浜辺に打ち上げられた魚を拾いに、海岸沿いを彷徨いていたそうですよ。それから、これも関係があるのかな？」

成瀬は首を傾げる本沢に「何ですか？」と促した。

「もともと十蔵は、もっと、海沿いの方に住んでいたみたいなんですよ。ただ、彼が若い頃に暴風で家屋が倒壊し、この墓地裏のおんぼろ屋に移り住んだそうです」

「おんぼろ屋ですか」

成瀬がその言葉を繰り返すと、本沢は「ええ。当時の彼は裕福ではありませんでしたし」と言った。

それから九尾と成瀬は、本沢に礼を述べて善豊寺を後にした。とりあえず、次は海沿いへと向かう。伊妻屋敷跡の丘や、伊妻須磨子が飛び下りたとされる崖、十蔵が嵐のあとに彷徨いていた海岸など、この事件所縁《ゆかり》の地が多い。そこを巡りながら九尾の霊能力が何かを感知してくれるのを期待するしかない。

ただ、本沢によれば、十蔵が元々住んでいた家の正確な場所は、現在では記録に残っていないらしい。

ともあれ、車に乗って駐車場を出て早々に、九尾が頭を両手で抱えて情けない声をあげた。

「……あー、けっきょく、神楽坂さんに取り憑《つ》いている三人の子供の霊はどこにいるの？　三つの木乃伊《ミイラ》はどこ？　あ、四つだっけ？　なら、あと一人はなぜ神楽坂さんに取り憑いてないの？　全然、訳が解らない……」

「先生……」

今回は、そこまで大変そうじゃない。

これは、つい昨日『Ｈｅｘｅｎｌａｄｅｎ』で九尾の口から放たれた言葉である。

あの自信はいったい何だったのか。

成瀬は呆《あき》れ返る。

「さっさと仕事を終わらせて、海の幸を肴《さかな》に日本酒をかっくらおうと思っていたのに」

「それしか考えてないからですよ、もう」

と、成瀬は嘆息しつつ考える。

すでに、彼の脳裏には本沢の話を聞き終わった時点である仮説が出来上がっていた。その仮説をより強固なものにするために、成瀬は九尾に質問した。

「……先生」

「何？」

「本沢さんの話にあったウルガシもそうなんですけど」

「ああ……うん」と、九尾は気だるげに応じた。かまわず成瀬は話を続ける。

「霊というのは本来とは違う姿で現れたりもできるものなんですか？」

「ええ。ていうか、そもそも、その〝本来の姿〟の定義にもよるし。本来の姿が死ぬ直前のものであるというなら、それ以外の姿でも現れる事はあるわ。ウルガシのように、観測する側の親しい人に姿を変えて惑わしたり、六十歳で死んだ人が子供の頃の姿で現れたり」

「なるほど……」

「でも、まったく無関係な姿で現れる事はないわ」

「というと？」

「たとえば、溺《おぼ》れ死んだ人が全身火達磨《ひだるま》で現れたりとか。ウルガシのように観測者側と関係のある姿で現れる場合もあるけど、それでも、まったく無関係な人の姿で現れる事は絶対にない」

その瞬間に成瀬は自分の組み立てた仮説が正しかった事を確信する。

「成瀬くん？」

急に黙り込んだ成瀬を不審に思った九尾が声をかける。

すると、沿道に建ち並ぶ住宅街の家々の屋根の向こうに、かつての伊妻邸があったという丘が見えてきた。それはまるで、浜辺に打ち上げられた巨大な鯨の死骸《しがい》のようだった。

「九尾先生」

「何？」

「恐らく、三人の子供が囚《とら》われているのは、伊妻屋敷跡です」

「え、え？」

戸惑う九尾を他所《よそ》に、成瀬たちを乗せた車は住宅街の細い道を縫うように進み、その丘へと近づいていった。

そうして住宅街の端まで延びた道の先に、松の木立に挟まれた丘の頂上へと続く階段の上り口があった。九十九折《つづらおり》となっており、各段には残雪と共に雪解け水が溜《た》まっていた。

その階段を成瀬が先に立って慎重に上ってゆく。すると、後ろから九尾の疑わしげな声が聞こえてきた。

「……本当にここに？　今のところは何も感じないけど」

「間違いありませんか？」

「うーん、元々、子供たちの声は、ほとんど聞き取れないレベルだったから、ちょっと自信ないけど」

「それなら、取り敢《あ》えず上まで行ってみましょう」

成瀬の言葉に九尾は頷《うなず》くと、子供たちの声を拾おうと意識を集中し始めた。

そうして階段を上り切ると、そこには遠方から見た通り松林が広がっていた。まだかなりの雪が残っており、歩けば踝《くるぶし》くらいまでは埋まってしまいそうだった。こんな事ならトレッキングシューズでも履いてくるんだったと顔をしかめながら後悔していると、それが目に映る。十メートルぐらい先の木立の合間に三体の地蔵が並んでいた。

地蔵は三体。神楽坂が見た幽霊も三体。

「九尾先生……」

成瀬は左隣に立った九尾の顔を見た。すると、彼女は静かに頷いて、地蔵の方へと歩いていった。成瀬もそのあとに続く。

「今聞こえた。この地蔵の下。三人の子供がいる。この地蔵のお陰で、子供たちは土の中に封じ込められてしまっている」

九尾は地蔵の前に立つと、そっと右手を翳《かざ》して柔らかく目を瞑《つむ》った。

そうして、数分後。

九尾が目を開き、成瀬に向かって言った。

「今、子供たちの霊は解放したわ。神楽坂さんとの繋《つな》がりも切れた。もう大丈夫」

呆気《あっけ》なかったが、この最高と名高い霊能者が言うのであれば間違いないだろう。どうやら、今回はそこまで大変ではないという彼女の言葉も嘘ではなかったようだ。

「……終わったけれど、何が何だかさっぱりだわ」

「説明します。取り敢えず、戻りましょう」

と言って、成瀬は地蔵に背を向ける。そして、階段の方へ歩き出した。

◆　◆　◆

十蔵は苦心の末に、ようやく納得のいく人魚の木乃伊を作りあげる事ができた。その翌日の事だった。

まだ日が昇って間もない頃から、善豊寺の裏手にある十蔵の家は騒々しさに包まれていた。彼が床に就き夢現《ゆめうつつ》の狭間《はざま》を行ったり来たりしていると、大勢の人の足音と声が外で聞こえた。そして裏庭の方から古井戸に何かを投げ込んだかのような水音が響いた。そこでようやく十蔵は目を覚まし、上半身を起こす。

寝ぼけ眼を擦《こす》り、床から出ようとすると玄関の戸が勢いよく開かれる音がした。

「おい！　出て来い！」と乱暴な声が聞こえて、十蔵は湿った煎餅《せんべい》布団から飛び起きる。玄関に向かうと、そこには数人の屈強な男たちが狭い土間に犇《ひし》めき、姿を現した十蔵を見上げていた。全員が伊妻家に仕える者たちだった。

「な、何だ……いったい……」

と、戦《おのの》いていると、土間の奥の作業台にあった人魚の木乃伊を見て男たちが嫌らしい笑みを浮かべていた。

「気持ち悪《わり》ぃんだよ！」

作業台を蹴《け》り飛ばされ、大切な人魚の木乃伊が土間に転がった。そのとき、木乃伊の右手首がへし折れておかしな方向に曲がった。

「あー！　やめろ……」と声をあげて、十蔵は床から飛び下りようとした。すると右袖《みぎそで》を摑《つか》まれて、強引に土間へと引き倒された。そのまま小突かれて、蹴られて踏まれた。

「やめてくれ……」と懇願しても、暴力の雨は降り止《や》まない。亀のように丸まるしかなす術《すべ》がなかったが、そうすると首根っこを摑まれて無理やり立たされ、羽交い締めにされ、腹や顔を何度も殴られた。

前歯が折れて、口の中が切れて、頰が腫《は》れ、鼻腔《びこう》から喉《のど》の奥に大量の鼻血が流れ込む。十蔵は噎《む》せ返り、血反吐《ちへど》を撒《ま》き散らしながら不気味に笑った。彼は精神的に動揺すると、ヘラヘラと笑ってしまう癖があった。

「本当に、薄気味悪い野郎だな」

そう言われて殴られたあと、十蔵は呂律《ろれつ》が回らない口調で、ようやくその言葉を発する。

「どぼして、ごんなごとを……」

すると、正面にいた男が十蔵の顎《あご》を右手で摘《つま》み嫌らしく笑う。鼻の頭と頬が日に焼けて赤茶けており、はだけた甚平からは束子《たわし》のような胸毛が覗《のぞ》いている。

佐平《さへい》という名前の乱暴者だった。

「子供を拐《さら》ったのお前だろ？」

「は？」

「しらばっくれんじゃあねえよ！」

既に何度も殴られて紫色に腫れた鼻っ柱に拳《こぶし》がめり込む。

「うう……」と呻《うめ》いて俯《うつむ》くと、信じられない量の鼻血が、ばたばたと足元に落ちた。佐平に髪の毛を鷲摑《わしづか》みにされて、無理やり視線を上げさせられた。その十蔵の左目に、佐平は唾《つば》を吐き掛ける。

「拐った子供で、あの気持ちの悪い木乃伊《ミイラ》を作ってやがったんだろ？　なあ？　早く吐け」

十蔵は大きく目を見開く。

いつか亀吉が『おっさんの木乃伊って、本物の人間の死体を材料に使ってるって、聞いたんだけども』などと言っていた。あのときは馬鹿馬鹿しいと思ったが、佐平たちはどうやらその噂話を信じ込んでしまっているらしい。

口の中が腫れて上手《うま》く声が出そうになかったので、十蔵は必死に首を横に振った。何度も振った。

しかし、右頬と右目尻《めじり》の真ん中あたりを思い切り殴られた。耳の奥で金盥《かなだらい》を引っ掻《か》いたような音が鳴り響き出す。

「……オイ。とっとと、自分がやりましたって白状しろよ。そうすれば、お上《かみ》につき出すだけで勘弁してやる」

そんな事になったらもう作品を作れなくなる。亀吉や他の村の子供に会えなくなる。そもそも、そんな酷《ひど》い事はしていない。動物の死体を切り刻むのとは訳が違う。今でも動物の死体に刃物を入れるときは心が痛むくらいだ。生きている子供をどうにかできる訳がない。

十蔵はさっきより強く首を横に振った。血反吐を滴しながら声にならない声をあげた。しかし、佐平は心底面倒臭そうに溜め息を吐いただけだった。

周りにいた他の男たちの顔はすでにぼやけて見えなかったが、罵声《ばせい》を飛ばしているのは解った。その中の誰かが言った。

「もう殺してしまえよ」

するとと佐平が怒鳴り返す。

「駄目だ。罪を認めさせるぞ!」

再び拳が振るわれる。

やがて、意識が遠ざかり、凍えるような寒さが身を包む。そんな中で十蔵は思い出した。

そういえば、人魚の木乃伊作りに夢中で気がつかなかったが、亀吉や他の子供たちがしばらく自分の元を訪れていなかった。

村で何人かの子供が行方不明になっていたのは知っていた。それできっと、親が厳しくなって、あまり自由に出歩けなくなったのだろうと何となく思っていたが、もしかしたら佐平のような大人に言われたのかもしれない。

十蔵が子供を拐っているから、奴の家には近づくな。

そうだったら、悲しいな……と十蔵は思った。

そして、完成した人魚の木乃伊を亀吉に見せたかった……という思いを最後に、彼の意識は途切れた――

◇◇◇

「恐らく〝足斬り十蔵〟という人物は、過去にこの蝦浜で発生した男子児童殺害の濡《ぬ》れ衣《ぎぬ》を着せられたのだと思います」

と、結論を述べて、成瀬は車の運転席でコンビニのホットコーヒーのカップを口元へと運んだ。成瀬の言葉に耳を傾けていた助手席の九尾も、同じようにホットコーヒーを口にしてから言葉を発する。

「じゃあ、本物の人間を使って作られた人魚の木乃伊は……」

「そんなものは恐らく存在しません」

成瀬はきっぱりと言い放つ。

そこは伊妻邸のあった丘からさほど離れていない場所に所在するコンビニの駐車場だった。

「実は神楽坂さんの話を聞いたとき、俺は少しだけ違和感を覚えました」

「何が……？」と、九尾は首を傾げる。その違和感の正体を成瀬は口にした。

「彼によると、足首を摑んだ男児の霊が腐乱した姿になったそうじゃないですか。それがおかしいんですよ」

「え、どういう事なの？」

九尾がピンと来ていない様子だったので、成瀬は答えを述べた。

「木乃伊にされたならば、男児の死体は腐りようがありません」

霊はまったく無関係な姿で現れる事はない。

その言葉を発した本人が「あー」と声を上げる。成瀬は更に話を進めた。

「それで、そもそもの発端となった神楽坂さんの人魚の木乃伊も、人間を使ったものではありませんでしたし。そうなると、〝足斬り十蔵〟なる人物は、人間を素材にした人魚の木乃伊を作っていないと考えるべきでしょう」

「確かに……」

九尾はいったん納得した様子だったが、すぐに首を傾げて新たな疑問を口にした。

「でも、それなら、十蔵の家の裏庭の古井戸から四人分の脚が見つかったというのは……」

「それは嘘でしょうね。本沢さんは十蔵について、こんな事を言っていました」

そこで、成瀬は手にあったコーヒーカップをドリンクホルダーに置いた。それから視線を斜めに上げて、コートのポケットからスマートフォンを取り出した。そして、ところどころ録音を再生しつつシークバーを動かす。

「……あった。この次ぐらいだ」

その言葉と共に本沢の声が、成瀬のスマートフォンから流れ始める。

『もともと十蔵は、もっと、海沿いの方に住んでいたみたいなんですよ。ただ、彼が若い頃に暴風で家屋が倒壊し、この墓地裏のおんぼろ屋に移り住んだそうです』

と、そこで成瀬は録音を止める。九尾は首を傾げた。

「これが、どうしたの？」

「思い出してください。神楽坂さんは、あの木乃伊を引き取ってから夢を見たと言ってましたね」

「ああ、うん。確か古井戸の夢を見たとか」

九尾の言葉に成瀬が頷《うなず》く。

「確か、神楽坂さんは、その古井戸について〝黒松や苔《こけ》むした石灯籠《いしどうろう》が並んだ庭先にあった〟と言っていました。これも、おかしいんです」

成瀬はスマートフォンを再びコートのポケットにしまいながら話を続ける。

「……さっきの録音を聞いて解る通り、当時の十蔵は、善豊寺の墓地の裏手にあるおんぼろ屋で荒《すさ》んだ生活を送っていました。そんな裕福ではない彼の家の庭先に立派な黒松や石灯籠など、ある訳がない」

九尾は、はっとする。

「なら、いったい、神楽坂さんの見た夢は……」

「伊妻邸の庭でしょう」

「じゃあ……」

「九尾先生の霊視や神楽坂さんの見た夢の井戸は、十蔵の家の裏庭にあった井戸ではなく、伊妻邸にあったものだったのだと思います。これは想像ですが、あの地蔵のあった場所に、その井戸があったのではないでしょうか。子供たちは殺されたあと、伊妻邸にあった井戸に遺棄され、そのまま埋められた。本沢さんによれば、後で警察が介入したとあるので、たぶん三体分の死体の脚は本当に切断されて、十蔵の家の古井戸に遺棄されたのでしょうね」

ここまでくれば、九尾も誰が十蔵に罪をなすりつけたのかが解ったようだ。

「すべては、伊妻家の仕業……」

「俺もそう思います。きっと、伊妻家の誰かが子供を手に掛けて、一族や関係者総出で十蔵に罪を被《かぶ》せて、真相を隠蔽《いんぺい》した。これが明治三年から四年に掛けて起こった事件の真相です」

と言ってから、成瀬は再びドリンクホルダーからコーヒーカップを取り出すと、温《ぬる》くなった中身を飲み干した。すると、九尾が声をあげる。

「きっと、最初の伊妻由清の一件だけは、本当に十蔵の目撃証言通りの事故だったんだわ。だから、子供の霊は三人しかいなかった」

「ええ。間違いないでしょうね」と、成瀬は同意してから己の見解を口にした。

「そもそも、由清の一件と他の三人の一件には大きな相違点があります。由清は嵐の後に自分で家を抜け出して姿を消した。他の三人は全員が利男の寺子屋の後で失踪《しっそう》している。失踪時期も一人だけ大きく離れている。あの覚え書きがなければ、別件だと考えるのが自然です」

そこで九尾が忌々《いまいま》しげな顔で言った。

「たぶん、十蔵の墓を建てた高僧もグルね。三人の子供の死体を遺棄した井戸を埋め立《た》てて、あの地蔵を建てたのも、その高僧で間違いないわ。伊妻家は祟りを本気で恐れていたのだと思う。十蔵の墓や伊妻邸跡地にあった地蔵は死者を悼んだ供養なのではなく、悪霊に対する封印だもの――

それは、災いをなす荒御魂《あらみたま》を手厚く奉りあげる事で、強力な守護神とする、日本古来の祟り神信仰と似通った考え方であるような気がした。しかし、祟りを鎮めるために神として奉るのではなく、祟りをなす前に、祟りそうな死者を封じるやり方は、どうにもフェアではないような気がして、成瀬は何とも言えない理不尽さを感じた。

ともあれ、そこで九尾が新たな疑問を呈した。

「……それにしても、三人の子供を殺したのは伊妻家の誰なのかしら？　その人物はなぜそんな事を……」

「流石に動機までは解りませんね。でも、犯人なら何となく、どういう人物だったのかは想像できます」

と、成瀬が言うと、九尾は運転席の方に右手をかざして「待って」と言って思案顔をする。

「……伊妻利男ね？　三人の子供たちが失踪したのは、いずれも寺子屋があった日だし」

この九尾の推理に成瀬は苦笑しながら首を横に振った。

「……本沢さんの話によれば、彼は仕事で当主の嘉男と共に家を空ける事が多かったらしいじゃないですか。どんな動機かは知りませんが、子供を拐《さら》って殺すなら、村の子供は狙わないんじゃないでしょうか。わざわざ自分が開いた寺子屋の日を選んで犯行に出る理由も解りません。もちろん、覚え書きにあった記述が本当である事を前提とした推

「たぶん、犯人は、あまり村や伊妻邸から外に出る事のない人物でしょうね」

成瀬は更に己の推理を述べる。

九尾が唇を尖《とが》らせた。

「じゃあ、誰なのよ？」

理ではありますけど」

◆◆◆

風が唸《うな》り天井が軋《きし》む酷《ひど》い嵐の晩。

そこは紙と墨の匂いが染み付いた伊妻邸の一室だった。

壁一面が本棚で覆われ、そこに収まり切らなかった本が床の間に平積みにされていた。その前に置かれた文机に向かい、入り口に背を向けるのは伊妻利男である。この部屋は彼の書斎兼寝室だった。

利男は行灯《あんどん》の明かりを頼りに、例の一件についての覚え書きをしたためていた。こんな風が強い晩はどうせ寝つきが悪くなる。それなら丁度よいと、利男は筆を取る事にしたのだ。もう一月《ひとつき》も前の事となるが、それでも記憶は鮮明だった。筆は思ったより速く進んでいる。

利男は満足げに頷き、筆先を硯《すずり》の中に浸した。

すると、とつぜん、入り口の戸が開き、その向こうから赤ら顔の嘉男が顔を覗《のぞ》かせた。

「おう。眠れん。付き合え」と、右手の一升瓶をつき出す。

利男は苦笑して硯に筆を置いた。

嘉男は部屋の中央に敷いてあった布団を足でどかし、どかりと腰をおろした。その彼の前に利男も座る。

嘉男が「仕事か？」と言って、左手の湯飲みの底を畳の上にどんと叩《たた》きつけ、その上で一升瓶を傾けた。利男はその薄暗がりの中で、渦を巻き湯飲みを満たしてゆく白甲色の液体を眺めながら口を開いた。

「いや。あの記録を残そうと思って」

〝あの〟だけで弟が何の事を言いたいのか察した嘉男は、不機嫌そうに鼻を鳴らすと一升瓶に直接口を付けてぐい飲みしてから言った。

「……そんなもの、残したところで何になる？」

利男は苦笑しながら湯飲みを手に取る。

「いや。我々の描いた筋書きを事実とするためにも必要だよ。これから、どんどん時が経つにつれ記憶は薄れる。そのたびにあの件に関わった者たちの言う事は食い違ってゆくようになる。嘘に綻《ほころ》びが出るかもしれない。そうならないためにも、実際に起こった出来事としての記録は必要になる」

嘉男は鼻を鳴らすと一升瓶に口をつけて再びぐいと酒を飲み下す。そして、手の甲で口元をぬぐいながら言った。

「お前は考えすぎだ」

「兄貴《あんちゃ》が考えなすぎなんだよ」

二人は顔を見合わせて笑った。

そして、嘉男がしみじみと言う。

「それにしても、お前が俺の弟で助かった……」


彼らが事態を把握したのは明治四年の八月一日の事だった。その日も利男は朝から寺子屋を開き、集まった子供たちの手習いを見ていた。そんな中、事が起こったのは正午になる少し前だった。嵯峨根《さがね》健吾《けんご》という男児が厠《かわや》にいったきり帰って来ない。

まさか逃げ出したのかと思ったが、健吾は大人しく真面目な少年であった。怪訝《けげん》に思った利男は、寺子屋の会場である大広間を出ると屋敷の裏手にある厠へと向かった。そうして、裏庭に沿って横たわる縁側に差し掛かったときだった。

庭先の良く手入れをされた黒松や石灯籠《いしどうろう》の奥にある、今は使っていない古井戸の前に、紋白蝶《もんしろちょう》のような白い単衣《ひとえ》を着た須磨子の姿があった。須磨子は自分の足元に寝かせてあったそれの脇を両手で抱えあげ、井戸の縁に載せた。

その瞬間、利男は目を丸くして凍りつく。

なぜならそれは、ぐったりとして動かない嵯峨根健吾であったからだ。

「須磨子さん、何を……」

と、声を掛けた瞬間だった。須磨子は健吾を井戸の中に突き落とした。水の音が響き渡る。

そこで須磨子は縁側の利男に気がついたらしい。彼の方を見て、幼子のように微笑んだ。

「あら、利男さん、どうしたの？」

由清がいなくなったときから彼女の様子が少しおかしくなっていたのは知っていた。しかし、まさかここまでとは思いもしていなかった。

利男は縁側から飛び下りて古井戸に駆け寄り、縁に手をついて中を覗き込んだ。すると、酷い悪臭が底の方から立ち上ってきて彼は顔をしかめた。

井戸の底の嵯峨根健吾は俯《うつぶ》せになったまま、ぴくりとも動かない。そして、その左側に薄黄色の瓜《うり》のようなものが二つ浮いている。

それが人間の頭蓋骨《ずがいこつ》だと気がついたとき、利男は口元を手で押さえて、込みあげる胃液をどうにか飲み込んだ。

この古井戸は濁った水が出るようになってから、井戸祓《ばら》いをして木板の蓋《ふた》を掛けていた。埋め立てるはずだったが手配が遅れており、今は誰も覗こうともしない。利男も今の今まで、その存在すら忘れていた。

「……須磨子さん、貴女《あなた》は何て事を」

利男が彼女の方を見ると、そこには瞼《まぶた》が開いているにも拘《かかわ》らず何も見ていないような眼差《まなざ》しと、満面の笑みに歪《ゆが》んだ口元があった。

「ねえ、利男さん。その子たちにそっくりな、私のあの子はどこへ行ったの？」

と言って、須磨子が神経に障るような甲高い笑い声を立てる。

利男の背筋が怖気《おぞけ》で震えた。

それは彼が人生で目にした物の中で、もっとも恐ろしいものだった。


「……あれは本当に、ぞっとしたよ」

その記憶を流し去るかのような勢いで、利男はつがれた酒を一気に飲み干す。

あのあとが大変だった。

ひとまず、嘉男に報告すると、彼は商売に差し障りがあるとしてすべてを隠蔽《いんぺい》する決断を下した。そこで利男は十蔵にすべての責任をなすりつける事に決めた。

警察が蝦浜村の男児の失踪《しっそう》について不信感を抱いている事は知っていたので、どこかでしっかりと落とし処を作らないと、真実が露見しかねないと考えたのだ。その落とし処として十蔵は最適だった。

村の鼻つまみ者で、たまに子供を自宅に引き入れていた事も知っていた。以前に誰かが冗談めかして言っていた〃十蔵は本物の人間を使って妖怪《ようかい》の木乃伊《ミイラ》を作っている〃という与太話が真実だった事にすればいい。

そう考えた利男は、使用人たちを使って古井戸の底にある死体をいったん引き上げた。嵯峨根健吾よりも先に井戸に投げ入れられていた死体のうち、一体は白骨化しており、もう一体もほぼ肉が剝《は》がれ落ちていた。あまりの酷い有り様に、作業に当たった使用人たちはしばらくまともに飯が喉《のど》を通らなかったのだという。

その三体の両脚だけを十蔵の家に運ばせ、彼の家の裏庭の古井戸に投げ入れさせた。

そうして、十蔵を暴力で脅して自分が犯人であると認めさせようとしたのだが、彼はやってもいない罪を認める前に死んでしまう。それだけが唯一の誤算だった。


「まあけっきょく、警察の方も、この件は十蔵の仕業という事で済ませたいようだし、祟《たた》りの方も心配はいらない」

「ああ……」

厳《いか》つい外見に反して、嘉男は縁起を担ぎ迷信を重んじる。彼は大枚をはたいて拝み屋として有名な僧侶《そうりょ》を呼んだ。

「もう、全部済んだ事だ。あれも木乃伊をあてがってから、ずっと大人しくしている事だし、もう終わったんだ」

嘉男は畳の上に置かれた湯飲みを再び酒で満たしながら言った。

伊妻兄弟が酒を酌み交わしている頃だった。

行灯《あんどん》の鬼灯《ほおずき》色の光が照らす中で伊妻須磨子の口元が優しい笑みに歪んだ。裏庭に面した離れにある板間で、寝間着の白い浴衣《ゆかた》姿の彼女が腕に抱くのは、あの十歳の遺作となった人魚の木乃伊であった。

須磨子は慈愛に満ちた眼差しを向けながら子守り唄《うた》を口ずさんで、木乃伊をあやしていた。

この木乃伊を由清だという事にしようと言い出したのは利男であった。それを実の母親が証言した事にすれば信憑性《しんぴょう》が増すであろうという目論見《もくろみ》があった。

しかし、須磨子は伊妻邸に持ち帰られた木乃伊を見るなり、本当にそれが由清だと信じ込んでしまった。以降は木乃伊の世話を焼く毎日を送っていた。

嘉男に雇われた僧侶が祟るかもしれないので荼毘《だび》に付した方がよいと言っても、がんとして木乃伊を手放そうとはしなかった。強引に引き離そうとすると、とても女とは思えない力で、それこそ憑《つ》き物にでもあったかのように暴れた。

妻を持て余していた嘉男は、須磨子が大人しくなるならばと、木乃伊を取り上げる事を諦《あきら》める。その代わり、嘉男は妻を離れの板間に追いやった。

そんな風に須磨子がおかしくなってしまったのは、やはり由清の一件が原因だった。

彼女はずっと、我が子を殺してしまったのは自分ではないかという自責の念に苛《さいな》まれていた。十蔵に対して声を荒らげたのも、本気で彼が由清をどうこうしたと思っていた訳ではない。それは自責の念に押《お》し潰《つぶ》されそうだった彼女の精神の防衛反応であり、自分がもっとも望んでいない一報を運んできた者への八つ当たりに過ぎなかった。とうぜん、そんな程度の事で気が晴れる訳もない。

そして、あの日以来ずっと鬱々《うつうつ》とした毎日を送っていた彼女を更に追い込んだのは、利男の寺子屋であった。

屋敷へとやって来る子供の姿を見るにつけ、その声を聞く度に、彼女は思った。

どうしてうちの子はいないのに、あの子たちがこの屋敷にいるのだろうか。なぜ、勉強を終えたあの子たちは、笑顔で親の元へと帰って行くのだろうか。

そのとうぜんの事が、恐ろしく理不尽に感じられた。

そうして、彼女の理性の壁が崩れたのは、明治四年の四月頃。ちょうど由清が消えたときのような嵐のあとだった。

その日の寺子屋が終わり、帰り際に厠《かわや》を借りた男児を裏庭に面した人気《ひとけ》のない縁側で手に掛けた。この子を親の元へと帰したくない。そんな思いが急激に込み上げて、気がついたら、その首に手を掛けていた。

それから、ぐったりとして動かなくなった男児を使っていない古井戸まで引きずって捨てた。彼が帰らない事で、彼の母親が悲しむ顔を想像すると、仲間を得たような気がして胸の奥が温かくなった。

そんな気持ちになったのは、由清がいなくなってから初めての事だった。以降の二人に関しても、同じ事の繰り返しとなった。

そして、例の一件を経て、十歳の人魚の木乃伊を手にした彼女の心は安らいでいた。

「ねんねこ、ねだまこねだまこせ……ねっだら、ねずみのぼぼもらぉ……」

その子守り唄は、外から聞こえる風の音に塗り潰され消えてゆく。

すると、唐突に須磨子はぴたりと歌うのをやめた。そして、入り口の板戸の方をじっと見つめ始める。

風が泣き叫んでいた。それ以外の音は何も聞こえない。

「気のせい……？」

そう呟《つぶや》いて少し経ったあとだった。

須磨子はいっぱいに目を見開く。

「やっぱり……迎えに来てくれたのね」

彼女はあれだけ大事にしていた人魚の木乃伊を床の上に投げ出して立ち上がる。そうして、板戸に手を掛けた。板戸はふだん須磨子が勝手に出歩かないように施錠がされている。

しかし、彼女が板戸に触れたとたんに、風が強く吹き付け、建物が大きく揺れた。その拍子に板戸に掛かっていた南京錠《なんきんじよう》が蝶番《ちようつがい》ごと外れて、ごとりと床に落ちた。それは偶然なのか、はたまた何かの意思が働いていたのかは解らない。

ともあれ、須磨子は板戸を開けると暗闇の向こうへと溶け込むように足を踏み出した。

この夜を境に伊妻須磨子は離れの板間から忽然《こつぜん》と姿を消した。

そして、更に数日後、彼女の醜く膨れ上がった水死体が海に浮かんだ。

◇◇◇

運転席でスマートフォン越しに穂村への報告を終えると、成瀬は言った。

「もう霊障が起こらないなら、あの人魚の木乃伊を科警研に預けたいそうです」

例の人魚の木乃伊は、元々は盗品である。もちろん善豊寺から盗まれたのが十三年前の事なので、その窃盗に関する刑事事件としての時効は成立している。しかし、以前より呪物《じゆぶつ》や祭具が寺院などの宗教施設から盗まれる事案が問題視されており、他の事件に関わる指紋やDNAが採取されるかもしれない、との事だった。

「それから、ふと思ったんですが、十蔵の方は大丈夫なんですか？」

「というと？」

九尾がピンと来ていないようだったので、成瀬は言葉を続ける。

「祟りが起こらないように封じられた、彼の魂は今……」

「大丈夫。彼の魂は安らかに眠りについている。あのままにしておけば、近いうちにこの世から去ると思う。少なくとも今のままなら祟りを起こす事はない」

「安らかですか……」

十蔵が濡《ぬ》れ衣《ぎぬ》を着せられて殺されたのだとしたら、安らかに眠れる訳がない。成瀬は違和感を抱く。そこで、本沢の話を思い出した。

「……九尾先生」

「何？」

「伊妻嘉男の晩年は悲惨なものだったと本沢さんは言っていましたが、それは十蔵の祟りなのでしょうか？」

十蔵は既に自分を謀殺した者に祟りをもたらしていた。だから、今は安らかに眠っているのではないか。

成瀬はそう考えたのだが、九尾は首を横に振った。

「たぶん違うと思う。あのお墓にほどこされた儀式はかなり強力なものよ。いくら強い怨《うら》みがあっても、あの地蔵の底に封じられていた子供のように、微《かす》かな力で訴えかける事しかできなかったはず。偶然ではあるけれど、伊妻家が没落して気が済んだのではないかしら？」

「なるほど……」

しかし、それならば、なぜ未《いま》だに彼の魂はこの世に止《とど》まり続けているのだろうか。事件の当事者たちが滅んだのは、ずいぶんと昔のはずである。それとも、他に何かの心残りがあったのか。

成瀬が思案顔をしたところで、九尾の能天気な声が助手席から響き渡った。

「……そんな事より、成瀬くん」

「何ですか？」

「仕事も終わった事だし、ほら、ね？」

九尾がお猪口《ちょこ》を持って、ぐい飲みする仕草をした。

それを見た成瀬は深々と溜《た》め息を吐く。こんな土地勘のない場所で、酔っ払った九尾の介護をするなどまっぴらごめんだった。

「いや、とっとと、帰りたいんですけど。木乃伊《ミイラ》を科警研に持っていかないと駄目だし」

「じゃあ、お酒が売ってるお土産屋に寄ろうよ。それぐらいなら良いでしょ？」

「まあ……それぐらいなら」

と、成瀬は言って車を走らせた。そうして、コンビニの駐車場から出たところで、なんとなしに言葉を吐いた。

「本当にお酒、大好きですよね」

「ええ。わたしの前世はきっと大酒飲みだったに違いないわ。上杉謙信とか」

その言葉に成瀬は思わず吹き出す。上杉謙信と九尾天全の共通点など酒飲みである事以外にまったく存在しない。

そこで、成瀬はふと疑問に感じた事を九尾に問う。

「先生。生まれ変わりなんてあるんですか？　たまに聞きますけど」

「ええ。まだわたしたちでさえ、原理は良く解っていないけど、これは本物の生まれ変わりだという事例は、ときおり確認されているわね。前世の一部の記憶が残っていたり、身体的な特徴が一緒だったり」

「へえ」

この九尾が言うのだから、間違いないのだろう。彼女は確かに酒にだらしないが、そういった世界の第一人者でもあるのだから。

素直に感心していると、九尾は身振り手振りを交えて何やら語り始めた。

「……成瀬くん、魂っていうのはね、ぐるぐると廻《まわ》っているの。ぐるぐると……こう、ここが現世だとすると……レコードプレイヤーを想像してみて？　現世がプレイヤーの針で……」

またいつもの、高度なのか、説明が下手なのか良く解らない話が始まった。

それに耳を傾けながら、成瀬は九尾と共に酒田市の駅周辺を目指したのだった。

◇◇◇

翌日の昼過ぎだった。

成瀬は九尾と共に『かぐら堂』へと向かった。店主の神楽坂卓也に顚末《てんまつ》を直接報告するためだ。

店の中に入ると相変わらず客はおらず、暗く湿っていた。その店内の奥の勘定場で、臙脂《えんじ》色の着流しを着た彼が、古書を開いて退屈そうにしていた。

成瀬たちが店に入るなり、神楽坂は顔をあげて鬱々《うつうつ》として見える笑顔で声をあげた。

「おお……九尾先生に成瀬さんじゃないですか」

挨拶《あいさつ》を返し勘定場の方へ向かうと、成瀬には、彼の顔色が初めて会ったときより、ほんの少しだけましなように思えた。

ともあれ、九尾が事の顚末を説明する。相変わらず陰気な顔つきではあったが。いくつか成瀬が補足を加えながらすべての話を終えると、神楽坂は少しだけ残念そうな表情で言った。

「……そうだったんですか。もう、祟《たた》りが起こらないなら、あの人魚の木乃伊を手元に置いておきたかったんですけど、盗品というなら仕方がありませんね」

「まあ、その辺りは持ち主と交渉してください。ただ、ずっと代々お寺で秘蔵されていたものなので難しいとは思いますが」

と、成瀬が言うと、神楽坂は「そうしてみます」と言って、陰鬱そうに見える笑みを浮かべた。

そこで、九尾が眉《まゆ》を釣り上げて釘《くぎ》を刺す。

「ともかく、今後は、ああした怪しいものを手にするときは、わたしを頼ってください」

「あはは……そうですね」

と言って、神楽坂が申し訳なさそうに右手で頭を掻《か》いた。

そのとき成瀬は、彼の右手首に歪んだ三日月のような痣がある事に気がついた。

それから数日後の事だった。

科警研から、人魚の木乃伊の木箱から、前科のある人物の指紋が検出されたとの連絡があった。

それは、新垣真一という男のものだった。

幕間 1

カーテンを開けると硝子《ガラス》窓に、ガウンをまとった自分の姿が映り込んでいた。

相応に老いてはいたが、最近は十歳ぐらい若返ったように感じられるのは手前味噌《みそ》だろうか。以前は白髪があっても気にしなかったが、ちゃんと美容室で染めてもらうようになった。食べるものにも気をつけていたので、最近は頬がほっそりとしてきて、肌艶《はだつや》も良かった。

二十代は流石に無理でも三十代前半には見えはしないか。

そんな事を考えながら、馬場好美《よしみ》は寝間着のままリビングの縁側へ通じる掃き出し窓を開けた。その瞬間、冷たい夜風が身体を包み込み、思わず身震いした。縁側に出ると、靴下のまま茶色いゴムのサンダルに足を通して夜の闇に沈み込んだ庭先の芝生へと下りた。

明日《あした》は朝から夫である房信の葬儀のために上京してくる親族を出迎えなければならなかったので、早めに眠りたいところであったが、布団に入ったとき不意に思い出した。

きっと、それを親族たちに見られたとしても何も思われないだろう。しかし、そのままにしておく事が、どうしても後ろめたく感じられたので、夫を送り出す前に処分する事にした。

好美は縁側の下に重ねて置いてあった使っていないテラコッタ鉢を一つ取り出して、中に処分したかったそれを入れた。そして、鉢を地面に置くとガウンのポケットから取り出した点火棒で火をつけた。

それはドレッドヘアのような毛糸の髪と小さなビーズの赤い目、そして口の位置には赤いバツの縫い目が三つ横並びになっている真っ黒な人形であった。その胸元をよく見れば、針で刺したような穴が空いている事が解る。

馬場房信を呪い殺したポペットであった。

彼女がこのポペットを手にしたのは、ほんの偶然だった。パート先のスーパーの休憩時間にスマートフォンでショート動画を見ていると、その奇妙な人形に関する都市伝説が流れてきた。動画にあった通りにやると、本物の呪いの人形が家に送られてくるのだという。

もちろん、初めは信じていた訳ではなかった。ほんのちょっとした退屈しのぎ。単なる憂さ晴らし。しかし、本当に呪いの人形が届けられた。

驚くと同時に好美は、その人形を夫に使ってみる事にした。

夫の房信との関係はずいぶん前に冷えきっていた。いや、むしろ、最初から愛などなかったのだろう。そもそも、夫を生涯の伴侶《はんりょ》に選んだのは、完全に金が目的だった。

結婚したときは、年収も高く無口で五月蠅《うるさ》くない最高の物件を捕まえる事ができたのだと、好美は幸せを噛《か》みしめていた。好きではなくても、一緒に暮らしていれば、そのうち愛着が湧くのではないかと思っていた。

しかし、房信はとにかく生真面目で、彼との生活はまったく刺激に欠けていた。彼女がパートに出ているのは、生活のためではなく、退屈をまぎらわすためだった。

房信は、好美がパートに出る事について「別にいいんじゃないかな」と一言述べただけだった。これを受けて、きっと夫は妻である自分の事に興味がないのだろうと、好美の気持ちは修復不能なほど冷えきってしまった。

しかし、お陰でパート先のスーパーでバイトしていた大学生の素敵な男の子と知り合う事ができた。

彼は生真面目な夫とは何もかもが正反対で刺激的だった。子供っぽいところもあったが、元々親子ほど歳が離れているので、そこは気にならなかった。

夫とは違い、彼は自分の存在を求めてくれていると感じられたし、恋人が別にいるそうだが本命はこちらであると言ってくれているので、好美はその言葉を信じていた。

ともあれ、夫に関するあらゆる後始末が済んだら、保険金で二人っきりの海外旅行へ行くのも良いかもしれない。

自分の未来は明るい。

その幸せをもたらしてくれた存在に好美は心の底から感謝する。

「〝神様〟ありがとうございます」

そう呟《つぶや》いて、人形が燃え尽きるのをじっと眺め続けた。

◇◇◇

都内某所に所在するタワーマンションの一室での事。

部屋の窓はすべてモスグリーンのカーテンによって塞《ふさ》がれていた。フローリングの床と人工観葉植物、息抜き用の漫画や小説がならんだ三段の本棚の他には、32型のモニターとキーボード、ノートパソコンが載った大きな机があるばかりだった。

そのキーボードを叩《たた》きながら、動画の編集作業に精を出しているのは、灰色のスエットを着た長髪の男だった。二十代前半くらいに見え、頬がふっくらとしており、どことなく齧歯《げっし》類を思わせる顔立ちをしていた。

彼は長濱《ながはま》タカシという名前で活動している、オカルト系動画配信者だった。登録者数は三十万人と中々の人気を誇っている。基本的にはショートや、十分から二十分程度の動画投稿がメインだが、ゲストを呼んでの怪談会やホラーゲームなどの配信活動も定期的に行っている。

このとき彼が編集していた動画の内容は、昨年末に謎の死を遂げた同じオカルト系動画配信者のノロイに関するものだった。

ノロイの死は現在、オカルト界隈《かいわい》ではちょっとした話題となっており、彼の死を考察する動画が大量にアップされているという状態だった。もちろん、その真相にかすっている者は皆無であるのだが……。

さておき、ノロイ関連の動画は再生数を稼げたが、すでにネタ切れ状態であった。長濱は特に彼と懇意だった訳でもないし、関係者とのつてもなかったので、他の動画の焼き直し程度の内容に適当な憶測を加えたものしか作れなかった。

そんな訳だから、このネタで何回も動画を作るのには無理があった。あまり不謹慎な憶測を重ねても炎上のリスクがあるし、下手をすれば収益化の停止などの処罰対象となる恐れもある。

今回の動画は、ノロイが死んだとされる奥多摩《おくたま》の事故物件でかつて起きた一家心中についての詳細をまとめたものだった。長濱はこれを最後に新たなネタへと移るつもりでいた。

そうして、編集が一段落ついたので、休憩がてらに通知やメールのチェックをし始める。

最後にリスナーからのリクエストやネタ募集のために用意したフォームを確認していると、気になる投稿を見つけた。

それは今から二週間ぐらい前のもので、奇妙なSNSアカウントにまつわる都市伝説めいた話を確認して欲しいというリクエストだった。

すぐに検索してみると、同じネタを扱った投稿者は現在三名。

さほど広まっているとは言えないが、長濱の勘では次のオカルト界隈のブームとなる予感がした。ようは見せ方次第なのだ。

彼はさっそく、そのネタをどう料理するのか思いを巡らせ始めた。

◇◇◇

行き交う人々と重なって、二人掛けの席に座る人々の横向きの姿が硝子の壁に映り込んでいる。

それは、駅構内のコーヒーショップだった。その硝子張りの壁際に並ぶ二人掛けの席での事。紺色のボレロ型の制服を着た少女たちが、退屈そうにキャラメルマキアートの白い泡をストローで突っつきながら、何やら話している。

「ねえ。暇。何か面白い話して」

そう言った少女の名前は黒川瑞季《くろかわみずき》。

黒のロングヘアで顔立ちは整っており垢抜《あかぬ》けていた。

彼女の言葉に「無茶振り、やめてよ」と反応を示すのは、水野《みずの》結《ゆい》という名前の、ショートボブで大人しい印象の少女だった。

二人とも都内の公立高校に通う二年生で、家が近い事もあり、幼稚園からの付き合いだった。

「いいから。何かない？」

「まあいいけど」

と、水野は黒川に急《せ》かされ、しばらく考え込んでから語り始める。

「じゃあ、これは？　最近、ショート動画で流れてきたんだけど……」

水野によれば、あるSNSのアカウントに、嫌いな人の名前と一緒に〝神様一つお願いします〟と記したDMを送ると、三日以内に〝神様〟の夢を見るのだという。そして、人形が送られて来るのだそうだ。

「人形……？」

「そう。ガチで本物の呪いの人形」

「呪いの人形？　てか、あんた、そういう話、好きだよねー」

「まあね。スプラッタは苦手だけど」

「で、その呪いの人形って何なの？」

「小さな布の人形で、夢で〝神様〟が言っていた通りに、その人形を使って呪いを掛けると、呪いを掛けられた人は本当に死んじゃうんだって」

「何なのそれ。本当なの？」

「知らない。都市伝説じゃない？」

「ふーん。その人形って無料？」

「それも、知らない。てか、そもそも住所書いてないんだから家に届く訳がないし」

「まあ、単なる都市伝説か」

「でも、実は、それっぽいアカウント、見つけちゃったんだよね」

「ガチで？」

「うん。フォローしたら、秒でフォロー返してきて、ちょっとキモかった」

「で、送ったの？　DM」

「いや、何か怖くなって、すぐフォロー外してブロックした」

そこで黒川は少しだけ思案すると、悪戯《いたずら》っぽい笑みを浮かべながら自分のスマートフォンを手に取った。

「ねえ。そのアカウント教えてよ」


静寂の中で聞こえるのは自身の微《かす》かな息遣いだけだった。

机の上の電波時計が音もなく午前二時三十三分を告げる。

正面に見える棚に並んだぬいぐるみたちが、無機質な眼差《まなざ》しで暗闇の向こうから見つめていた。

黒川瑞季は自室のベッドの上で上半身を起こしたまま、少しの間、双眸《そうぼう》を瞬《またた》かせていた。

おかしな夢を見た。あれはいったい何だったのか。もしかすると、あれが〝神様〟なのか……。

黒川は鼻を鳴らし、その馬鹿な考えを打ち消した。きっと、昼間に水野結とあんな事をしたからだ。だから、夢に見ただけだ。

だいたい、あんな変な姿をしたものが〝神様〟であるはずがない。

「馬鹿馬鹿しい」

そう独り言《ご》ちて、黒川は再び布団の端を胸元に引っ張りあげながら、後頭部を枕の上に置いた。固く目を瞑《つぶ》ろうとする。

しかし、完全に目が冴《さ》えてしまい眠気がやって来ない。頭の中では曖昧模糊《あいまいもこ》とした不安が渦を巻く。まるで、暗闇に押し潰《つぶ》されているかのように寝苦しい。

何度か寝返りを打ったあとで、黒川は諦《あきら》めて再び起き上がる。今度はベッドの縁から足を出して、蛍光灯の紐《ひも》を引いた。一瞬にして暗闇が消えてなくなる。

すると、尿意を催したので、トイレに行く事にした。

彼女が両親と三人で暮らす住居は、３ＬＤＫで築十七年のマンションだった。自室を出て入り口の前を横切る廊下のすぐ右手の引き戸を開けた。すると、そこには暗闇に満たされたダイニングキッチンが広がっていた。

普段ならば勝手知ったる我が家なので、手探りでも充分なのだが、玄関前へ延びた廊下側のドアの向こうに何かが立っているような気がして、怖くなって明かりをつけた。

樹脂パネルの扉越しにはうっすらと廊下の木板や壁、その向こうにある黒い玄関扉が見えるのみだった。

黒川は、ほっと胸を撫《な》で下ろす。

それから、リビングを横切って、トイレに入り小用を済ませた。その帰り道だった。

再びリビングを横切り、自室に面した廊下に通じる引き戸に手を掛けた瞬間だった。

玄関まで続く廊下側の扉の向こうから、ガチャリと音がした。黒川は息を呑《の》む。それは郵便受けの蓋《ふた》が開いた音だった。

こんな時間に郵便が来るはずがない。何かの悪戯だろうか。まさか、夢に出てきたあの〝神様〟が本当に……。

黒川は自らの頭に思い描いたその光景にぞっとするが、すぐにあり得ない妄想だと自《じ》嘲《ちょう》する。そもそも、住所も解らないのにどうやって家に届けるつもりなのか。

しばらく逡巡《しゅんじゅん》したあと、その玄関まで通じた廊下に続く扉を開けた。そうして、右の壁にあった電気のスイッチを押す。暗闇が青白い光に塗り潰される。

そして、それは数メートル先にある閉ざされた玄関扉の前だった。郵便受けの箱の格子の隙間から何かが覗《のぞ》いている。

黒川は恐る恐る忍び足で近づき、玄関前までやって来たとき、その箱の中にある物が、真っ黒い小さな人形である事を知った。

黒川はしばらくの間、恐怖で固まり、そのまま人形をじっと眺め続けた。

3、呪いのポペット

その年の十二月の始まりは、例年よりずいぶんと暖かかった。しかし、吐き出す息は白く、乾燥した空気には充分に冬の訪れを感じさせる冷たさがあった。

街中のあらゆる場所でクリスマスソングが聞こえるようになり、行き交う人々の足取りもどこか浮ついて見えた。見慣れたはずの景色が例年より少しだけ美しく感じられるのは、たぶん気のせいではない。

星屑《ほしくず》のように煌《きら》めきながらゆっくりと流れる車道のヘッドライトを右眼の端にとらえ、弓澤《ゆみさわ》千種《ちぐさ》は少し前を歩く彼の背中を見つめた。

クラウドマッシュの後頭部。黒のアーミーコート。その揺れ動く裾《すそ》から、ジーンズに包まれたすらりと長い脚が伸びている。白いハイカットスニーカーで歩道のタイルを踏みしめながら、駅の方から延々と流れる人混みを掻《か》き分け歩く。

彼は背が高く、歩幅も大きい。その一挙手一投足に見とれているうちに、けっこうな距離が開いた。すると、彼はまるで後ろに目がついているかのように立ち止まり振り返る。

「ああ、ごめん。もう少しゆっくり歩くわ」

弓澤は頷《うなず》いてから急いで、彼の隣に並び、また二人で歩き出した。

するると、どうしても意識してしまう。

彼と並んで歩く自分は、周りにはどう見えているのか。

背伸びしているように見えないだろうか。反対に子供っぽすぎないだろうか。

思いきって、この日のために買った白のピーコートは似合っていただろうか。インナーの赤いニットは少しだけ派手だっただろうか。ジーンズではなくスカートかショートパンツにするべきだっただろうか。メイクはどうだっただろうか。

彼に聞いてみても、どうせ似合ってるとしか言わない事は解りきっていた。本当はどうなのだろうか。自分の事をどう思っているのだろうか。

そんな思考をぐるぐると巡らせていると、唐突に聴覚が彼の声を感知した。軽薄そうだけど、本当は優しい声。心臓の鼓動が跳ね上がる。

「……それにしてもさ、今日はびっくりしたわ。まさか、千種ちゃんの方から誘ってくれるとはね」

そう言って彼は、どこか意地悪そうに笑った。

「だから、お礼だって」

「んなもん、今さら、どうだっていいだろうが。もう何ヶ月前の話だよ……」

確かにどうでも良い事だったのかもしれない。しかし、少なくともそれが切っ掛けとなり、彼への特別な思いに気がついた。そんな内心を悟られたくなくて、弓澤は言い訳を並べ立てる。

「本当は独りで行く予定だったんだけどね」

この日は友人が所属している劇団の公演があった。その友人がお節介焼きで「彼を連れてこい」と二人分のチケットを強引に渡された。

「……ほら、ああいうのって、チケットさばくのとか大変なんでしょ？　だから、ほら、それで、夏目くんへのお礼もついでに……それで……その……」

「いや、解ったよ。ついでな？　ついで」

彼は気を悪くした様子もなく苦笑する。

それから、何となく言葉に詰まってしまい、気詰まりな沈黙が訪れる。何か話題はないかと必死に考えていると、彼が先に言葉を発してくれた。

「それはそうと、俺と千種ちゃん、まるで今日の劇の主人公とヒロインみたいだな」

「は……」

と一瞬だけ思考が止まるが、すぐに思い当たる。

彼は黒。自分は白。

コートの色が劇中の主人公とヒロインが着ていた衣装と同じだった事を思い出し、急に頬が熱くなる。すると、彼が冗談にしか聞こえないような口調で言う。

「俺たちも、あの劇のラストみたいに付き合っちゃう？」

その言葉にどきりとして息が詰まりそうになるが、どうにかなけなしの気力を振り絞り、秒で平常心を取り繕う。

どうせ、いつものジョークだろう。

弓澤は呆《あき》れると同時に、そんな冗談を気兼ねなく言えるようになったのだと、嬉《うれ》しくなり、少しだけ悲しくもなった。

弓澤は返事の代わりに肘鉄《ひじてつ》を返した。彼はへらへらと笑いながらよろめく。そんな彼に言ってやる。

「じゃあ、私以外の女の子のアドレス全部消してくれたら、本当に付き合ってやってもいいけど」

彼はいつも通り笑って、また「重い」だの「だから彼氏ができない」だのと、失礼な事を言い始めた。だんだん腹が立ってきたので、弓澤は話題を変える事にした。

「そんな事より、夏目くんは人文科学のレポート終わったの？」

「大丈夫。俺はニート学部ニート科志望だから、単位なんていらねーの」

こんな事を言っている彼だったが、実は意外と勉強は出来た。

彼はいつも気だるげで、ふざけていて、ぶらぶらと遊んでいるように見えたが、夏期の試験では悪くはない成績を残していた。

周囲の同級生は、高校のときとは比べ物にならないほど高度な授業についていこうと必死なのにも拘《かかわ》らずだ。

彼に言わせれば、要領よく真面目に授業を聞いているだけで時間なんていくらでも作れるらしいが、弓澤からしてみればそんな程度でどうにかなるとは思えなかった。本当に頭がいいのだ、彼は。

「まったく、馬鹿の振りやめれば、ちょっとは恰好《かっこう》いいのに」

すると、彼は少しだけ目を瞬《まばた》かせたあと「あー……」と夜空を見上げて、何かを考え込むような顔をした。それから「俺は本当に馬鹿だし、事実として常に恰好いいんだよ」と言って、いつものように笑った。

そうこうするうちに前方の人混みの向こうに駅が見えてくる。もうすぐ、お別れの時間だ。この日もずっと言おうと思っていた事を言えなかった。また、お節介焼きの友だちに怒られる。弓澤は苦笑した。

そして、駅前の信号を渡り、構内に入り、改札の前でパスケースを出そうとして、ようやく気がつく。

鞄《かばん》にぶら下げてあった人形がない。

十センチ程度の大きさで、ビーズ付きのストラップによって鞄のベルトの金具にぶら下げてあった。

他にも、ゆるキャラやテーマパークのマスコットなど、ぬいぐるみ付きのキーホルダーをいくつかぶら下げていたが、その人形だけがない。

それは、お節介焼きの友人からのプレゼントで、恋愛成就のご利益があるとの事だったが、弓澤は別にその効果を信じていた訳ではなかった。単なる気休め程度のもの。それくらいの意味合いしかなかった。

「どうしたの？」

と、怪訝《けげん》そうな顔をする彼に、友人からもらった大切な人形を失った事を話す。

すると、優しい彼は「大事なものなら捜そうか？」と提案してくれた。弓澤は彼の気遣いに感謝しつつ、笑顔で首を振った。

そうして、一緒に改札を潜り抜けて、彼に見送られながら最寄り駅への電車に乗る。発車時刻となり、電車の空気圧扉が気の抜けた音を立てながら閉まると、手を振る彼が遠ざかっていった。

またね、と心の中で呟《つぶや》いて、弓澤は空いていた座席へと腰を埋《うず》める。

スマートフォンを取り出して、人形を失くした事の謝罪と、劇場に落ちていないかを尋ねるメールを送った。

◇　◇　◇

そこは警視庁管内で発生した特定事案に関連する証拠保管室であった。

天井の青白い蛍光灯に照らし出されるのは、等間隔で立ち並ぶスチール棚で、管理番号と日付、事件名の記された段ボール箱がところ狭しと収納されている。

その空間の最奥だった。

古びたデスクトップパソコンが載せられたスチール製の机の傍らで、チャコールグレーのスーツを着た刑事が、その事実を口にした。

「三日ほど前に深川《ふかがわ》警察署の相談窓口に、豊洲《とよす》在住の女子高校生が訪れた」

白髪交じりの髪をオールバックにした、如何《いか》にもベテランの叩《たた》きあげといった風貌《ふうぼう》の彼は、木田善典《きだよしのり》警部補。警視庁捜査一課に在籍する刑事であったが、警視庁と特定事案対策室の橋渡し役でもあり、管内で特定事案が発生した際は〝カナリア〟たちと協力して対応に当たる。

今回は深川警察署で特定事案の可能性が高い案件があり、木田のところに話が回ってきたらしい。

「……その女子高校生によると、奇妙なものが自宅の郵便受けに投げ込まれたとの事だ。それが、この人形だ」

そう言って、木田が手に持っていたビニール袋の端を摘《つ》んで掲げた。その中には真っ黒い布製の人形が入っていた。

全長は十センチ程度でドレッドヘアのような毛糸の髪に、赤いビーズが目の位置に二つ、口の辺りには小さなバッテンの縫い目が三つ横並びになっていた。他に模様は見当たらない。

「これは、もしかして……」

山田万砂美は木田からビニール袋を受け取り、まじまじと見つめる。

その人形に対して「ポペットだな」と、きっぱり言ったのは夏目だった。

続いて成瀬が木田に質問する。

「このポペットが郵便受けに投げ込まれた時間帯はいつ頃ですか？」

「深夜の二時半頃らしい。それに関して、少し説明の付かない事があった」

「説明の付かない事と言いますと？」

成瀬が促すと木田は重々しい表情で頷《うなず》いて語り始める。

「そもそもの発端となったのは、インターネット上の奇妙な噂話らしい。それによると、あるSNSのアカウントをフォローして、嫌いな人の名前と決められた文言を記したDMを送ると、三日以内に〝神様〞の夢を見て、その人形が送られてくるのだそうだ」

「〝神様〞？」

その言葉を発した山田の眉間《みけん》には深いしわが刻まれていた。

「何なんですか？　その〝神様〞って」

木田は頭《かぶり》を振ると言葉を続ける。

「その夢に現れた〝神様〞の言う通り、送られてきた人形で呪いをかけると、その相手を殺せるらしい」

「〝神様〞っていうのが、この黒いポペットをバラまいてやがるのか」

夏目が忌々《いまいま》しげに舌打ちをした。

「恐らく、馬場房信を死にいたらしめたポペットもこの〝神様〞のもので間違いないでしょうね」

山田が眉間にしわを寄せながら言う。そこで成瀬が再び木田に質問する。

「女子高校生の夢に現れた〝神様〟は、どんなやつだったんですか？」

「それは、その女子高校生に直接聞いて欲しい。相談に当たった深川署員は単なる夢の話だとして、内容までは記録しなかった。ただ、その〝神様〟に言われたらしい。〝人形に殺したい人の髪や爪、写真を付けて針で心臓を刺せば、その人を殺す事ができる〟と」

続いて山田が問うた。

「そのSNSのアカウントは判明しているんですか？」

「アカウント名は『神様』。アイコンはデフォルトのもので、フォロワーは八百程度。現在開示手続きを行っている最中だ。ただ、これまでの投稿内容を精査させたところ、元々はある人物のものである可能性が高い事が判明した」

「それはいったい……」

その山田の問いには答えず、木田は「その疑問に答える前に、次はこれを見て欲しい」と言って、椅子に腰をおろしてパソコンを立ち上げる。

「……これから見せるのは、その女子高校生が両親と共に暮らしているマンションのエントランスに取り付けられた防犯カメラの映像となる。オートロックで、エントランスホールのカウンターに管理人がいる九時から十八時の間は自由に出入りできるらしいが、それ以外の時間帯はカードキーを使うか、操作盤に暗証番号を打たないと侵入できない。もちろん、この暗証番号は定期的に変更はされるものの、新聞配達や宅配などの一部の業者には知られている。さしたる防犯機能はない。元々はオートロックはなかったらしく、そのときの名残か各部屋の扉に郵便受けが付いている」

と、説明するうちにパソコンが立ち上がり、その動画ファイルを木田は開いた。

それは粗い画質のモノクロだった。

画面の右側にカウンターがあり、正面に両開きの硝子戸があった。その手前が風除室で、左側の壁に件《くだん》の操作盤が確認できる。

風除室から屋外に出る扉の向こうには、ぼんやりとした照明に照らされたエントランスポーチがあった。そこに人影が現れる。

マウンテンパーカーを着ており、フードを目深に被《かぶ》っている。人相はよく窺《うかが》えない。右手に何かを持っていた。画質が粗いために細かい形は解らなかったが、どうやら黒いポペットのようだ。

その人物は左の壁の操作盤に見向きもせずに、オートロックの扉の前に立った。普通ならば、扉が開くはずはない。

しかし、次の瞬間だった。

ブロックノイズが画面に走り、その直後にオートロックの扉が開いたようだ。

フードを被った人物は平然とした足取りで歩いて、画面の下へと消えてゆく。

「これはいったい……」

成瀬は唖然《あぜん》とする。

もうすでに、いくつかの特定事案に携わり、呪いや祟《たた》り、怪異と呼ばれる常識では計り知れないものがこの世に存在するというのは深く実感していた。しかし、映像とはいえ、あからさまにおかしな現象をはっきりと目の当たりにすると、未《いま》だに驚きを禁じ得なかった。

同時に新たな疑問も生じる。

たとえオートロックを突破できる不思議な力があったとしても、人形を届ける相手の居場所が解るなら、わざわざ直接届ける必要などないではないか。郵送で構わない。単純に手間が掛かるし、こうして防犯カメラに捉《とら》えられてしまっている。

何かそうせざるを得ないような、呪術《じゅじゅつ》的な理由があるのかもしれない。成瀬はひとまずそう考える事にした。

すると、そこで夏目が独り言《ご》ちるように「今回は不味《まず》いかもしれねえなあ……」と発言した。山田も深刻な表情で頷く。

何がどう不味いのかを尋ねようとしたところ、先に木田が声をあげた。

「……それで、この男の顔を切り取って拡大し、補正処理を施した画像がこれだ」

「これは……」

成瀬は大きく目を見開いて驚愕《きょうがく》する。

その人物は人魚の木乃伊《ミイラ》の木箱から検出された指紋の持ち主、新垣真一であったからだ。彼には別件で前科があった。

「そして、例の『神様』のアカウントは、新垣のものであった可能性が高い」

「新垣が、その〝神様〟なのか……？」

と、成瀬が独り言ちるように言うと、木田が椅子から腰を浮かせる。

「この動画はすでに九尾天全の方に送ってある」

すると、夏目が手の中のスマートフォンに目線を落としながら言った。

「ほんじゃあ、新人くんは、この人形を持って九尾ちゃんのところへ行ってくれ。山ちゃんはその女子高校生のところに行って〝神様〟の事をもっと詳しく聞き出して欲しい」

「夏目先輩は？」

と、山田が聞き返すと、彼は肩を竦《すく》めて言った。

「今、鈴木さんから連絡があった。どうやら馬場房信の妻の好美が、通夜の最中に倒れて病院に運ばれたらしい」

成瀬は山田と顔を見合わせた。

人を呪わば穴二つという言葉通り、呪術を行使した者は必ず何らかの代償を支払わなければならない。それは運命の皺寄《しわよ》せであり、突然の不幸や理不尽な偶然に見舞われる。

それは、数日後かもしれないし数十年後かもしれない。いつになるかについては大きな幅があるが、必ずその瞬間はやって来る。

ゆえに呪術を生業《なりわい》にする者たちは、そうした代償を払わなくてもいいように、必ず何らかの対策を講じるのだが……。

「……どうやら〝神様〟は、その辺りの事を教えてはくれなかったようだな」

そう言って、夏目はそのまま証拠保管室の出口の方へと向かった。成瀬と山田も続く。

三人の〝カナリア〟たちは、それぞれの仕事に着手し始めた。

◇◇◇

相変わらず『Ｈｅｘｅｎｌａｄｅｎ』には客の姿はなく、まるで時が止まったかのようだった。

こんな調子でも店舗を維持して生計を立てていられるのは、すべて〝狐狩り〟としての報酬のお陰だろう。

さておき、そんな店内の最奥のカウンターで、九尾天全はマウスを握り締めながら、ノートパソコンの画面を見つめていた。そのノートパソコンの隣には、透明なビニール袋に入れられた例のポペットが置いてある。

右手のマウスをかちかち鳴らしながら動かし、九尾はブロックノイズが走ったところで画面を一時停止にすると真面目な顔で言った。

「これは、相当、厄介だわ」

その画面では例の防犯カメラの映像が再生されていた。

「……夏目先輩も同じような事を言ってましたけど、何が厄介なんですか？」

カウンターの向こうから成瀬が問うと九尾が答える。

「オートロックを開けたのは、この男の力じゃない。この男を媒体にして、何かがオートロックを開けたのね。この男はアンテナになっているだけ」

「アンテナ……この間の人魚の木乃伊のようにですか？」

九尾は頷《うなず》く。

「この男をアンテナにしている何かが、きっと〝神様〟なんだろうけど」

「この男は、その〝神様〟に取り憑《つ》かれているという事ですか？」

この成瀬の質問に九尾は首を横に振った。

「憑かれているというより洗脳に近い状態かもしれないわね。彼は完全に自我を失くして操られている」

「ドローンとかラジコンみたいな感じでしょうか？」

「近いかも」

「けっきょく〝神様〟って何者なんですか。そんな人間一人を操る事ができるなんて……」

その成瀬の質問に九尾は首を横に振って、再びパソコン画面に視線を動かした。

「〝神様〟が何者なのかは解らないけど、そもそも、こうやって、わざわざ人形を届けさせる事がおかしいと思わない？」

「まあ……でもそれは、何か呪術的な意味があったりするんじゃないんですか？」

「たぶん、意味なんかないわ」

「は？」

成瀬は九尾の言葉に目を丸くする。

「意味がない……とは？」

「人里離れた場所で生まれた連中っていうのは、人間の事を良く知らないのよ。そういうのは、人間と触れ合って、少しずつ人間の行動を理解して真似るようになるのだけど、やっぱり根本的に人間の心を理解してないから、物真似が下手くそなの。だからやつらは、わたしたちからしたら異常で意味不明な行動を取ったりするものなのよ」

　この九尾の言葉によって成瀬が思い描いたのは、チャットＡＩだった。いっけんすると人間のようだが、ＡＩの紡ぐ言葉は文脈が無視されていたり、整合性が取れていない事が多い。ＡＩの挙動もまた、膨大なデータを元にした人間の物真似に過ぎない。

「で、何なんですか？　その人里離れた場所で生まれた連中って」

　この成瀬の問いに九尾は首を横に振る。

「一つだけ言えるのは、今回の相手は確実に人間じゃないって事」

「人間じゃない……」

　成瀬は息を呑《の》む。

人間じゃない何かが、人間を操って呪いのポペットをばらまいている。いったい何の目的があるのだろうか。

その思考を遮るように九尾がノートパソコンを反転させて、成瀬の方に画面が見えるように置き直す。

「……これ、見て欲しいんだけど」

と、言って、九尾は椅子から腰を浮かせると、画面中央から右側に横たわるブロックノイズを指差して言う。

「この中に、何か見えない？」

「何ですか？」

成瀬はそのブロックノイズを凝視する。

すると、ノイズの中に、細い柳葉のような形をした何かの輪郭がうっすらとあるような気がした。

「これは、いったい……」

顔を上げて九尾に問う。すると、耳を疑うような答えが返ってきた。

「これ、眼よ」

「眼……」

その横に長過ぎる形は、成瀬の記憶にある、どの実在の生物の眼にも当てはまらないものだった。そのまま画面を見つめていると、九尾がポペットのビニール袋を持ち上げる。

「防犯カメラの映像はこんなところかな。次はこっちの霊視ね」

そこで成瀬はふと気がつく。

今日の九尾天全は、まるでまともな霊能者のようだ。いつにない頼もしさを感じる。

「九尾先生……」

「何？　なんか気になる事でもある？」

九尾は怪訝《けげん》な顔で首を傾げた。成瀬は勢い良く首を振る。

「いえ、何でもありません。それより霊視の方、お願いします」

「え、うん……成瀬くん」

「何でしょう？」

「何かすごく失礼な事を考えてない？」

「とんでもない」

「まあ、いいけど……」

九尾は訝《いぶか》しげな表情でパソコンを脇に除《の》けると、ポペットの霊視に取り掛かった。袋から人形を取り出す。

「ポペットの黒は、防御と破邪、逆に他者への支配や攻撃も意味するわ」

「色によって、違うんですか？」

成瀬の質問に九尾は、ポペットへ目線を落としたまま答える。

「そうね。色によって作用はそれぞれ違うけれど、けっきょく、対象に影響を及ぼす原理は変わらないわ。恩恵を与えるのも被害を与えるのも仕組みは一緒ね」

九尾は更にポペットの霊視を続ける。

「うーん、残留思念は感じられない。このポペットからは特に何も感じない」

「そうですか……」

一流の霊能者である九尾でも駄目ならそれは不可能なのだろう。成瀬は落胆するも、九尾の霊視は更に続く。

「それから、このポペット、確かに人を殺す事はできるわ。でも、普通ならばもっと高度で専門的な儀式が必要なの。その〝神様〟とかいうのが夢で言っていた通り、髪や爪、写真で関連付けただけの相手を呪い殺す事なんかできない。でも、そこに特別な力が加われば……」

「なるほど。言いたい事は解りました」

いつになく、簡潔で解り易い説明であった。

「その力を与えているのが〝神様〟という事ですね？」

「そうね」

「九尾先生」

「何？」

「今日は調子が良さそうですね」

すると九尾は首を横に振って顔をしかめた。

「絶不調よ」

「そうですか？」

「ちょっと、山形行ったあとから風邪気味で、最近はお酒を呑《の》めてないのよね。やっぱり、体調が万全なときじゃないと、お酒を作った杜氏《とじ》さんに失礼じゃない？」

「いや、俺は呑めないんで、知りませんけど」

「……でも、お陰で調子が出なくって」

「そうですか」

やっぱり、酒を呑まない方が調子が良いんじゃないか……と、思ったが、成瀬はその突っ込みを口にする事はなかった。代わりに質問を発する。

「先生」

「何かしら？」

「なぜ〝神様〟はわざわざ黒いポペットをばらまいているのでしょうか？　そもそも、このポペットはどこから……」

「それは〝神様〟に聞いてみるしかないけど」

と、九尾は肩を竦《すく》めた。

すると、成瀬は少しの間、思案顔をすると九尾に提案する。

「……じゃあ、その〝神様〟のいる場所をダウジングで探る事はできませんか？」

九尾本人によると、一度見たものならヘアピン一本でもダウジングで捜し出せるのだという。

「まあ、やってみるけど」

と、九尾はパソコン画面に一時停止してあった映像のブロックノイズの中の眼を見て言った。そして、手の中にあったポペットをカウンターに置くと、背後の棚から地図を取り出した。

九尾のダウジング能力に不信感を抱いていた成瀬であったが、先の人魚の木乃伊《ミイラ》の一件で、見事な結果を出してくれた。期待はできるだろう。

九尾は地図を開き、首からスモーキークォーツのネックレスを外して、それを指先からぶら下げると集中し始めた。

すると、スモーキークォーツは栃木県の辺りで次第に大きく揺れ動き始めて大きな円を描き始める。

さっそく〝神様〟の居場所が判明したと、成瀬は内心で色めき立つが、九尾の表情は冴《さ》えなかった。

やがて、その円はどんどん大きくなり、関東一帯にまで広がり始める。しまいには指からぶら下げたネックレスのチェーンが水平に近い高さに持ち上がり、回転も速くなる。明らかに異常な動きであった。

「……ああ、もう駄目」

に落ちる。

と、九尾が言った途端に、ネックレスのチェーンが指先からするりと抜けて地図の上に落ちる。

「先生……これは……」

と、成瀬が問うと、九尾は酷《ひど》く疲れた様子で深々と溜《た》め息を吐いた。

「妨害された」

「〝神様〟にですか？」

その問いに九尾は悔しそうに頷《うなず》き、地図上のネックレスを拾い上げた。

◇◇◇

山田万砂美が向かった先は『ベルメゾン豊洲』というマンションであった。煉瓦《れんが》調の外壁には雨垂れの染が浮き出ており、屋上の手すりは塗装が剝《は》げて錆《さび》付いている。

その二四五号室が黒川瑞季の住居だった。生活感の見え隠れするリビングの応接セットで向かい合う黒川の隣では、彼女の母親が不安げな表情をしている。

無理もないだろう。訳の解らない人形が自宅に直接届けられ、しかも警察関係者がもう一度話を聞かせて欲しいと訪ねてきたのだから。

山田はできる限りの笑顔を作り、その不安をまずは解消する事にした。

「……ご心配なさらないでください。別に娘さんが何か重大な事件に巻き込まれたという事ではありません。相談窓口の担当者は、別に夢の話であるなら構わないと考えて、記録を取らなかったようですが、そういう訳にはいかないのです」

「はあ……」

と、母親は納得のいかないような顔で、気の抜けた返事をする。その右隣では黒川瑞季本人が、特に何の感慨もなさそうにぼんやりとしていた。

「例えば、映画などでお馴染《なじ》みのプロファイリングは、膨大なデータを元にした統計学が基本となります。そのためには、どんな些細《ささい》な事でも漏らさず記録し、データを蓄積する事が大切なのです。そういった訳で、再度娘さんに話を伺いに来ただけなので、ご安心を」

そこで、山田は、ぼんやりとしていた黒川に話を振る。

「……とはいえ、今回の件は現在、担当部署で対応中の案件となっているため、SNSなどでの情報の拡散はやめてくださいね？」

「はい」

と、黒川が居ずまいを正して返事をしたのを見て、山田は頷くと本題を切り出す事にした。

「……じゃあ、さっそく始めましょう」

鞄《かばん》から取り出したボイスレコーダーのスイッチを押すと、山田は質問を発した。

「……では、その〝神様〟の夢について、教えて欲しいんですけど」

「あー……」と言いながら、黒川は視線を右斜め上に向けたあとで語り始める。

「……何か、真っ暗なところで金色に光ってて、その金色の中に〝神様〟がいました」

「その〝神様〟は、どんな姿だったの？」

「〝神様〟は……」

そこで黒川は眉間《みけん》にしわを寄せて悩み始める。どうやら、何と言ってよいのか解らず、言葉を選んでいるようだった。

辛抱強く待つと、黒川は自信が無さそうに言葉を発した。

「耳と目がおっきくて、頭がこう、おっきくて……何か、宇宙人みたいな」

「宇宙人？」

山田が聞き返すと黒川は頷く。

「あの、UFOの動画とかでよく出てくる、目がアーモンドみたいな形で大きくて、鼻と口が小さいやつ……何だっけ？」

「ちょっと、待ってくださいね」

と言って、山田は自らのスマートフォンに指を這《は》わせてから、画面を黒川の方に向けた。そこにはリトルグレイと呼ばれるタイプの宇宙人のイラストが表示されていた。

「これ？」

「そうそう、それそれ」

黒川が手を叩《たた》いて言った。

「その宇宙人の耳と口を大きくした感じ」

そこで山田は思わず険しい表情になる。

例の防犯カメラの映像を見たときに抱いた予感。

それは、ポペットをばらまいているのは人間ではないかもしれない、というものだった。その予感が当たっていた事に山田は顔をしかめつつ質問を発した。

「それで、あなたは、そのアカウントに送ったDMには、誰の名前を書いたの？」

これも相談内容の記録から抜けていた情報だった。

黒川は少しだけ逡巡《しゅんじゅん》したあと、気まずそうに笑いながら答えた。

「大嫌いな学校の先生の名前」

◇　◇　◇

夏目龍之介は開店前の『Bar　東カリマンタン』の店の入り口を潜り抜けて「鈴木さーん」と声をあげた。

すると、鈴木がバックヤードからカウンターの中に姿を現す。パンキッシュなトレンチコートを纏《まと》っており、どうやら彼もついさっきまで外出していたらしい事が解った。

定型的な言葉をやり取りしたあと、夏目は適当なカウンター席に腰を落ち着ける。

「……で、馬場房信の奥さんが倒れたっていうのは……」

その言葉に鈴木は頷くと結論を述べた。

「間違いないわね。彼女が倒れた原因は呪術《じゅじゅつ》の代償を支払った事」

「やっぱり、そうか……」

「今朝起きたら馬場さんと仲の良かった常連客から連絡が来ててね。それで、もしかしたらと思って彼が奥さんと二人で住んでいた家に行ってみたの」

「二人……他の家族は？」

その夏目の質問に、鈴木は煙を吹き出しながら首を横に振った。

「子供はいないみたいね。けっこう前に過去を視たときは、ずいぶんと夫婦仲は冷めきっていたみたいだったけど……流石に殺されそうなほどだとは思わなかったわ」

そして、コートのポケットからスマートフォンを取り出すと指を這わせた。

「それで、彼の家に行ってみても誰もいなくて。でも、庭先からおかしな気配がしたものだから、ちょっとだけお邪魔したんだけど……」

そう言って、鈴木はスマートフォンを掲げた。そこには、よくあるテラコッタ鉢を真上から撮影した画像が表示されていた。

そのテラコッタ鉢は内側が黒く煤《すす》けており、底の方に何かの燃えかすがあった。それは既に原形をとどめていなかったが、燃え残った部分は黒い布で、そこには見た事のある赤いビーズがあった。

「これ、ポペットか？」

夏目の言葉に鈴木が頷く。

「縁側の真下にあったわ。死んだ馬場さんがアタシに教えてくれたみたい」

そこで鈴木はスマホを夏目に手渡し、短くなった煙草を手に取ると煙をくゆらせた。

「……それにしても、やっぱりおかしいのは、普通の主婦が、どこでポペットを使った呪殺の方法を知ったのかっていう事なんだけど。呪いの代償に対して何の対策もしていないらしい事を見れば、彼女は素人だろうし」

「それに関しては、ある程度は判明してる」

「あら」

夏目は〝神様〟の噂や例の防犯カメラの映像について語る。それを聞き終わった鈴木は、煙草を灰皿で揉《も》み消しながら言った。

「……たぶん、そのアカウントにDMを送る事が〝神様〟と簡易的に繋《つな》がる呪術儀式になっているのね。その繋がりを辿《たど》ってポペットを直接届けさせているんだわ」

「で、〝神様〟について、どう思う？　鈴木さん」

この問い掛けに対して鈴木は盛大に顔をしかめる。

「その〝神様〟って、たぶん、人間じゃないわね」

「やっぱりそうか……」

夏目は、あの防犯カメラを見たときの悪い予感が、一流の霊能者である鈴木の見解と一致している事に絶望して、がくりとうなだれた。

「ともかく、今回の一件は、アタシ程度じゃちょっと、手に負えないかもしれない。でも、何かあったら遠慮なく声を掛けて。微力ながら協力は惜しまないわ」

「そうさせてもらうわ」

そう言って弱々しく笑う夏目には、もう一つだけ気になる事があった。

それは、例のポペットと似たものを遠い過去に目にしていた事だった。

ドレッドヘアのような髪型、赤いビーズの目玉と赤いバツ印が三つ並んだ口。

色こそ違ったが、あれはまさに大学時代の同級生だった弓澤千種が所持していた人形と同じものだった。

「鈴木さん……」

「何？」

「一つ聞きたいんだけど、ポペットって、決められた作り方みたいなのはあるの？　例えば目はこういう形とか、口はこうとか、大きさとか……」

「ないわね」

「ない？」

鈴木はゆっくりと頷《うなず》いて言葉を続けた。

「その人形で叶《かな》えたい願望によって、それぞれ色が決まっているけどね。ただ、人形の造形自体には製作者の癖や好みが出るわ」

「……じゃあ、例えば同じ顔のポペットがあったとしたら、それは」

「同じ呪術師が作ったものである可能性が高いかも」

その鈴木の返答を耳にした夏目は、自分の抱いた予感がことごとく悪い方に向かっている事を知り、自嘲《じちょう》気味に笑った。

◇◇◇

成瀬義人は九尾の元から練馬《ねりま》区某所にあるワンルームアパートへと戻ると、冷凍ピラフで適当に小腹を満たし、リビングの座卓の上でノートパソコンを広げ、リモートミーティングの時間まで書類仕事に精を出す。

基本的に特定事案対策室には、映画やドラマにあるような洒落《しゃれ》たオフィスやコンソールパネルが並んだ指令室のようなものはなく、オフィスワークはすべて自宅で行われる。

とにかく書類仕事が多いのは警官の頃と変わらず、何をやるにも報告書や日報などの記録を付けなければならないのは当然で、その他にも必要に応じて様々な書類を作成しなければならない。

この手のオフィスワークに関しては、かつての上司であった久住清司《くずみせいじ》によって叩き込まれていたので、そつなくこなしてはいたが、やはり未《いま》だに慣れないというのが本音であった。

けっきょく自分は、こうして部屋の中にいるより、外に出て歩き回る方が性にあっていると、成瀬はオフィスワークのたびに思わざるをえなかった。

さておき、そうしているうちにリモートミーティングの時間が近づき、五分前にリモート会議アプリを立ち上げて、指定の部屋に入ると、既に山田万砂美が待っていた。開始二分前になると、夏目龍之介が現れる。

そして、いつもどおり時間きっかりに穂村が現れて、リモートミーティングが始まった。

まずは夏目が鈴木の撮影した鉢の写真を共有画面にあげて、馬場房信を呪殺したのは妻の好美で間違いないであろうと述べた。なお、馬場好美の意識は現在も戻っていないのだという。

続いて山田が黒川瑞季の証言について、録音した音声を交えながら報告する。

その中で語られた黒川瑞季の夢に現れた神様の姿に成瀬は驚愕《きょうがく》した。

「宇宙人ですか……」

『本当に地球外生命体が相手だったら管轄外だ。FBIを呼ばねーと』

その夏目の軽口を無視して、山田が報告を続ける。

『……それから、黒川瑞季が〝神様〟の噂を知ったのは、動画サイトのショート動画を見た友人から聞いたという話でしたが、検索してみると同様の噂を扱った動画は三つ。現時点では、この噂はそれほど拡散されているとは言えません。でも』

『時間の問題かもな』

と、夏目が続けた。山田は頷いて、その見解に同意を示してから話を再開した。

『動画の投稿日はもっとも古いもので十日前ですね。すべて、特に不審な点は見られないオカルト系の解説動画を投稿しているチャンネルです。どこでこの噂を知ったのか調べる必要があると思います』

そして、山田が『私からは以上です』と言って報告を締めくくったので、次は成瀬の番となった。

まずは例のブロックノイズのキャプチャーの件などを交えて、九尾の見解を述べた。

『きっと、新垣は木乃伊《ミイラ》取りの木乃伊になっちまったんだろうな……』

夏目が忌々《いまいま》しげな顔で発言した。そこで山田がとうぜんの疑問を呈した。

『それにしても〝神様〟の目的は何なんでしょうか。人間ではないというならば、金銭目的ではないでしょうし……』

その山田の発言に成瀬は言葉を返す。

「そこは〝神様〟に聞いてみないと解らないそうです」

『……それで、そのポペットそのものはどうだったんだ？』

夏目に促され、成瀬はポペットに対する九尾の見解を語る。

「……九尾先生によれば、このポペットには確かに人を殺す力はあるそうです。ただ髪や爪などで関連付けの儀式を行った程度では、そこまでの効果は期待できないと。このポペットに人を殺すほどの力を与えているのは〝神様〟であるとの事です」

『他には？』と穂村に促され、成瀬は話を続ける。

「九尾先生にダウジングで〝神様〟のいる場所を捜してもらったところ、栃木県で大きな反応がありました。ただ、そこまでが限界だったみたいですね。九尾先生によれば、何者かの妨害が酷《ひど》くて、それ以上は絞り込めないそうです」

あのあと、更に九尾にはポペットの位置をダウジングで探ってもらった。〝神様〟がポペットを配ろうとしているなら、どこかにストックがあるはずである。未使用のポペットを霊能力で感知する事は難しいが、九尾ならばダウジングで捜し出せるはずだった。

しかし、結果は振るわなかった。

首都圏近郊でスモーキークォーツのネックレスは大きく振れてしまい、関東全体を取り巻くような大きな円を描いて九尾の指先から離れてしまう。新垣真一の居場所についても同様の結果であった。

それらの報告が終わると、成瀬は「……こちらからは以上です」と言って話を締めた。

すると、穂村がまとめに入る。

『本来なら、例のアカウントにDMを送って新垣が人形を持ってきたところを捕まえるのがいちばん手っ取り早いのだろうが、〝神様〟に関しての情報が現時点では少なすぎる』

〝神様〟は少なくとも、人を操る事ができて、その操った人間を介してオートロックに干渉するだけの力を持っている。下手に動けば、こちらが木乃伊取りになりかねない。

『……とりあえず、情報収集を優先する。成瀬は、九尾先生を連れて、栃木へ向かって欲しい。現地に行けば、彼女の霊能力が更に何かを感じるかもしれない』

「はい」

『山田は〝神様〟の噂を投稿した動画投稿者を当たって欲しい。彼らがどこから噂を仕入れたのか』

『はい』

『夏目は、新垣の行方を。彼の知人を当たって……』

そこで、夏目が『あ、ちょっと、いいっすか？』と声をあげた。

『何だ？』

と、穂村が促すと、夏目はいつもの彼らしくない歯切れの悪さで、その話をし始めた。

『実は、気になる事がありまして、そっちを当たりたいんですけど……』

『何だ？』

と、穂村に促され、夏目は語り始める。

『大学時代の……知り合いが、あの黒いポペットと色違いのポペットを持っていました。鈴木さんの話じゃ、色は願掛けの種類によって違うらしいんですが、ポペットのデザインには、製作者の好みや癖が反映されるらしい。もしかすると、同じやつが作ったのかもしれない』

『そのポペットの製作者が〝神様〟にポペットの事を教えた？』

山田の言葉に夏目は頷く。

『かもしれない』

『だったら、その知人に、どこでポペットを手に入れたかを聞けば……』と山田が言い掛けたところで、夏目は首を横に振りながら言葉を被《かぶ》せた。

『いや。もともと貰《もら》い物だったらしいしな。それに、その知り合いは、もう死んでる』

『え……』

山田が絶句し、夏目は淡々と続けた。

『ポペットを失くした次の週に心筋梗塞《こうそく》で。馬場房信と同じだな』

偶然だとしても気持ちが悪い。

成瀬はうすら寒いものを感じて、生唾《なまつば》を呑《の》み込んだ。

◆　◆　◆

軽薄そう。

それが弓澤千種の夏目龍之介に対する第一印象だった。

彼と初めて言葉を交わしたのは、五月に行われる学園祭での事。普段は足を踏み入れる機会のない、本郷《ほんごう》の講堂前の地下に広がる中央食堂だった。

白い円柱が立ち並ぶ広大なドーム型の空間は、まるでファンタジーにでも出てくる神殿のようだと弓澤は思ったが、初めて見た夏目は物語の中の王子様とは程遠い存在に感じられた。

一応は同じクラスだったので、弓澤も何となく夏目の存在は知っており、絶対に関わる事のない人種だと思っていた。

そんな彼を何の断りもなく連れて来たのは、同郷の友人で一緒に昼食を取る予定だった丹羽《にわ》凜々花《りりか》だった。

このときの夏目の髪型は金と黒のツーブロックで、服装は黒いパーカーと迷彩柄のカーゴパンツだった。とてもT大生には見えず、正直に言ってしまえば、少しだけ怖いと思った。

顔形は整ってはいたが、目付きに生気がなく、そのヘラヘラとした態度にも幼稚さと粗暴さしか感じなかった。

しかし、少し話しただけで、夏目が見た目通りの人間ではない事がすぐに解った。彼は基本的に聞き上手で、また話術にも長《た》けており、昼食が終わる頃には弓澤の感じていた警戒心と緊張はどこかへ消えていた。

その後も三人で時間を共にする事があり、そのたびに夏目は意外な一面を見せてくれた。実はピアノが弾けたり、見かけによらず授業は真面目に受けていたり、好きな音楽や映画が同じなど、共通点が多かった事にも驚かされた。

そういった一つ一つの小さな発見や驚きが、弓澤の中の夏目龍之介への思いをゆっくりと育てていった。

そして、極めつけは、彼が試験対策プリントの担当割り当てで、面倒臭い授業を割り振られそうになった弓澤の身代わりになっていた事を、丹羽から聞かされた事だった。

試験対策プリントというのは、各授業のノートや授業の要点、過去問などをまとめたもので、T大では伝統的にクラス単位で製作される。

製作者の割り当ては、クラスメイトや同じクラス番号の上級生たちとの懇親を目的とした入学式前の合宿にて行われるのだが、これを弓澤は体調不良のために欠席していたのだ。

この事を知ったとき、弓澤の中で夏目への思いは確かなものとなった。

それは、試験対策プリントの件のお礼という口実で夏目をクリスマス前に誘い出したにも拘《かかわ》らず、何の成果もあげる事ができなかったデートの翌週だった。

「やっぱ、無理だって」

と、グラスの中の溶け掛けた氷をストローでぐるぐると掻《か》き回すのは弓澤千種であった。

「小学生かお前は」

と、言ったのは、耳が見えるほどの赤毛のショートヘアでマニッシュなスタジャンを羽織った女だった。丹羽凜々花である。

「だって……」

弓澤が唇を尖《とが》らせて目を逸《そ》らすと、窓硝子《ガラス》の向こうの夜景に重なるように、あの日と同じ赤いセーターを着た情けない顔の自分の姿が映り込んでいた。中身もまったく変わっていない。そんな自分に、弓澤は自嘲《じちょう》気味の微笑みを浮かべた。

この日は丹羽に誘われて買い物に出た帰りに、ファミリーレストランへと寄った。食事を済ませて取り留めもない話に興じていると、話題は自然と夏目の事となった。

「ともかく、あと十三日しかないんだぞ。クリスマスまで」

「もういいって、無理だよ。夏目くん、モテそうだし。誘っても予定埋まってるよ」

「大丈夫。アイツ、学校で浮いてて私らぐらいしか友だちいないから。サークルとかも入っていないし」

「学校の外に彼女いるかも」

「あー、やらない理由を探さないで」

「もう、良いから、放っておいてよ……」

むくれて、再び窓の方へと目線を向けた。丹羽の嘆息が耳を突く。

そこで弓澤は前々から訊《き》きたかった事を口にした。

「ねえ、凜々花」

「何？」

「もしかして、私に気を遣ってない？」

しばらく、返答がなかった。弓澤は窓から視線を移し、再び正面の丹羽を見た。

すると彼女はコーヒーカップを持ち上げて、「何の事?」と平然とした顔で笑っていた。

◇　◇　◇

日が沈み、街が夜景の煌《きら》めきを帯び始める。

通りに面した硝子張りの壁の向こうには、幅の広い歩道を歩く人々と槐《えんじゅ》の並木が窺《うかが》えた。

高い天井には三基のシーリングファンがあって、ゆるやかにコーヒーとワインと料理の匂いを攪拌《かくはん》していた。店内右奥のカウンター内やテーブルの間を、黒いエプロンを身につけた店員たちが忙《せわ》しなく行き来している。

そのカフェレストランの通りに面した二人掛けの席で、黒のスーツをだらしなく着崩した夏目龍之介と向かい合うのは、灰色のビジネススーツを着た女だった。軽くウェーブした黒髪は背中までの長さがあり、少しきつめの目元はメイクのせいか昔より柔らかく見える。

丹羽凜々花である。

卒業後は教育関係の企業に就職しており、この日の彼女は仕事終わりだった。

在学中は学外の演劇サークル主宰の劇団『プティ・ギニョール』に籍を置いていて、そちらの活動に熱心だった。あのクリスマス前に、試験対策プリントの件のお礼と称して誘われたのは、彼女が所属する『プティ・ギニョール』の公演だった。

「夏目って、今何やってるの？」

「あ、ニート」

「嘘でしょ？」

丹羽が目を丸くして驚いたところで、注文が運ばれてくる。彼女がズワイガニのトマトパスタで、夏目はカルボナーラであった。皿がテーブルに置かれて、店員が立ち去ったあとで、丹羽は呆《あき》れ顔で言った。

「文1で法学部行って、国家一種受かって、警察庁入って、一年も経たずにやめて、挙げ句の果てがニートとか親が泣くわ」

「嘘だよ。今は前職の経験を活《い》かして企業相手にセキュリティ関係のコンサルティングをやってる。警察やめたのは、体育会系のノリが死ぬ程合わなかった。それだけ。そこそこまともにやってるよ」

もちろん嘘である。

本当は入庁して間もなく、研修中に巻き込まれた特定事案にて〝資質〟がある事が発覚し、特定事案対策室に配属される事となった。

「……てか、ニートっていう嘘、何で信じた？」

「いや、夏目ならありうるかなって」

「お前、それ、かなり失礼だぞ」

「ごめん」

と、言った笑顔は、昔のままだった。思わず懐かしさに目を細める。

夏目にとって、大学時代の丹羽凜々花は気のおけない友人であった。同時に、面倒臭いから言うなと釘《くぎ》を刺したにも拘《かか》らず、弓澤に試験対策プリントの一件を漏らした事で、男女の間に友情は成り立たないという、人生でも指折りの大切な真理を教えてくれた女でもあった。

ともあれ、しばらくは食事を進めながら近況報告に興じ、粗方食べ終わった頃合いだった。丹羽の方から話を切り出してくれた。

「それで、今日はどうしたの？　急に……何年振りだっけ？」

「大学卒業以来だから十年振り？　ちょっと、弓澤さんの事を思い出してな」

「ああ……」

丹羽との面会の目的は、もちろん弓澤千種のポペットの製作者を突き止めるためだった。

「私もたまに、思い出すよ。千種とは付き合い長かったからね」

丹羽凜々花と弓澤千種は同じ会津《あいづ》の生まれだった。高校も同じで県下でも指折りの進学校出身らしい。それは夏目も覚えていた。

「……で、聞きたい事があんだけど」

と、夏目が本題を切り出すと、丹羽はお冷やのレモン水を飲んでから紙ナプキンで口元をふいて言葉を返す。

「何？」

「凛々……いや、丹羽さんは……」と、夏目が言い直すと、彼女は笑う。

「いいよ、今さら改まらないでよ、気持ち悪いから。私も昔みたいに〝夏目〟って、呼び捨てしてんじゃん」

「ごめん。じゃあ、凛々花は、あれ覚えてる？」

「だから、何よ」

「千種ちゃんが鞄《かばん》にぶら下げてた人形。ピンク色の布製で、ビーズの目で口のところにバツの縫い目が三つ並んでるの」

丹羽はしばらく視線を斜め上にあげてから「ああ」と声をあげた。

「私があげたやつ？」

「そうそう」

「確か、劇の片付けが終わったあとに、千種から人形失くしたってメールが来てて……けっきょく、どこにも落ちてなかったけど」

「あれって、どこかで買ったの？」

その問いに丹羽は首を傾げた。

「えっ、何で？」

「いや、最近、色違いだけど同じものを見てさ。それで千種ちゃんの事を思い出したんだけど」

「そうだったんだ……」

と、丹羽は遠い過去へと目線を這《は》わせながら言葉を発した。

「確か、あの劇場の近くでやってたフリーマーケットでおじさんから買ったやつだよ」

「あの劇場って？」

「ほら。あの、あんたが千種に連れられて、初めて私たちの劇を見に来た所。下北沢《しもきたざわ》の『黄色い部屋』ってとこ」

「あー」

夏目も記憶を辿《たど》る。

確かキャパシティが五十人程度の小さな箱で、ライブハウスとしても営業していたらしい。

あの日の上演は二十時から一時間。確か差し入れのお菓子を選ぶのに手間取り、開始時間に遅刻しそうだった。弓澤によれば途中入場は原則禁止なので二人で走り、ギリギリで劇場に着く事ができた。

受付ロビーは閑散としていて、受付係の人間以外に誰もいなかった。急いでチケットを処理してもらい、クロークにコートと鞄を預けた。そして、差し入れの紙袋だけを持って客席に向かった。

「何か、そのおじさん、かなり変でさ、いろんな色の同じ人形しか売ってなくて、自分は本物の呪術師《じゅじゅつし》だとかいってさ……」

「その、おじさんって、どんな人だったか覚えてる？」

「え……」

と、丹羽は視線を上にして考え込む。

「いや、流石に覚えてないって。見た目は普通のおじさん」

「だよな」と夏目が笑うと、丹羽は訝《いぶか》しげに問うてきた。

「何？　これって、何かの事件の捜査か何かなの？」

「いやいや、俺はもう警察の人間じゃねーから。そもそも、俺はキャリアだったから捜査なんかしねーし。部下にやらせる係」

「そういえば、そうだったね」

「ただ、千種ちゃんの事を思い出したら、できるだけ詳細に当時の事も思い出したくなっただけ」

夏目は笑って誤魔化しつつ、再び記憶を辿る。

劇が終わり、差し入れを持って二人で楽屋へと向かった。そこには丹羽と何人かの劇団員がいた。弓澤は劇の内容がいたく気にいったらしく、熱心に感想を述べていた。そのときの彼女の横顔が妙に新鮮に感じられて強く印象に残っている。

それから、丹羽たちがステージ衣装のままだったので何枚か記念写真を撮った。打ち上げにも誘われたが、真面目な弓澤が、レポートが終わっていない事を思い出して断ったので、二人で帰る事にした。丹羽たちも着替えて後片付けをすると言ったので、楽屋を後にした。正確には覚えていないが、公演終了から三十分ぐらい経っていた。

受付ロビーに向かうと、どうやら自分たちが最後の客だったらしく誰もいなかった。

カウンターで受付係が一人で何かの作業をやっていた。

そこで、コートと鞄を返してもらい、外に出て駅を目指した。それからしばらくして、弓澤がその人形がない事に気がついた。

彼女は他にもキャラクターのキーホルダーをたくさん鞄にぶら下げていたので、丹羽から貰《もら》ったポペットだけがなくなっている事に気がつけなかったようだった。

「あの劇場って、まだあるの？」

「確か、けっこう前に閉店したみたい」

「そうか。残念だな」

夏目は弓澤の死後も何度か『プティ・ギニョール』の公演に足を運んでいた。丹羽との付き合いもあったが、公演を見られなくなってしまった弓澤の代わりに……という意味合いの方が大きかったのかもしれない。

「あの劇場にも何度か行ったな。そういえば」

「ボロいけど、すごくいい劇場だったんだけどね……利用料金安かったし。小さな劇場だったから受付とか何もかも全部自分たちでやらなきゃいけないんだけど。あそこのオーナーさん、沼田《ぬまた》さんだっけ？　けっこう神経質な人で厳しかったんだけど優しかったな……」

丹羽は思い出し笑いを堪《こら》える。

夏目も何となく覚えていた。

上演中、常に客席の後ろの壁際でステージを見守る痩《や》せた色黒の男の事を。

「確か、あのとき、あんたらから貰った差し入れ……何だっけ？」

これは、選ぶのに時間を掛けたので覚えていた。

「マカロンだよ。確か」

「そうそう。マカロンを事務所に持っていったら、沼田さんがサッカーの試合見てて……扉開けたらちょうど点が入ったところだったみたいで、いきなり大きな声で叫んで、びっくりして。それで、それを楽屋に戻ったとき話したら、急に千種のやつ、レポートあるの忘れてたから帰るとか言い出して……」

「そうだっけ？」

「何か、そのときのレポートが人文科学のやつで、テーマがスポーツ観戦における脳活動のなんちゃら……みたいなので」

「ああ、それで、思い出しちゃったって訳か」

これは夏目の記憶にないエピソードだった。

「千種ちゃん、真面目だったよな……」

「真面目過ぎるのよ」

と、丹羽が懐かしそうに笑い、少し憂いを帯びた表情になった。

「……それで、確かあの公演のあと、すぐだったよね。千種が死んだのって」

彼女は自宅アパートの廊下で倒れているところを、同じアパートの住人によって発見された。そのときには既に死んでいたのだという。

「何か、呆気《あっけ》なさすぎて実感、今でも湧いてないんだよね。正直……」

そこで、会話が途切れ、気詰まりな沈黙が訪れた。

もうこれ以上は丹羽から聞ける事はないだろう。

そのポペットを売っていた男が本物の呪術師ならば当てにできる人物を知っているので、そちらを頼る事にした。

それはそれとして、夏目は、この旧友とこのまま別れるのが惜しくなり、もう少し話を続ける事にした。

「じゃあさ、話題をがらっと変えるけど」

「何よ」

「凜々花と千種ちゃんが仲良くなった切っ掛けって、なんなの?」

「別にいいけどさ、そんなに変わってないじゃん話題」

と、突っ込みを入れたあとで丹羽が「まあいいけど」と笑う。夏目も笑った。そして、彼女は語り始める。

「……私と千種って、中学で知り合ったんだけどさ、まあ、同じ部活で……合唱部だったんだけど、中学一年のときに同じ先輩を好きになったの」

「そりゃあ……」と、夏目は言葉に詰まり苦笑した。それで、よくもまあ、大学生になるまで友情を保てたものだと驚く。

「……まあ、千種の気持ちは、はっきり聞いた訳じゃないんだけどね。確実にそうだったと思う。でも、私も初恋だったから譲れなくて」

「それで？」

　夏目が促すと、丹羽は恥ずかしそうに笑う。

「けっきょく、千種が身を引いてくれて、私の事を応援してくれてさ……それで、めでたく、夏休みの前に、その先輩と付き合う事になったんだけど」

　そこで、丹羽はなぜか思い切り吹き出した。そして、込み上げる笑いを堪えながら話を続けた。

「そいつ、マジであり得ないくらいのろくでなしでさ。私の他にも二人と付き合ってたらしくて」

「そりゃあ、中学生の癖に将来有望だな」

「……それで、まあ、けっきょく、付き合ってたのは夏休みの間だけだったかな？　とにかく、すぐ別れちゃったんだけど、本当に腹が立ってさ。千種も一緒に怒ってくれて。

二人で一緒に部活も辞めて……まあ、今考えると、あれで逆に勉強に打ち込むようになったから、今ではあのアホに感謝してるけど」

と言って、丹羽は笑いながら肩を竦《すく》めた。そして、ひとしきり笑い終えたあとで、グラスを見つめながら、ぽつりと独り言《ご》ちる。

「……だからさ、今度は私の番だったんだけどね」

「私の番？」

夏目が聞き返すと、丹羽は首を横に振って、「何でもない」と寂しそうな微笑みを浮かべた。そして、バッグの中からスマートフォンを取り出すと画面を確認して言う。

「ちょっと、長話しすぎたわ」

「このあと、予定があったのか？」

「うん。家帰って、やらなきゃいけない仕事あるから」

「そうか」

と、夏目が伝票を手に取り腰を浮かすと、丹羽がハンドバッグから財布を取り出した。

「いや、俺が出すよ」

と夏目が言うと、丹羽は悪戯《いたずら》っぽい微笑みを浮かべて言った。

「ニートが遠慮するな」

「その嘘、まだ信じてんのかよ」

夏目は鼻を鳴らして微笑む。

　そうして、会計を済ませて二人で店舗裏手の駐車場へと向かう途中だった。

「……ねえ」

「何？」

「夏目は千種の事、どう思ってたの？」

　正直に答えても、嘘を吐いても、それはもう意味をなさない。

「好きか嫌いかで言ったら好きだったよ」

　夏目がそう答えると、丹羽は「何それ」と、少しだけ悲しそうな顔で笑った。

◇◇◇

　正直に言えば、恋愛感情はあった。

　それが弓澤千種に対しての偽らざる夏目龍之介の気持ちだった。しかし、その気持ちを自分の中で咀嚼《そしやく》しきる前に、彼女はこの世を去ってしまった。だからこそ彼女の存在は、ずっと夏目の胸に残り続けていた。

　試験対策プリントの件は、単に何も言えない欠席者に面倒事を押し付けたくなかったからだった。女の子相手に良い恰好《かつこう》をしたと思われたくなかったから、丹羽凜々花にも口止めした。あの中央食堂で初めて弓澤と言葉を交わしたときも、丹羽に誘われただけで彼女がいるとは思ってもみなかった。

以降はどこか庇護《ひご》欲を掻《か》き立てられる妹のような存在であったが、あの日の帰り道の冗談めかした告白は半分本気だった。少なくとも、彼女となら、そういう関係になってもいいな……とは思っていた。彼女も自分の事は憎からず思ってくれていると感じていた。

しかし、そのいつものような軽薄な調子の告白は、彼女に冗談として流され、そのあとに出た言葉が……。

『まったく、馬鹿の振りやめれば、ちょっとは恰好いいのに』

その言葉が妙に悔しくて、少しだけ馬鹿の振りをやめてもいいかもしれないと思えた。

幼少期から何でも器用にこなせた夏目は、周りからちょっとだけ馬鹿だと思われた方が生き易くなるという事を早々に悟っていた。

期待もされないし、嫉妬《しっと》もされない。こいつはしょうもないやつだと思われれば、しめたものだった。

流石に本物の馬鹿になるつもりはなかったので、勉強だけは要領よくこなしていたが、基本的にはいつもふざけた態度で、何事にも軽薄そうに当たっていた。

しかし、彼女のためなら、そんな自分を改めても良いかもしれないと、あの瞬間にほんのちょっとだけ思えたのだ。

そうして、思ったより本気だった自分に驚きつつ、その気持ちを整理しようとしているうちに、彼女はこの世を去ってしまった。

その、今よりも若く愚かだった頃の自分の気持ちを追憶させられた、丹羽凜々花との再会の翌朝だった。

夏目は起床すると身支度を整えて、ある男の元へと向かった。

そこは、ひびわれた路面にへばりついたガムと油汚れが斑模様《まだら》に広がる裏通りの雑居ビルだった。入り口の看板はすべて真っ白で、見上げるとほぼすべての窓にブラインドが下りている事が解る。ひび割れをガムテープで補強してある窓もあった。

そのビルの前に、夏目は愛車の赤いカイエンクーペを乱暴に停めた。

彼は運転席から降りると、そのまま何の躊躇《ちゅうちょ》もなくビルの入り口を潜り抜ける。それから、象の断末魔のような駆動音を立てるエレベーターに乗って、目的のフロアに辿《たど》り着く。

エレベーターから正面に延びた廊下の天井には蛍光灯器具のみがならんでおり、両脇には扉が四枚ずつあった。突き当たりには非常口の緑の照明が煌々《こうこう》と輝いて見える。何かの家電の低いモーター音の他には、物音はまったく聞こえない。

夏目はその廊下の中程の左手にある扉の前に立った。

『有限会社ビザッロ』という札が掛かっており、扉の横にインターフォンがあった。そのインターフォンを押すが、どうも電源が入っていないらしく何の反応もない。

夏目は舌を打ち、扉を四回ノックした。

それでも何の反応もなかったので、右足を振りあげて蹴《け》りつけようとしたところで扉が開く。

ドアチェーンの長さだけ開いた扉の隙間から、恐る恐るといった表情で顔を覗《のぞ》かせたのは、長い白髪の男だった。

筋張った面長で、右眼を眼帯で覆っている。作業着をまとっており、その左腕の袖《そで》には中身がなく、ただ平たく肩からぶら下がっているだけだった。

彼は左眼をギョロリと動かし、扉の前に立つ夏目の顔を窺《うかが》った。夏目が「よう」と右手を軽くあげると、心底うんざりした様子で溜《た》め息を深々と吐く。

彼の名前は白井博一《しらいひろいち》という。

表向きの顔はフリーのカメラマンという事らしいが、以前にとある強力な呪物《じゅぶつ》の製作に関与したとして、特定事案対策室からは監視対象とされている呪術師だった。

彼自身に大した力はないのだが、この界隈《かいわい》に長く身を置いており、同業者の情報にも詳しい。彼と夏目は顔見知りで以前にも情報提供を求めた事があった。彼ならば、弓澤のポペットを製作した呪術師を知っているかもしれない。

因《ちな》みに白井の左腕と右眼は、彼が製作に関与したという強力な呪物の力により失われたものだった。

本物の呪物は扱い方を少し間違えるだけで、大きな代償を支払わなければならないときがある。そんな危険なものを何も知らない一般人にばらまこうとしている〝神様〟を、何としてでも止めなくてはならない。夏目は決意を新たに話を切り出した。

「ちょっと、聞きたい事があってな。嫌とはいわねーよな？」

「そりゃあ、もちろん……取り敢《あ》えず、入ってください」

と言って、酷《ひど》く散らかった部屋に通される。

表に面した窓と他の部屋に通じる扉、給湯スペースの入り口以外の壁は、すべてがスチール棚に覆われていた。そこには段ボール箱やファイル、カメラやマイク、照明、ドラム型延長コードなどの機材が雑然と置かれている。

そんな空間の中央には応接セットがあったが、それがまた酷いものだった。ローテーブルにはチューハイの空き缶やカップラーメンの容器がところ狭しと並んでいる。ソファーに衣服や汚らしい毛布が丸めて置いてあるところから見ると、どうやら、ここで寝泊まりしているようだ。

白井は片方のソファーの衣服を適当に壁際の棚へと押し込むと「さあ、どうぞ」と言って、座るように促してきたが、とても尻《しり》を着ける気にはなれなかった。

夏目は顔を露骨にしかめて遠慮する。

「いや、立ったままでいい。すぐ終わる」

「あ、そうですか」

と言って、白井はソファーに座り、テーブルの上にあった山盛りの灰皿を手繰り寄せて、作業着の胸ポケットから煙草と百円ライターを取り出した。

「一服つけても？」

「どうぞ」

と、夏目は言って、彼が煙草に火をつけるのを待った。そうして、彼がもうもうと白煙を吐き出したところで、質問を口にした。

「お前、〝神様〟って、知ってるか？」

「は？」

白井は目を点にしたまま、しばらく煙をくゆらせる。そして、鼻と口から盛大に白煙を噴射しながら答えた。

「ちょっと、何の話か解らないです」

夏目は注意深く白井の表情を観察するが、嘘や隠し事があるようには思えない。〝神様〟の噂は、やはりまだそこまで広まっていないのかもしれない。

夏目は次の質問に移る。

「じゃあ、ある呪術師を捜しているんだが」

「もしかして、そいつが〝神様〟？」

「その質問に答える必要はねーな」

と、夏目が言ったあと、白井は「すんません」という言葉と共に白煙を吐き出した。

「……で、どんな呪術師なんです？」

「……本物の力を持ったポペットを作っている」

「ポペット……」と白井は吹き出して笑い、「あんな、玩具《おもちゃ》……」と続けた。やはり、その反応を見るに、彼のような本職からしても、通常のポペットはそこまで強い力を持たないという認識らしい。

「そういうオマジナイを作ってるのを何人かは知ってますけど……どんなポペットか解ります？　ああいうのは、作るやつによって癖が出るので」

「あー……ちょっと、待って」

夏目はスマートフォンの画面に例のポペットの写真を表示させて、白井に見せた。

その写真を確認した彼は、しばらく脂《ヤニ》で汚れた天井を見上げながら煙草を吸って思案する。そして、その短くなった煙草を山盛りの灰皿に突き刺しながらその名前を口にした。

「……伍堂松春《ごどうまつはる》、かな？」

「その伍堂ってのが、さっき言ったポペットを作ってるのか？」

白井は頷《うなず》く。

「確かそいつが、夏目さんの言ってたようなポペットを作っていましたね。それを新宿《しんじゅく》か渋谷《しぶや》かどっかの露店で売ってた。大した効果もない癖に一個千円もするの。こりゃあ、詐欺だろと思った事があって、よく覚えてます」

間違いない。夏目は確信する。

「その伍堂ってやつの連絡先は知ってるか？」

「いや、うーん、俺は知らないけど……知ってそうなやつに連絡してみます？」

「ああ、頼む」

白井は新しい煙草を口にくわえ、火をつけてから作業着のポケットから取り出したスマホを器用に操り始める。

「あ、返事、すぐ来ました。代々木《よよぎ》上原《うえはら》駅の辺りに住んでるらしいっすよ……住所は解らないみたいですけど、えっと……」

と、言いながら白井はしばらく伍堂の知人とやり取りを繰り返して、最寄り駅から伍堂の住居であるアパートへの道順と部屋番号を聞き出す。どうやら、次の目的地が決まったようだ。

夏目は最後に新垣真一についても聞いてみる事にした。白井なら呪物売買している彼の事も知っているかと思ったのだが、これは当てが外れたようだった。

「……答えられたらでいいんすけど」

「何だ？」

「その新垣ってのは、何をやったんです？」

「厄介なモノに関わったらしいとだけ。だから、今、行方を捜してる」

「厄介なモノねえ……」

白井は白い煙を吹き出しながら鼻を鳴らした。

「そいつがどこで何やっているのかは知りませんけどね、きっと、そいつも呪物の力を舐《な》めていたんですよ。俺と同じでね」

そう言って、意地の悪い笑みを浮かべた。

◇◇◇

結果から言えば、無駄足となった。

伍堂松春の住居があると聞いた『シャトーハイツ西原《にしはら》』の二〇四号室の扉口にて。

「伍堂さんなんて、ずいぶん前に亡くなっちゃったよ」

そう言ったのは、六十過ぎに見える禿頭《はげあたま》の男だった。

伍堂の住居だという二〇五号室は空き部屋だったので、隣の二〇四号室の呼び鈴を押した。出てきた男に警察手帳を見せて、伍堂について聞いてみると、彼はもうこの世にいない事が解った。

「ずいぶん前って、どれぐらい？」

「去年の初めだったかな……部屋の中で。だいぶ経っててさ。冬だったけど、めちゃくちゃ臭ったよ……」

「死因は解ります？」

と聞くと、男は胡乱《うろん》げに言葉を発した。

「そんなの解る訳がないでしょ。てか、おたく、警察じゃん。そっちの方が詳しいんじゃないの？」

「あははは……部署が違うもので」

夏目は笑って誤魔化した。すると、心底うんざりした様子で、男は訝《いぶか》しげに問う。

「てか、あんた、本当に警察？」

彼は夏目の爪先《つまさき》から頭のてっぺんまでを睨《ね》めつけて、更に言葉を続けた。

「ともかく、伍堂さんとは特に付き合いがあった訳じゃないから、あとはお仲間に聞いてよ」

もうこれ以上、聞ける事はなさそうだ。そう思った夏目はいとまを告げる事にした。

「解りました。お忙しいところお時間を取らせてしまいすいませんでした」

その言葉を言い終わる前に、既に目の前の扉は閉まっていた。夏目は仕方なく帰路に就く事にする。自宅マンションへと帰る前に、代々木署に寄って伍堂の事を確認する事にした。

そしてアパートを出て駐車場に停めていたカイエンクーペのエンジンを掛けたと同時に、例の『黄色い部屋』がこの近くにあった事を思い出した。何となく立ち寄ってみる事にする。

くだんの劇場は古びた雑居ビルや貸し店舗が並んだ裏通りにあった。その一角の古着や珍しい海外の雑貨を売るお洒落《しゃれ》なセレクトショップの地下に、『黄色い部屋』はかつて所在していた。その店と右隣のカフェとの間に地下へと下りる階段があった。どうやら今は使われていないらしく、階段の入り口は〝立入禁止〟の札が下がったタイガーロープによって塞《ふさ》がれている。

夏目のカイエンクーペはゆっくりと減速し、その階段の入り口の前で一時停止する。

そこで、彼は何度か瞬《まばた》きを繰り返した。

タイガーロープの向こうに、白い球体が浮いている。初めは眼の中に埃《ほこり》でも入ったのかと勘違いしたが、明らかにこの世のモノではない何かがそこにあった。その球体は林《りん》檎《ご》程度の大きさで、何度か明滅を繰り返す。まるで、何かを伝えるためのシグナルのように……。

夏目はサイドウィンドウを開いた。

すると、その球体は暗闇の中に溶け込むように消えてしまった。

夏目はその場で少し迷ったあと『Ｂａｒ　東カリマンタン』から鈴木を連れてくる事にした。

『Ｂａｒ　東カリマンタン』で鈴木を拾うと、近くの駐車場に車を停めて舞い戻る。

事情は既に車中で鈴木に説明していた。因《ちな》みに彼の霊能者としての見解は「まだ、何とも言えない」であった。

一階のショップの店員に管理者の事を聞くと、ビルのオーナー宅が二階にあるというので、鈴木にはいったん待機してもらい、そちらへ向かう。地下へ向かう階段と反対側にあった二階へ続く外階段を上り、その先の扉のインターフォンを押した。因みに表札には『沼田』とある。

しばらく経って扉口から現れたのは、白とネイビーのストライプが胸元に入ったポロシャツの男だった。夏目はそのほっそりと痩《や》せた顔を見てはっとする。間違いない。彼は、このビルのオーナーであり『黄色い部屋』のオーナーでもあったらしい。

夏目はさっそく警察手帳を提示した。

すると彼は警察手帳と夏目を順番に見て、再び手帳に鼻先を近づけた。ここに鈴木もいたら、確実に信用されなかっただろうなと、夏目は内心で苦笑しつつ嘘の事情をでっちあげる事にした
「えっと、我々は、この辺りであったとある事件の関係者の行方を捜索していまして。それで、ついさっき所轄署の方から連絡があり、こちらの地下の廃墟《はいきょ》から人の声が聞こえたとの通報があったらしいのです。もしかしたら、我々の捜す人物が入り込んでいるかもしれないので、見せていただけないでしょうか……」

と、できるだけ慇懃《いんぎん》な口調で言うと、彼は「ああ……」と、何やら納得した様子で頷く。

「何か？」

と、尋ね返すと、彼はどこか青ざめた様子で語り始める。

「よくあるんですよ」

「何がです？」

「何にもないと思いますよ」

「なぜ、そう言い切れるんです？」

「地下は昔、劇場だったんですけど……前から変な噂があって……警備会社の警報も何か誤作動が多くて、切っちゃいましたし」

「そうなんですか？」

「だから、たぶん、何もないと思います」

「かまいません。念のため確認させてください」

「じゃあ、鍵《かぎ》渡すんで、勝手に見てください」

「いや、立ち会っていただけないと困るんですが……」

彼は首を横に振り、頑《かたく》なに拒む。

「……それなら、嫌です。行きたくありません」

しばらく押し問答を続けたあと夏目の方が折れた。いくつかの鍵が繋《つな》いであるキーホルダーを受け取る。そうして、彼に礼を述べて鈴木の元へと戻った。

それから、二人はタイガーロープを乗り越えると地下への階段を下りて、その両開きの扉の前に辿《たど》り着く。

扉口の上部にはレトロなフォントで『黄色い部屋』と書かれた電飾看板があった。

夏目は扉のシリンダー錠に鍵を差し込む。そこで、気がついた。

「鍵が開いてる」

すると鈴木が電飾看板を見上げながら言った。

「たぶん、招かれてる」

「ああ……」

とだけ答え、夏目は頭に過《よぎ》った様々な憶測をいったん退けると扉を開けた。中へ入ると、持ってきたペンライトをつけて闇を照らす。そこには、懐かしい光景が記憶の底から浮かび上がったかのように存在していた。

すぐ左手に受付カウンターがあり、その中に扉があった。正面の奥には客席へ通じる両開きの扉が見える。そして、左右には客席の周囲を取り巻くように舞台袖《そで》の方へと延びた通路の入り口があった。

夏目は左手の通路をペンライトで照らす。すると、明かりの中に客席側とは反対の壁に並んだ扉が浮かび上がる。扉口の上部から室名札が突き出ており、手前が『事務所』で奥は『楽屋』とあった。

「懐かしいな」

そこで、更に夏目の脳裏に過去の記憶が甦《よみがえ》る。

確か弓澤と受付を終えて客席に駆け足で入ろうとしたとき、ちょうど事務所から、あの沼田というオーナーと受付係が出てきた。沼田は事務所に鍵を掛けて、客席の方へとやって来た。

何となく記憶に残っていたのは、そのとき彼は怪我でもしたのか、首から右腕を包帯で吊《つ》っていたのが妙に印象的だったからだ。

ともあれ、夏目が埃舞うペンライトの光の帯で暗闇を撫《な》でながら回顧していると、左側に延びた通路の方でとつぜん、がちゃりと鍵を開閉したときの音がした。それは事務所の扉からだった。

「鈴木さん」

夏目は入り口に佇《たたず》んだまま注意深く暗闇に目線を這《は》わせていた鈴木の方を見た。すると、彼は夏目の元までやってきて、ペンライトの明かりの中に浮かびあがった半開きの扉を見て言った。

「たぶん、危険はないわ。行ってみましょう」

二人はその扉口の中へと足を踏み入れる。

まず目に入ったのは、部屋の中央に並んだ事務机だった。奥の壁際には右から順に、台の上に載ったテレビ、キャビネット、流し台と小さなコンロが並んでいる。左の壁にはカウンター内へ通じる扉があり、右の壁にも扉があった。

そして入り口の扉口のすぐ右横にキーストッカーが付いていた。鍵はぶら下がっていなかったが、〝クロークルーム〟や〝ロッカー〟や〝楽屋〟などと書かれた札が貼られていた。

夏目がそのまま一歩二歩と部屋の中に足を踏み入れると、右側の扉が再び勝手に開く。その半開きになった扉の奥には上下二段のロッカーが見えた。どうやらクロークルームらしい。

夏目は鈴木と顔を見合わせて、その開かれた扉の向こうへと足を踏み入れる。

クロークルームは事務所の半分程度の大きさで、入り口の奥の壁が上下二段のロッカーで埋め尽くされていた。

その扉口から見て正面だった。下段右端のロッカー扉の前に白い球体が浮いている。

「鈴木さん、あれ……」

夏目がペンライトを球体に当てる。鈴木は臆《おく》する様子も見せず、その球体へ近づいて屈《かが》むと右手を伸ばした。

すると、まるで球体は鈴木と会話でもするかのように、三度明滅してから、ふっと消え失《う》せた。

「夏目くん」

そのまま鈴木は声をあげた。そして、夏目が彼の元まで行くと、ロッカーと壁の間の小さな隙間を指差した。

「ここに、何かがある」

夏目はそのロッカーの隙間を照らした。すると、奥で何かが光を反射して煌《きら》めいた。

「あれは……」

「ロッカーをどかしてみましょう」

そうして、二人でロッカーをずらして、その隙間の奥の埃《ほこり》の中にあったものを夏目は摘《つま》みあげた。

それはグリンピース程度の大きさのワインレッドのビーズだった。夏目は眉間《みけん》にしわを寄せ、その指先のビーズにペンライトの明かりを当てる。

「貸してみて」

と、鈴木が言ったので、それを彼に手渡す。すると鈴木は、そのビーズを右手でぎゅっと握り目を瞑《つぶ》った。

「まだ残留思念がはっきりと残っている」

何かの拍子に記憶が物に焼き付く事がある。普通ならば、それは容易に消えてしまうが、鈴木はその残留思念を読み取ろうとする。

「……これ、人形の……ポペットのストラップについていたビーズね」

夏目は、はっとする。

鈴木は更に言葉を続けた。

「誰かの右手が見える。その手が鞄《かばん》にぶら下がったポペットを無理やりちぎり取った……それで、このビーズは床に落ちて、あの隙間に転がった」

夏目は心の中で抱いた予感を確かめるために鈴木に問う。

「あれは、誰かの魂の成れの果て。この場所でずっと、このビーズの残留思念が消えてしまわないように守っていた。きっと、夏目くんが来るのを待っていたのね」

「あの白い球体は、いったい……」

もう間違いない。

「千種ちゃん……」

夏目は彼女の残滓《ざんし》を追い求め、周囲の暗闇に視線を這わせた。すると、鈴木はゆっくりと首を横に振る。

「彼女は最後の力を使い果たして消えたわ。『ありがとう』って」

その言葉を耳にした夏目は大きく目を見開く。そして、いつものような軽薄に見える笑みを浮かべて「こちらこそ」と、独り言《ご》ちる。すると、胸の奥底に沈んでいた思いが解き放たれたような気がした。

しかし、次に鈴木の口から告げられた事実は、感傷に浸る間を夏目に与えてくれはしなかった。

「……それはそうと、夏目くん」

「何？」

「さっき、魂に触れてみて解ったけど、たぶん、彼女、呪い殺されたみたい」

◇◇◇

夏目龍之介の住居は青山《あおやま》霊園に程近い年代物のマンションの最上階にあった。

その2LDKの一室では、かつて壮絶な一家無理心中があり、長らく相場の三分の一の値段で売りに出されたままだった。

しかし、今はカール・ハンセン&サンを始めとした北欧家具が並ぶ、シンプルかつシックな居住空間と化していた。

リビングには大きなDALIのスピーカーと、古いレコードプレイヤーがあり、その隣のラックには洋楽の名盤が並んでいた。そして、キッチンとの間に横たわる仕切り棚には、翻訳物のミステリーやハードボイルド、古典SFなどが背表紙を揃えていた。

そんなリビングの隅のオフィスデスクに向き合う夏目の視線の先には、ノートパソコンの画面に映った〝カナリア〟の面々の顔があった。

リモートミーティングである。

まずは夏目からの報告となる。

この日判明した、伍堂松春の件から語る。因《ちな》みに代々木署に問い合わせたところ、彼の死因は違法薬物の過剰摂取による中毒死という事らしい。現場検証や検屍《けんし》の結果を鑑《かんが》みても、その結論に疑わしいところはなさそうだった。

そうして、報告は『黄色い部屋』での一件に移る。

誰かが弓澤のポペットを盗み、それから間もなく彼女は呪殺《じゅさつ》された。けっきょく、彼女のポペットが〝神様〟に関係があるのかどうかは解らなかった。

ただ、二点だけはっきりとしているのは、弓澤はこの世に留《とど》まってまで、あの日失くしたポペットが盗まれた事を伝えてくれた、そして、そのポペットを盗んだのは、あの日劇場にいた誰かだという事だった。一応、記憶にある限り当時の状況を順序立てて簡潔に説明した。

因みに鈴木の見解によると、弓澤の死がポペットによるものなのかどうかは解らないらしいが、少なくとも彼女の盗まれたポペットでは、そもそもの用途が違うので人を呪い殺す事はできないのだそうだ。

しかし、常に鞄に下げて持ち歩いていた物であるなら、本人と関連付ける媒体になりうるので、何らかの呪術で彼女が殺された可能性もあるとの事だ。

つまり、弓澤千種の鞄からポペットを奪い取った人物は、彼女に対しての悪意を抱いていた可能性が高い事になる。

夏目が大学一年生の時の出来事になるので、もう十四年も経っている。この犯人を特定するのはかなり困難かもしれない。しかし、それでもやらなければならない。

当時の状況を説明し終わると、黙って話を聞いていた成瀬が発言した。

『もっと細かいところが解らないと何とも言えないところではありますが、案外犯人は絞り込めるかもしれませんね』

　理由が解らなかったので、夏目は素直に聞き返した。

「どういう事だ？」

『夏目先輩はぎりぎりに劇場に到着したんですよね？　芝居の終了後は荷物が取り出されるので、クロークルームを狙う窃盗犯なんかいません。そうなるとポペットが鞄から盗まれたタイミングは限られてくると思います』

　理由を聞いてみれば明快だった。

　持つべき物は優秀な後輩であると感心しながら、夏目は報告を終える。そして、もう少し弓澤の件を追わせて欲しいと求めた。すると、穂村は少し思案してからそれを許可した。

　続いては成瀬の番となった。

　彼はこの日の早朝から九尾と共に栃木へと向かって、霊能力での捜索を行っていた。

　どうやら捜索の進捗《しんちょく》は芳しくないらしい。ずいぶんと疲れて見える顔をしている。

　夏目がほんの冗談で「そんなに九尾ちゃんのおもりは大変か？　新人くん」というと、成瀬は珍しく少しだけ不機嫌そうな顔になる。たぶん、成果が出なくて珍しく焦っているのだろうと夏目は思った。

　因みに成瀬の事を新人くんと呼ぶのは、単におどけているだけで深い理由はなかった。彼の冷静な思考能力や観察眼はすでに認めており、こっちの世界に足を踏み入れなければ、素晴らしい警官になっていただろうと評価していた。

さておき、そうとは知らない成瀬が報告を続けた。

『九尾先生によると、何かが邪魔をしてうまく霊能力で感知できないらしいです。恐らく〝神様〟の力かと』

そうして成瀬の報告が終わり、次は山田の番となった。

どうやら、〝神様〟の噂の出所に関して、いくつか興味深い事実が判明したようだ。

『……例の〝神様〟の噂をネタにした三名の動画投稿者たちに聴取したところ、いずれも二週間ほど前に、SNSの投稿フォームに寄せられた情報がソースらしいです』

「つまり、二週間ぐらい前に、誰かがその手の動画投稿者に向けて〝神様〟の噂をばらまいて、それに反応したのがその三名だったっていう事か？」

夏目の言葉に画面の中の山田が頷《うなず》く。

『……その三人は実際に「神様」のアカウントを特定して、怨《うら》みを持った人物の名前と例の文言を書き込んだDMを送ったそうです』

『それで、ポペットは、その動画投稿者の元にも届いたのか？』

この穂村の質問に山田は首を横に振った。

『いいえ。三人とも何も起こらなかったと言っています。嘘を吐いている可能性もとうぜんありますが、そういった印象は受けませんでした』

「どういう事だ？」

夏目が眉間《みけん》にしわを寄せる。女子高校生にはポペットが届いて、その動画投稿者の元には届かなかった。特定のアカウントに嫌いな人の名前と決められた文言をDMする以外にも、ポペットが届く条件があるのだろうか。

その疑問について山田は己の見解を語る。

『……これは、私の推測なんですけど、そのDMに記した名前の人物に、本気で死んで欲しいかどうかによるんじゃないでしょうか。その三人の動画投稿者がDMに記したのは、アニメのキャラクター、特に怨んではいない身内、自分の名前だったそうです。対する女子高校生の方は、嫌いな教師という事でした』

「なるほどな。〝神様〟もポペットを配る人間を選んでいるかもしれないって事か」

夏目の言葉に、山田は『そういう事ですね』と同意する。

そして、彼女は新垣真一の知人も当たったそうだが、こちらは〝二週間ぐらい前から姿を見ていない〟という証言しか得る事はできなかったそうだ。

『噂が広まったのと同時期だな』

と、穂村が言った。山田がこれに同意し、己の推測を語る。

『この時期に〝神様〟と新垣は何らかの形で接触し、新垣は〝神様〟に操られてしまった。九尾先生の見解では〝神様〟は人間の物真似をしているそうですから、そこでSNSを使って情報を拡散するという手段を覚えたという事でしょうか？』

『間違いないだろうな』

と、穂村が首肯した。

それから間もなく、リモートミーティングは幕を閉じた。

◇◇◇

その日の夜、夏目は古びた裏路地にある焼き鳥屋の暖簾《のれん》を潜り抜けた。縦格子の引き戸を開けると、外に漏れ出ていたタレの香りがより強く鼻先に漂った。

七分程度の客入りの白く煙った店内をざっと見渡すと、奥のカウンター席で、紺のスーツを着た小柄な男が右手を上げた。夏目も手を振り返して彼の元に向かう。

「いやあ、しばらく振りだねえ。先に一杯やってたよ」

そう言って、半切りのグレープフルーツをアルミのジューサーに押し付ける彼の名前は、駒場勝《こまばまさる》といった。人懐っこい性格で、どこか小動物じみた愛嬌《あいきょう》を感じる顔立ちをしている。

二学年上で別の大学の薬学部出身だった。丹羽凜々花と同じ演劇サークルに所属しており、彼女とは仲が良かったようだ。その縁で彼とも交流を持つようになった。

更に駒場は夏目の郷里である千葉県松戸《まつど》市と隣接する柏《かしわ》市の出身らしい。その事で親近感が湧き仲良くなった。

劇団では演者兼衣装担当だった。現在は某製薬会社の営業部で管理職をやっているらしい。

「……さあ、さあ、座ってよ。ここはボンジリがうまいから。最初は何？　ハイボールだっけ？　夏目くん」

「よく覚えてますね」

と、夏目は感心しながら、彼の隣に腰を落ち着ける。そうして、カウンター越しに注文したハイボールとお通しとボンジリが自分の元に届くまで、お互いに近況報告を交わし合う。

夏目は〝呪物《じゅぶつ》を用いたシリアルキラーを追っていました〞などと、本当の事を言う訳にはいかないので、適当な嘘を並べ立てる。そうして注文が手元に届いたところで、駒場の方から話を切り出してくれた。

「で、今日は何なの？　夏目くんの方から誘ってくれるだなんて、珍しいじゃん」

「いや、ちょっと最近、色々と思い出しちゃって。この前、丹羽さんにたまたま会って」

「おー、りっちゃんか」

もちろん、本来の目的は旧交を温めるためではなく、弓澤を呪殺した犯人を捜すためである。しかし、もう相当時間が経っていて自身の記憶ですら曖昧《あいまい》な上に、『プティ・ギニョール』のメンバーは十四名もいる。成瀬は〝案外犯人は絞り込めるかも〞と言っていたが、かなりの難事である事は間違いない。

しかし、死してなお、あのビーズの残留思念を託してくれた弓澤千種の魂に報いるために、夏目は何としても犯人を突き止めるつもりでいた。

取り敢《あ》えず、当時の記憶と公演パンフレットを頼りに、出番の少ない演者や脚本担当など、当日に時間がありそうな人物や一人で行動する事が多そうな人物をピックアップする。そうして絞り込んだ中の一人が、駒場であった。

「りっちゃんって、今は何をやってるの？」

「丹羽さんは、教育関係のところで働いてますね」

と、しばらくは丹羽凜々花の話題となり、夏目のグラスが一つ空いた。そして、二杯目のハイボールが届いたところで、駒場が弓澤千種の話題を口にした。

「……そういえば『黒のキングと白のクイーン』の後だったよね。千種ちゃん」

「ええ」

『黒のキングと白のクイーン』は、あの日の『プティ・ギニョール』の演目のタイトルだった。オリジナル脚本で、擬人化されたチェスの駒の愛憎劇というのが主なストーリーだった。

ラストは黒のキングと白のクイーンが結ばれてハッピーエンド。駒場は後半に登場するキーマンの白のビショップ役で、丹羽は最後に黒のキングに殺される黒のクイーン役だった。

「千種ちゃんは、数少ない僕たちの劇団の熱心なファンだった。最初は友だちのりっちゃんに誘われたから足を運んでいたんだろうけど……彼女の訃報《ふほう》を聞いたときは、本当に残念だったよ」

「ええ。俺にとっても良い友人でした」

するると、駒場は何か含みのありそうな微笑を見せながら言った。

「……本当に友だちだったのぉ？」

「あはは、そうですよ」

「……めちゃくちゃお似合いだったからさ」

「そんな」

夏目は首を振る。駒場は更に下世話な追及を続けてきた。

「でも、あの日、君たちを見てびっくりしたよ。まるで劇の主人公とヒロインみたいに黒と白だったんだもん。だから、余計にお似合いだなって思えて」

そう言えば、そんな話を帰り道でした事を、夏目は乾いた笑いを漏らしながら思い出す。

「……あれって、劇に合わせてきたのかと思ったけど」

「いやいや、少なくとも俺はどんな劇か知りませんでしたし……」

取り敢えず、弓澤との関係をこれ以上掘り下げられるのも億劫《おっくう》に感じたので話を逸《そ》らす事にした。

「……そういえば、あの日、千種ちゃんが鞄《かばん》につけてた人形が失くなったんですけど」

駒場は斜め上をしばらく見つめたあと「あー、そうだっけ」と言った。夏目は質問を続ける。

「……あの日、クロークの鍵《かぎ》って誰が管理してたんですか？」

「え」

駒場の表情が固まる。

「……もしかして、盗まれたとか？　夏目くんって警察、辞めたんだよね？」

夏目は首を横に振る。

「ええ、もう警察は辞めてます。ただ、何となく気になっただけです。そもそも窃盗だったとしても、もう時効は過ぎてますよ」

「あははは、そうなんだ」

と、駒場は赤ら顔で笑った。ずいぶんと酔っているらしく、彼は少しだけ呂律《ろれつ》の怪しい口調で続けた。

「まあでも、誰かが盗んだって事は、万が一にもないと思うよ」

「どうして、そう言い切れるんです？」

「だって、あそこのオーナー、すごい鍵の管理とか五月蠅《うるさ》かったんだよ。鍵は使ったら、事務所のキーストッカーに戻さないとめちゃくちゃ怒ったし。それにあの人、だいたい公演の時間以外は事務所にずっといてテレビ見てるか、パソコン弄《いじ》ってるかだったからね」

　夏目は先日『黄色い部屋』の事務所に入ったときの事を思い出す。クロークルームへ行くには、必ず事務所を経由しなければならない。つまり、外部の誰かがクロークルームへ無断で侵入するには事務所に人がいなくなる上演中しかない。しかし、上演中には事務所に鍵が掛かっており、その鍵はオーナーの沼田が所持していた。

　成瀬の言う通り、物を頻繁に出し入れするタイミングにクロークルームへ盗みに入る者はいない。

　そうなってくると、弓澤千種のポペットが盗まれたタイミングはけっこう限られてくる。

「夏目くん、どうしたの？　とつぜん黙り込んで」

「いや……」

　と、そこで、ふと思い出す。

「あの、駒場さん」

「何？」

「あの日、確かオーナーの、沼田さんでしたっけ？　あの人、右腕を怪我していたみたいですけど……覚えてます？」

「あー……」と言ったあと、駒場はジョッキの生ビールを飲み干してから言葉を続けた。

「覚えてないけど、たぶんサッカーじゃない？　あの人、サッカー好きで何かのチーム入ってたし……ああ、そうだよ、確か、あのとき、試合中に腕を怪我したって。沼田さん骨折してたんじゃなかったっけ。そうだ、そうだ」

と、駒場は懐かしそうに手を叩《たた》き合わせた。

そこで夏目はスマートフォンを手に取って画面に指を這《は》わせ始める。それを目にした駒場は、意地悪げな笑みを浮かべて言った。

「お、あれ？ もしかして、カノジョさんかな？」

「いや、そんなんじゃないですよ。ちょっと、知り合いのバーのマスターから呑《の》みに来ないかってお誘いが来てたので、お断りの連絡を。すいません」

このあとも思い出話は途切れる事なく、閉店間際まで続いた。

そうするうちに、夏目は弓澤千種のポペットを盗む事ができた唯一の人物について思い出す事ができた。

◇◇◇

外の空気は冷えていたが酒気の廻《まわ》った身体には心地好《よ》かった。暖簾《のれん》を右手で叩いて潜り抜けると、夏目は先に店の外に出ていた駒場に向かって言った。

「もう一軒、どうっすか？」

その誘いに駒場は首を横に振った。

「いや、明日《あした》も仕事だから……」

「ですよね。平日だし」

夏目は笑う。

すると、駒場は通りの向こうの暗がりを指差す。

「僕、電車だから、こっち。それじゃあ」

と、右手を軽く上げて会釈し、立ち去ろうとした。

「あ、俺も電車なんで」

と言って、夏目は駒場の隣に並んだ。二人で人気《ひとけ》のない裏通りを駅の方へと進む。

夏目は微酔した意識を奮い立たせて、その話題を切り出した。

「そう言えば、さっきの話なんすけど」

「さっきのって？」

「あの、千種ちゃんに連れられて、俺が初めて『プティ・ギニョール』の公演を見に行った日です。千種ちゃんにとって『プティ・ギニョール』の公演を最後に観た日であり、千種ちゃんが人形を失くしたときの……」

「ああ」

駒場が、またその話かと呆《あき》れた様子で笑った。夏目は構わず話を続ける。

「あの日、公演の時間外は事務所にはオーナーの沼田さんがおり、上演中は事務所に鍵が掛かっていた。その鍵は沼田さんが持っていた」

「まさか、沼田さんが千種ちゃんの人形を盗んだって事？」

「そうは言いませんが」

「そもそも、何で、十年以上も前に失くなった人形にこだわるの？」

その問いには答えず、夏目は話を先に進める。

「実は沼田さんの他にも千種ちゃんの人形を盗める人間がいるんですよね。それは、受付係の人間です」

「受付係？」

そこで夏目はポケットからスマートフォンを取り出して指を這わせながら言った。

「そう。あの日、入り口のカウンターで受付を担当していた人です」

夏目も、その人物が誰だったのかをついさっきまで忘れていた。再びポケットにスマートフォンをしまって言う。

「受付係なら鞄を出し入れするタイミングに、クロークルームで人形を鞄から取ってポケットにでも入れてしまえば、事務所にいる沼田さんは気がつかないでしょうし」

「あー……だろうね」

「駒場さん、受付係だった人って覚えてます？」

駒場はしばらく思案顔をしたあと首を横に振る。

「いや、覚えている訳がないよ」

「でしょうね」

「そもそも、本当に誰かに盗まれたとは限らないよね。落としたのかも。鞄に繋《つな》いでいた紐《ひも》かチェーンか解らないけど、そういうのが千切れてさ」

　その駒場の説を夏目は首を横に振って否定する。

「実は、先日『黄色い部屋』に行ってきたんすよ」

「へえ……」

「そこで、クロークルームのロッカーと壁の間に落ちていたビーズを拾いました」

「ビーズ？」

「その人形のストラップに付いていたビーズですよ。きっと、犯人が鞄《かばん》から人形をもぎ取ったときに床に転がって、そのままになっていたんでしょうね」

「ビーズでしょ？　本当にその人形のストラップのビーズなの？」

「ええ。はっきりと覚えてます。間違いない」

　と、夏目は確信を持った顔で頷《うなず》く。もちろん、覚えていた訳ではない。鈴木が残留思念を読み取ってくれたお陰で、それが弓澤千種のものである事が解ったのだが、その事を明かす訳にはいかない。

「……まあ、そのビーズが、千種ちゃんのものだったという前提で聞いてください」

「前提ね。前提」

「そう、前提です」

「で、何の話だっけ？」

「受付係も千種ちゃんの人形を盗む事ができるっていう話です」

と、夏目は脱線した話を元に戻してから語る。

「まず、あの『黄色い部屋』の沼田さんは、鍵の管理には五月蝿い人だった。ちゃんとキーストッカーに鍵を戻しておかないと、めちゃくちゃ怒るんでしたよね？」

「ああ、そうだったね。そうだった」

「それで、知ってました？」

「何を？」

「『黄色い部屋』が閉店したのを」

「あー、うん」

と、駒場が相づちを返し、夏目は話を続けた。

「まだ中は当時の物がそのままになっていました。事務所の扉の横のキーストッカーもです。そこには札があって、それを見て解ったんですけど、あのキーストッカーにクロークのロッカーの鍵束《かぎたば》もまとめてあったんじゃないですか？」

「あー、うん、確かそうだったかも」

「俺と千種ちゃんは公演開始ギリギリに到着しました。だから、あの事務所のキーストッカーに下がっていた鍵を使って、クロークのロッカーにしまわれていた千種ちゃんの鞄から、あの人形を受付係と沼田さん以外の人間が盗めるタイミングは、公演が終わったあとだった事になります。公演中は事務所には鍵が掛かっていた」

「何か良く解らないけど、ミステリーの探偵みたいだね」

「〝黄色い部屋の秘密〟ってね」と夏目はおどけたが、駒場にはジョークの元ネタが良く解らないようだった。きょとんとした顔で首を傾げている。

夏目は咳払《せきばら》いを一つ挟むと、再び語り始める。

「……確か、この前、丹羽さんに聞いたんですけど、あの日、公演が終わってから、事務所に俺たちが買ってきた差し入れを持っていったら、沼田さんがテレビでサッカーを見ていたらしいんですよ」

「それが？」

「沼田さんはサッカーが好きだった。あの日の公演は二十時から二十一時まで。サッカー中継は二十一時からだったみたいっすね。さっき、仕事先に返信するついでにスマホで検索して確認しました。きっと、劇が終わってからすぐに事務所に向かったに違いないんすけど……」

狭い裏通りを抜けて大きな通りに出る。すぐ近くに歩道橋の階段があった。そこを上れば駅だった。仕事帰りらしきスーツ姿や赤ら顔の酔漢たちと一緒にその階段を上りながら、駒場と夏目は言葉をかわす。

「まあ、沼田さん、サッカー好きだったからね。その可能性は高いね。でも、ずっと事務所にいたとは限らないでしょ？」

「ええ。流石にそれは証明できませんね」

夏目は素直に認める。すると、駒場はどこか嬉《うれ》しそうに語る。

「……トイレに立ったかもしれないし、他にも何かの用事があって、事務所を出たかもしれない。その間に事務所へ誰かが入って、彼女の鞄から人形を奪い取ったのかもしれない」

「でも、それは苦しいっすね。荷物が取り出されようとするのに、劇が終わったあとでクロークルームに盗みに入る馬鹿はいませんよね。そもそも、いつ沼田さんが事務所を空けるか解らないなら、クロークルームに忍び込める訳がない」

「でも、ハーフタイムは？　サッカーの試合ならハーフタイムがあるだろ？　その時間なら沼田さんがトイレとかで事務所を空ける事は予測できたのでは？　その頃になれば、受付も空いているから、受付係も頻繁にクロークルームへ出入りしないし」

「俺たちが、公演後も楽屋にしばらくいたって話しましたっけ？」

夏目のこの指摘を受けて駒場は、一瞬だけその表情に焦りを滲《にじ》ませたがすぐに取り繕う。

「いや、さっき、君たちが差し入れを買ってきたって、言ったんじゃん。それを楽屋に持って行ったとき喋《しゃべ》ってたんじゃないの？」

「ああ、そうっすね。ですが、俺たち、ハーフタイムの前に帰ったんですよ。たぶん楽屋にいたのは三十分か四十分ぐらいだったと思います」

そう言って夏目はスマートフォンを再び弄《いじ》る。

「えーっと、あの日あったのが日本代表の試合で、キックオフが二十一時十五分。試合結果は前半十六分に日本代表が一点先制して、そのままのスコアで終了したみたいです。サッカーの前半後半はそれぞれ四十五分で、その間に十五分のハーフタイムがあり、だいたいこの間は中継ではCMが流れます」

「知ってるよ。それぐらい」

「……で、この前、丹羽さんが言っていたんですけど、そのとき事務所に俺たちが買った差し入れを持っていって、扉を開けたらちょうど点が入ったところだったみたいで、沼田さんが大声を出していたんだそうです。そのあと楽屋に戻ってきた彼女がその話をしたら、千種ちゃんが急にレポートがある事を思い出して帰ることになりました。さっきも言いましたが、点が入ったのが試合開始から十六分。つまり、二十一時三十一分。俺の記憶でもだいたい楽屋にいたのは三十分から四十分ぐらいだったので、感覚的にも一致しています」

そこで駒場は何かを言い返そうとしたが、無駄だと知ったのか口を噤《つぐ》み思案顔をする。

「……なるほどね」

夏目はその反応を受けて頷くと話を続ける。

「そうなると、沼田さんと受付係以外の人間がクロークルームにある彼女の鞄から人形を奪うには、楽屋にまだ俺たちがいる事を知っていて、偶然にも誰もいないタイミングで事務所に居合わせる事ができて、なおかつ、沼田さんが事務所に戻ってくるまでの間に無数のロッカーの中から、彼女の鞄が入っているロッカーを偶然にも見つけなければなりません。可能性はまったくないとは言いませんが相当低い。それこそゼロに近いレベルで」

「ああ……だから、受付係と沼田さん以外には人形を盗めるチャンスはなかったと」

「そもそも、なぜ、その人物は千種ちゃんの人形しか盗まなかったのか？」

「知らないよ」

「で、その受付係なんすけど」

「あー、もう、昔の事だし、誰も覚えていないんじゃないの？　そんなの」

夏目は首を横に振って笑う。

「さっき、思い出しました。駒場さん、あんたっすよね？」

「は？」

駒場が足を止めた。

そのまま夏目は階段を上り切る。小走りで追い付いた駒場が言った。

「いやいやいや……違うと思うよ。覚えてないけど」

「いや、もう思い出しました」

「記憶違いじゃない？　僕は覚えていないけど」

再び二人で肩を並べて歩道橋の先にある駅の入り口を目指しながら語る。

「……じゃあ、駒場さん、自分で言ってたっすよね？」

「何を？」

「あの日、劇場に現れた俺たちを見てお似合いだと思ったって」

「それが？」

「あの日、確かに俺と千種ちゃんは、黒と白のコートを着て劇場に向かいました。そのコートは帰る寸前まで、クロークに預けていたんすよ」

「いや、だから、その、クロークに預ける前の君たちを見てて、僕はそう思ったんだよ」

　夏目は首を横に振る。

「あなたが受付係ではないなら、それはありえない。なぜなら、俺たちがあの日、劇場に着いたのは上演時間ギリギリで、受付ロビーには誰もいなかった。受付係以外には」

「じゃあ、帰りのときだ」

　この言葉にも夏目は首を横に振った。

「それも、ありえない。さっきも言った通り、帰りも楽屋でダべってたから遅くなって、ロビーには受付係以外の人間は誰もいなかった。だから、俺たちが劇中の黒のキングと白のクイーンのようだったと言えるのは、受付係だけなんすよ」

「違う。君の記憶違いだ！」

　駒場が声を荒らげて立ち止まる。夏目も立ち止まり、彼に向き合った。

「どうして、あの人形を盗んだんです？」

「じゃあ、沼田さんだ！　沼田さんが盗んだんだ！」

「自分がもっとも疑われる状況で、管理者としての責任も問われかねないのに、沼田さんがわざわざクロークの中のものを盗みますかね？」

駒場の言う通り、受付係だけではなく、沼田にも弓澤千種の鞄《かばん》からポペットを盗むチャンスはとうぜんながらあった。しかし、夏目はその可能性は早々に除外していた。なぜなら、鈴木が例のビーズから残留思念を読み取ったとき、こう言っていたからだ。

〝誰かの右手が見える。その手が鞄にぶら下がったポペットを無理やりちぎり取った〟と。

このとき、沼田は怪我で右手が使えなかった。

だから、彼は弓澤のポペットを盗んだ犯人たりえない。

「どうして、あのとき、駒場さんが人形を盗んだのかは解りませんが、たぶん鞄を受け渡すときに彼女が気付いたら、惚《とぼ》けるか、クロークルームを探す振りをして〝落ちていた〟と言って、誤魔化すつもりだったんじゃないですか？」

「だから、知らない。記憶違いだ！　そんな十年以上前の事なんて、正確に覚えている訳がない！」

もちろん、駒場の言う通りで、彼が犯人であると現状では断定はできない。だからこそ、夏目は駒場と会話しながらスマートフォンで鈴木と連絡を取って、この場所に彼を呼んでいた。

鈴木は霊的なものを判別する霊視や遠くのものを視る遠視は苦手と言っているが、対象の記憶を視る事のできる過去視には定評があった。

もちろん、どんな記憶でも即座に読みとれるほど万能な能力ではない。しかし、今回に限っては日時がしっかりと解っているので、それほど難しくはないのだという。

幸いにも、この日はあまり店が混んでいなかったようだ。いつもより早く閉店して、こちらへと向かってくれているらしい。待ち合わせ場所は歩道橋の先にある駅となっていた。

そんな訳で、激昂《げきこう》する駒場を他所《よそ》に夏目はスマートフォンを再び確認した。すると、もう鈴木は駅に着いたという連絡が届いていた。もうすぐこの場にやって来る。そして、再びスマートフォンをポケットに戻した。

そこで駒場が舌を打った。

「……やっぱ、それ女か？」

「は？」

夏目は駒場が何の事を言っているのか解らずに首を傾げた。すると彼は、小動物じみた普段の様子から一転して邪悪な小鬼のように笑いながら吐き捨てる。

「いいよな。頭良くてイケメンで……モテるやつは、女なんかとっかえひっかえで……千種ちゃんもそうだったのか？」

「いや、何の話？」

「お前より先にずっと前から目をつけていたのにさ、それがお前みたいなチャラいやつ連れて来るんだもん……本当に幻滅したよ。あの鞄につけてた恋愛成就のポペットも僕のためだと思っていたのにさ」

「ああ、千種ちゃんの人形が、どういうものか知っていたんですね」

夏目が冷たい声音で指摘すると、駒場は吹っ切れたような笑顔を見せて頷《うなず》いた。

「知ってるよ。りっちゃんからのプレゼントだろ？　僕は知っていた。彼女の事なら何だってね。それをお前みたいな馬鹿っぽそうなチャラいのがさ。それで、ただの馬鹿だと思ったら、T大生だっていうんだもん。何なんだよ、お前、顔も良くて頭もいいとかふざけすぎだろ」

「何なんだよって言われても……」

夏目は苦笑する。

この手の感情を向けられた事は小さな頃から何度もあった。またか、という感想しかない。もう慣れきっていた。

「おまけに、お前、何で死なねえんだよ。〝神様〟の人形に何本も何本も何本も針刺して、首まで落としたのに、お前は何で生きてんだ？　何かの主人公かよ！」

どうやら、いつの間にか呪われていたらしい。しかし夏目には〝資質〟がある。呪いは不発に終わったようだ。これは鈴木の到着を待つまでもないらしい。そんな事よりも、彼が口走った言葉の中に聞き捨てならない文言があった。

「〝神様〟の事、知ってたんですね」

と、夏目が言うと、駒場は怒りと憎悪に燃えていた双眸《そうぼう》を大きく見開いた。そして、とてつもなく醜悪な表情で言葉を吐き出す。

「こっちのセリフだよそれは。本当に気に食わねえな」

その言葉を涼しい顔で受け流しながら、夏目は問う。

「〝神様〟って、いったい何なんすか？」

「もしかして〝神様〟は〝神様〟だ。僕たち弱者の願望を叶《かな》えてくれる偉大な存在だよ」

「もしかして"神様"に、あの千種ちゃんのポペットを盗むように言われたとか？」

「違うよ。ムカついたから、捨ててやろうと思って、もぎ取ってから思い付いたんだ。これを〝神様〟に捧《ささ》げれば、あの裏切り者に天罰を与える事が出来るって……」

そう言ったあとの駒場の瞳《ひとみ》は、まるで真っ黒い底なしの穴のようだった。

夏目は剝《む》き出しになった彼の心の闇と、自分が特定事案対策室に入る前から今回の一件が始まっていた事に驚愕《きょうがく》しつつ、質問を重ねた。

「で、彼女から盗んだポペットをどうしたの？」

しかし、駒場は答えようとしない。

「五月蠅《うるさ》い！　死ねよ……みんな、お前みたいなやつが大嫌いで死んで欲しいって思ってるんだから死ねよ！」

「〝みんな〟って誰の事だよ？」

「みんなは、この世界の、お前以外の全員に決まってるだろ！　みんな、お前みたいな何でもできて、何でも持ってる、いけすかない奴が大嫌いなんだよ！」

「ああ、そうかもしんないっすね」

夏目は自嘲《じちょう》気味に微笑む。

幼い頃、そんな風に思った事もあった。もしかしたら、自分が死んだ方が、みんな喜ぶんじゃないかと……。

だから、いつもふざけた馬鹿の振りをするようになった。

「早く死ね！　今すぐ死ね！　みんなのために死ね‼」

駒場が一際大声で叫んだ。その瞬間だった。

どん、という衝撃が背中に走る。電気が走ったような痺《しび》れから、徐々に重い激痛が広がっていく。

「は？」

その痛みの中心部を右手で押さえながら後ろを振り向く。すると、そこにはサバイバルナイフを持った大柄な男がいた。身にまとった蛍光グリーンのマウンテンパーカーとベージュのカーゴパンツの袖《そで》や裾《すそ》は泥で汚れており、フードの奥の双眸は、くすんだ硝子《ガラス》玉のように何も映していなかった。

夏目は彼の顔を知っていた。

「新垣……真一……」

彼の手の中の凶刃から赤い滴りがこぼれ落ちる。

夏目は腰を押さえていた右掌《みぎてのひら》を見た。赤い。それを見た瞬間、その場に膝《ひざ》を突く。

すると、周囲の通行人たちから悲鳴が上がった。

それを掻《か》き消すように駒場の哄笑《こうしょう》が響き渡る。

「あははははは……こいつ、刺せば死ぬんだ！　ナイフで直接刺せば良かったんだぁ……あははははは」

夏目は耐え難い苦痛と吐き気を必死に堪《こら》える。視線をあげると、新垣が駒場へと飛び掛かるところだった。

「おい！　僕は味方だろ！　何で……」

揉《も》み合いの末に駒場の首筋にナイフが突き立てられる。彼は白眼を剝きながら、新垣を左手で突飛ばし、一歩二歩とよろめきながら後退した。首筋のナイフを右手で抜いて足元に落とす。その瞬間、盛大な血の噴水が噴き上がった。

駒場は目蓋《まぶた》を痙攣《けいれん》させ、歩道橋の手すりにもたれ掛かりながら、ゆっくりと腰を落としていった。

「ああ……駒場さん……」

その声に反応したかのように、新垣が再び夏目の方に向き直る。彼は落ちていたサバイバルナイフを拾って夏目の方に迫る。

もう限界だった。

あとの事は穂村たちに任せて、夏目はその身を横たえようとした。新垣が逆手に握り締めたサバイバルナイフを夏目に振り下ろそうとした。その瞬間だった。

「夏目くん！」

ナイフが握られた新垣の手首を力強く摑《つか》んだのは鈴木龍玄だった。

「……遅いって、鈴木さん」

その言葉に答えるように、彼は強引にナイフを新垣から奪い取ると彼を殴りつけた。

それが最後の記憶だった。

夏目は今度こそ歩道橋の路面に身を横たえた。

◇◇◇

けっきょく、夏目龍之介の怪我はそこまで大した事はなかった。

医師によれば、新垣の凶刃は重要な臓器や血管を見事にすり抜けたらしい。夏目は病院に運ばれた翌日はまるまる意識が戻らなかったが、次の日の夕方頃に目を覚ます事ができた。それでもやはり、しばらくは病床での生活を余儀なくされるそうだ。

つまり、今回の捜査は、ここでリタイアする事になった。

「夏目くんが寝ている間にもいろいろとあったわ」

と、病院の個室のベッド脇で、ストゥールに腰をおろした鈴木が言った。夏目は枕に後頭部をつけて真っ白い天井を見上げたまま質問した。

「駒場さんは？」

山田が普段とまったく変わらない表情で首を横に振った。それを見た夏目は一瞬だけ表情を歪《ゆが》ませたが、すぐに「そりゃそうか」と言って、取り繕う。

山田は淡々と話を始める。

「……それから、彼の自宅から大量のポペットが発見されました。作り掛けの物も……」

「じゃあ、駒場さんがあの黒いポペットを」

その夏目の言葉に山田は首肯を返した。

「現在、他にも黒いポペットのストックがないかどうかを捜索中です」

「そうか……」

夏目は胸のうちに込み上げる何とも言えない気分を忘れ去るためにも、次の質問に移る。

「じゃあ、新垣真一の方は？」

この質問に答えたのは鈴木だった。

「彼は今病院にいるわ。きっと〝神様〟に直接触れてしまったのね。ほとんど自我が壊れている。もう繋《つな》がりは解いたから〝神様〟に操られる事はないけれど、あれは助からないわね」

「まったく、〝神様〟って、けっきょく何なんだよ……」

夏目の頭に甦《よみがえ》るのは、〝神様〟について尋ねたときの駒場の返答だった。

〝弱者の願望を叶えてくれる偉大な存在〟

そこだけを聞けば、本当の意味での救世主であるかのように思える。しかし、夏目にはとてつもなく邪悪な存在だとしか思えなかった。それこそ、人の欲望に付け込んで破滅をもたらす悪魔のような……。

「その〝神様〟ですが……」

と、山田がいつも通りの冷静な顔で話を切り出す。

「現在、成瀬くんと九尾先生が、栃木県の東の山間部に所在する〝神様〟の居場所に向かっているそうです」

幕間　2

　隣の部屋から男女が口論する怒鳴り声が聞こえた。

　もうすぐ八歳になる勝は、重く湿った掛け布団の中に潜り込むようにして、身体を丸めながら耳を塞《ふさ》いだ。

　暗闇と自分の吐く生温《なまぬる》い息。微《かす》かに漏れ聞こえる口論の声が早鐘のように鳴り続ける心臓を鷲摑《わしづか》みにする。

　いったい、パパとママはいつまで続けるのだろうか。子供だった彼には、どちらに口論の原因があるのかは解らなかった。毎日、夜遅くに赤ら顔で帰ってきて、休日もとっととゴルフに出掛けるパパが悪いのか、それとも、家事をサボりがちなママが悪いのか……。

　その答えのない疑問について思いを巡らせていると、硝子が粉々に砕ける音と共に、一際大きなパパの怒声と「やめて！　やめて！」というママの声が聞こえ始める。

　最悪だった。

　こうなると、朝が来て二人とも疲れるか、近所の人が警察を呼ぶまで延々と終わらない。

勝は、この瞬間、眠るのを諦《あきら》めざるを得なかった。

その間も彼は考える。どっちが悪いのかを。

パパは空調設備を請け負う小さな会社の社長だった。それなりに仕事は上手《うま》くいっていたので家は裕福だったが、そのお陰で周囲の同年代の子供たちからは、やっかまれて爪弾《つまはじ》きにされていた。

もらったお小遣いはすべて無理やり奢《おご》らされて消えて、「お前は金持ちの家だから、自分で掃除なんかやった事がないだろ」と言われ、掃除当番を押し付けられたりもした。

一度、この事をパパに言った事があったが、彼は「男なんだから、やり返せ。お前が弱いから悪いんだ」と一蹴《いっしゅう》した。

一方のママは専業主婦で、若い頃はずいぶんと遊んでいたようだ。その名残か髪の毛はライトブラウンのソバージュで、濃いメイクをいつもしており派手な印象だった。

小学校と中学校しか行っていないらしく、そのお陰かずいぶんと苦労したらしい。そういった経験から息子である勝には、勉強をしろと五月蠅《うるさ》かった。少しでもテストの点数が悪いと徹底的に勝をなじり、勉強が出来ないといかに苦労するかという話を延々と夜遅くまで語り出すのが常だった。

基本的に風邪を引いた程度では学校を休ませてもらえず、熱がないと無理やり登校させられた。

幸いにもママに勉強を強要されているお陰で、学校の成績は悪いものではなかった。

しかし、どんなにテストで良い点を取っても、彼女の口からは「まあまあね」という褒め言葉しか聞くことはできず、また周囲のクラスメイトたちからの更なるやっかみを生む原因にしかならなかった。

そんな二人の喧嘩《けんか》は更にヒートアップしていき、外からパトカーのサイレンの音が徐々に近づいてきた。やっと、もう少しで眠れる。

勝は幸せを噛《か》み締めて笑う。

そして、眠りに落ちるまで、どっちが悪いのだろう、どっちを〝神様〟に殺してもらおうかと、ずっと考え続けた。

さすがに二人を〝神様〟に頼んで殺してもらうのは気が引けた。

パパはクリスマスや誕生日にゲームを買ってくれたし、夏休みには軽井沢《かるいざわ》にある別荘にも連れて行ってくれた。そこにいる間はママともあまり喧嘩をしなかった。

ママの方は機嫌の良いときは優しく、まるで別人のように抱き締めたり、頭を撫《な》でたりしてくれた。何だかんだでママの作るご飯は美味《おい》しくて大好きだった。

でも、どっちか一人でいい。二人もいらない。二人もいるから喧嘩になるのだ。パパとママのどっちか一人で構わない。だから、〝神様〟に頼む事にした。

その〝神様〟の噂を勝が耳にしたのは学校だった。

小学一年生の頃の放課後。クラスメイトがあまり寄り付かない図書館で勉強していると、自習机の近くにある本棚の間から上級生の女子たちの話し声が聞こえた。

聞くつもりはなかったが、彼女たちの話はだいたいこんな内容だった。

学校近くの山奥のある場所へ行って〝神様〟にお願いすると、嫌いな人を殺してくれるらしい。

もちろん、こんな話を最初は信じていた訳ではなかった。

しかし、それからしばらく経って、その場所の事をテレビの心霊番組でやっていた。一緒に見ていたママはくだらないと吐き捨てていたが、まだ純粋な子供だった勝は、テレビで放送しているぐらいなのだから本当の事なのだろうと思い込んでしまった。

この頃といえば、インターネットなど一般的なものとはいえず、動画サイトなんかもなかった。つまり、テレビや紙媒体の情報がすべてであり、真実であったのだ。

テレビに映された、その場所の異様な光景も噂に真実味を与えていた。

その場所へ向かう途中にある吊《つ》り橋はまだ健在で、日曜日の朝から図書館で勉強をするという口実でそこへ向かえば、日没前までに帰宅できそうな距離にあった。

勝はそのテレビ番組を見終わった夜、布団の中で〝神様〟に会いに行く事に決めた。

しかし、けっきょく、勝はどちらか決められず、「パパとママのどっちか好きな方を殺してください」と〝神様〟にお願いした。

ずっと何も起こらなかったが、四年以上経ったある日の夜、いつものように二人が喧嘩をし始めて、ママがパパを包丁で殺した。結果的にママも警察に捕まり、駒場は千葉県柏市に住む親戚《しんせき》の元に預けられる事となった。

それから彼は平穏に不自由なく育てられ、大学生になって上京し、ある女性と出会う。

彼女は母親と同じ〝千種〟という名前だったが、何もかもが正反対だった。T大生だけあって勉強もよく出来たし、性格は真面目で、少なくとも自分に出来ない事を他人に無理強いするような事はなさそうだった。

何より黒い長髪と、控え目で可愛らしい目鼻立ちは、大人しそうで自分の言う事を何でも聞き入れてくれそうに思えた。

彼女は勝の理想だった。

◇◇◇

昔のサスペンス映画を想起させる禍々《まがまが》しい音楽と共に、球体関節人形や百足《むかで》や蛆《うじ》の群、眼球、神社や人家の廃墟《はいきょ》、UMAやUFOなどの写真やキャプチャーが次々と切り替わって表示される。

そうして、血文字のような書体のタイトルコールが終わると、画面が切り替わる。コメント欄の流れがよりいっそう速くなる。ゲリラ配信だったので、同時接続数はさほどでもなかったが徐々に数を増していった。

『はい、タカシのフシギチャンネル。本日もやってまいりました。都市伝説の伝道師、長濱タカシです』

画面中央に映っているのは、長濱タカシであった。その声音は、いかにも寝起きといったしわがれたものだった。

そして、いつもは紫ツイードのジャケットに白シャツが定番の衣装であったが、この日は灰色のスエットだった。目蓋《まぶた》が腫《は》れぼったく、いかにも寝起きだったが、最低限のメイクはしているようで、普段の齧歯類《げっし》を思わせる顔だちは、ビジュアル系バンドのメンバーにいそうな顔となっていた。

『えー、今日の配信は、緊急事態です……』

と言って、フォームに寄せられた例の投稿内容を説明する。

『と、言う訳で、実際にやってみましたところ……』

そこで長濱は、〝誰の名前を送ったの？〟というコメントが多数目についたので、拾って読み上げた。そして、その質問に『言う訳ねーだろ』と答えて笑う。

実際には、オフで会おうとしつこく誘いを掛けたものの、すげなく断られた女性配信者の名前だった。

『……で、えーっと、どこまで話したっけ？　そうそう。そのアカウントにDMを送ったら、何と、さっき本当に〝神様〟の夢を見て起きました！　それで、慌てて配信つけたんだけど……』

コメント欄がにわかにざわつき始める。多くのリスナーは長濱の話を信じていないようだった。批判的なコメントで溢《あふ》れかえるが、長濱の表情は余裕に満ちていた。

『……まあまあ、落ち着け』

それから、夢で見た〝神様〟の容姿についての質問に『金色に光った胎児みたいな感じ』と答え、他にもいくつかの質問を拾って応答した。

『……まあ、俺も信じられないから、今日はこのまま起きて、人形が届くのをみんなで見届けようって事なんだけど』

コメント欄の流れが再び速くなる。

『……とりあえず、今から、カメラ持って外に行くわ』

夢は見たものの、長濱は本当にあの投稿内容通りの事が起こっているのかどうか半信半疑だった。変な夢を見て飛び起き、しばらく、まんじりともせずにいたところ、この配信をしようと思い立った。

常識的に考えればありえない。しかし、あの夢には、何か尋常ではない雰囲気があった。

その自らの感覚を長濱は信じる事にした。

ＧｏＰｒｏを装着し、アプリを立ち上げてライブ設定を済ませ、配信画面に映像を載せる。胸元にピンマイクをつける。音量の調整などを済ませると、長濱はリスナーに『今から玄関の方に移動しまーす』と言って、配信部屋をあとにした。

そして、彼が履いていたモコモコのスリッパの爪先が玄関の框《かまち》を踏んだ瞬間だった。

扉の向こうから誰かの気配と共に、遠ざかる足音が聞こえた。長濱は扉を開くと玄関から首だけ出して様子を窺《うかが》う。

『おい、まじかよ！』

焦った様子の彼の声。そして、外開きの扉板に押し退《の》けられていたそれにＧｏＰｒｏのピントが合う。

黒いポペットだった。

長濱が首を振った事により画面が激しく揺れた。そして、彼のＧｏＰｒｏは、玄関を出て右側に向かって歩いて行く人物の背中を捉《とら》えていた。

それは、グレーの寝間着の男だった。

『おい、あんた！　ちょっと待って！』

長濱が玄関を飛び出して、その男を追った。

男は無視してエレベーターの方に歩いていった。配信のコメント欄の流れはこれまでにないスピードとなった。

『ちょっと！　あんた誰なの⁉』

そして、エレベーターの扉の前で長濱の右手が男の肩に掛かった。すると、その瞬間だった。

配信画面が不気味なブロックノイズで覆われた。

4、深鳥屋敷にて

宇都宮《うつのみや》から東へ。

白い八階建てのホテルが、鬼怒川《きぬがわ》の右岸に密集する木々の梢《こずえ》から突き出ている。

『オーバールック鬼怒川』である。

このホテルを拠点にして、成瀬義人は九尾天全の霊能力頼みの捜索を続ける事となった。〝カナリア〟と〝狐狩り〟が過去に調査した〝要監視対象〟の土地や物件などを中心に県内をくまなく見て回る。しかし、成果が出ない。

いくら九尾天全といえども捜索する範囲が広大過ぎるのだ。

一応、当初のダウジングでは栃木県全域だったが、現地にやって来た事で、日光《にっこう》の方ではなく宇都宮の東側というところまでは絞り込めた。だが、それまでだった。

本来の彼女の力ならば、もう少し範囲を狭められたであろうが、何者かに邪魔されて上手《うま》く行かなかった。その何者かとは、とうぜん〝神様〟である。

では、更なる人員を投入すれば良いかというと、そういう訳にもいかない。

特定事案対策室は〝カナリア〟となる条件の〝資質〟を持つ者が少ない事もあり、常に人手不足である。現状では穂村、夏目、山田、成瀬を除いて五名しかおらず、その五名はいずれもそれぞれの任務についている。そして〝狐狩り〟は、九尾と鈴木の他に四名しかおらず、この四名も手は空いていない。鈴木までこちらの捜査に投入してしまうと、何か不測の事態に陥ったとき、対応が遅れる恐れがある。

一応、各警察本部にも協力を要請はできるのだが、基本的にどこも自分たちの仕事を優先するので人員は出したがらない。そもそも〝資質〟を持たない普通の警官では深刻な二次被害が発生する恐れがある。協力要請には慎重にならざるをえない。

したがって、毎朝九時から日付が変わるまで成瀬のリフターで走り回り、ホテルに戻って翌朝ロビーで待ち合わせ、再び捜索範囲を徐々に遠方へと広げてゆくという地道な捜査を行うしかなかった。

そんな中、事態が進展したのは三日目の夜だった。

夏目龍之介が新垣真一に刺されて病院へと運ばれたとの一報が穂村よりもたらされた。幸い命には別状がないという事だったが、意識はまだ戻っていないのだそうだ。

また、日付を跨《また》いで二時三十分頃。登録者数三十万人の配信者、長濱タカシが黒いポペットが届けられる瞬間を実況中継したのだという。

これで、のんびりと〝神様〟を捜す訳にはいかなくなった。しかし、依然として現状を打開する術《すべ》はなく、四日目に入った朝も、レトロなアールデコ風の装飾で溢れたホテルロビーで成瀬は九尾と待ち合わせ、レストランで朝食を素早く取ると捜索に出る。

この日は薄暗い雲が上空を覆っており、暗鬱《あんうつ》な空模様であった。少し風があり、天気予報を見ずとも一雨来そうな気配が感じられた。

車中の雰囲気も、連日の蓄積された疲労からかどこか薄暗い。

因《ちな》みに二人の服装は、人里離れた山間部にも対応できるようにアウトドア仕様である。

九尾は白のニット帽にデザートカラーのアノラックパーカー、ボトムは黒い耐水性のワイドパンツにトレッキングシューズ。成瀬はカーキ色のアウトドアパーカーに黒のキャンプパンツとトレッキングシューズで、ネイビーのアウトドアキャップを被《かぶ》っている。装備類もトランクに積まれていた。

そんな訳で、出発して早々に話題は昨日の出来事についてとなった。

「厄介な事をしでかしてくれたものだわ」

九尾の言う〝厄介な事をしでかした〟とは、もちろん長濱タカシの生配信の事である。

穂村によれば、現在のネット上では、ヤラセではないかという意見が大多数を占めているらしいのだが……。

「……今度は実際に黒いポペットを使うところを実況でもされたら、大変な事になります。もしも、本当にあれで人が殺せるかもしれないと広まれば、みんなやる」

成瀬の危惧《きぐ》に九尾は反駁《はんばく》する。

「それは、流石にないと思うけど。長濱はたぶん配信ではやろうとしないんじゃない？　だって、実際にポペットを使って、その力が本物だと知れたら、もっとも危険なのは長濱のような顔の知られた有名人だし」

「どうでしょうね」

成瀬は、長濱が黒いポペットの生配信を行うかどうかは五分五分より分が悪いと感じていた。

確かに九尾の言う事はもっともであるが、人間の承認欲求や、正常性バイアスは侮れない。目立ちたいがあまり、もしポペットの力が本物であったときに自分のような人間が真っ先にターゲットになりうるかもしれないという可能性を、長濱が考慮できなくなる恐れは充分にある。

「あの黒いポペットは、人を殺す手段としてはあまりにもお手軽すぎます」

一応〝DMに書き込んだ名前が本当に死んで欲しい人物である事〟というハードルはある。

しかし、そのハードルは、そう高くはないと成瀬は踏んでいた。例のポペットの件を深川署に相談しに訪れた女子高校生がDMに記したのは〝大嫌いな先生〟の名前だった。

本当のところは何とも言えないが、普通の女子高校生が学校でしか会わない教師の事を本気で殺したいほど憎んでいるとは思えなかった。死んでくれたら嬉《うれ》しい。その程度でも黒いポペットは届くのではないだろうか。

そして、実際の人間に危害を加えるのではなく、人形相手ならば罪悪感もストッパーにはならないだろう。半信半疑のまま、お手軽に殺人が実行できる。

「まあ、長濱なんとかの件は、山ちゃんと鈴木さんがどうにかするだろうけど。気になるのは、彼の配信で黒いポペットを届けた人物ね」

男の行方は木田刑事らが追っているらしい。

「その男が何者であれ、〃神様〃に操られた人間が新垣真一以外にもいたというのはかなり厄介ですね。〃神様〃は複数の人間を操れるとなると、大変な事になりそうです」

長濱の配信で黒いポペットの存在が拡散された事により、あの『神様』のアカウントにDMを送った者がたくさん出てくるであろう。その全員に対して速やかにポペットを配る事のできる配達係がいるとなると、事態はより深刻なものとなる。

ネット上の反応はヤラセ派が多数であるが、それでもこれまでとは比べ物にならない数の人間が試しにやってみるに違いない。

そして、その者たちが呪殺《じゅさつ》を実行して、黒いポペットの力が本物だと気がついてしまえば、更に情報の拡散速度は増す事になる。

「……そうなったらもう、ゲームセットです。未曾有《みぞう》の被害が発生する事になってしまう」

と、成瀬は深刻な表情で言った。すると、九尾が「これは気休めになるかどうか解らないけど……」と前置きをして語り始めた。

「この〃神様〃は、確かに強い力を持っているけど、たぶん、そこまで万能じゃない。そんなに多くの人間を一度に操れないと思う。あくまでわたしの感覚だけど」

「だといいんですが」

と言って、冴《さ》えない表情になる成瀬を横目で見て、九尾は明るい声をあげた。

「大丈夫よ。なるようにしかならないわ。取り敢《あ》えずは夏目くんの命が助かっただけでも、不幸中の幸いよ」

「まあ、そうですよね……」

と、成瀬が答えたところで会話がいったん途切れた。しばらく自動車の走行音だけが車内を満たす。

九尾はサイドウィンドウ越しに流れる風景をずいぶんと集中した様子で眺めていたが、特筆すべき発見はないようだ。そうして、何事もなく昼過ぎになる。

田園風景の中を突っ切る国道沿いのコンビニに寄って休憩を取る事になった。

成瀬は食べ過ぎて眠くならないようにブロックタイプの保存食とほうじ茶を買い、九尾はチョコチップメロンパンで腹を満たすようだった。

そして、成瀬が手早くエネルギー補給を終えると、ホルダーにセットしてあったスマートフォンに、穂村から着信があった。音声コマンドを発して、スピーカーで通話に応じる。

『……今、大丈夫か？』

「ええ」

九尾もパンを食べるのをやめて、耳をそばだてる。

穂村によると、鈴木龍玄が長濱タカシの住むマンションの周囲に大規模な結界を張ったらしい。山田と協力して、敷地を囲むような位置関係の場所に特殊な護符を貼ったそうだ。

これで彼がマンション内で黒いポペットを使用したとしても、呪いの力は結界の外にいる人物には届かない。もちろん、マンションの外でポペットを使ったり、逆に標的の人物がマンション内にいた場合は効果がないとの事だった。しかし、これで黒いポペットが効果を発揮するところを彼が配信で実況できる可能性はかなり下がったといえる。

そして、話は夏目と共に新垣に刺されて、命を落とした駒場勝の話題に移る。駒場については、夏目が刺される直前に鈴木とやり取りしていた内容から、夏目の学友であった弓澤千種のポペットを盗んだ人物である可能性が高い事は、すでに昨夜の段階で知っていた。

『その駒場勝だが、彼の経歴を調べてみると面白い事が解った』

「というと?」

『駒場は十二歳までは那《な》須烏山《すからすやま》市の東の山間《やまあい》にある居《い》猿町《さるまち》で暮らしていたそうだ』

「那須烏山って……」

九尾が大きく目を見開く。那須烏山は栃木県の東側にある市であった。九尾の霊能力でも〝神様〟の居場所は栃木県の東側を示している。夏目の意識が戻らない事には何とも言えないが、駒場勝が〝神様〟と関係が深い事は間違いがなさそうだった。

そこで成瀬は以前に九尾が言っていた事を思い出す。

ポペットは色によって作用はそれぞれ違うが、けっきょく対象に影響を及ぼす原理は変わらない。恩恵を与えるのも被害を与えるのも仕組みは一緒なのだと。

「やはり〝神様〟は駒場のポペットを真似て、黒いポペットを作ったという事でしょうか？」

「間違いないと思うわ」

と、九尾が首肯すると、穂村が駒場について判明した驚くべき事実を語り始める。

『それから、もう一つ興味深いことに、駒場が十二歳の頃、彼の母親が夫婦喧嘩《げんか》の末に父親を殺している。その事件を切っ掛けに、駒場は千葉県柏市の叔父《おじ》夫婦の元に引き取られている。そのとき山槌《やまづち》という名字から駒場に変わったようだ。因みに彼の生家は、今は取り壊されて更地となっている』

現在、木田刑事の力を借りて、彼の住居である都内のアパートを捜索しているのだという。

『それで、両親の事件後に彼を引き取った叔父夫婦なのだが……六年前に、共に心筋梗《こう》塞《そく》で亡くなっていた』

「それも、例のポペットでの呪殺なんでしょうか……」

成瀬の質問に穂村は、『恐らく』と言葉を返してから補足する。

『……今調べている最中だが、駒場勝の周囲ではやたらと心筋梗塞で死んだ者が多い。

学友、友人、知人、親族、同僚や上司など……確認できるだけでも、十二名になる』

「十二……」と、成瀬はその数に目を見張る。そして、更なる疑問が湧いてくる。

「それが、すべて黒いポペットでの呪殺だったとして、彼はなぜ呪いの代償を受けなかったのでしょう？」

それに答えたのは九尾であった。

「呪いの代償は、運命の皺寄《しわよ》せのようなものだから、いつ、どんな形で訪れるのか解らないわ。今回の彼の死がそうだったのかも……もしくは、守られていたのかもしれないわね」

「守られていた？」

「〝神様〟によ。たぶん、彼は〝神様〟にとっては特別だった。だって、黒いポペットを作る役だったのだから」

「では〝神様〟は、呪いの代償について知っていて、彼以外の黒いポペットの使用者を守らずに見殺しにしたって事ですか？　その理由は？」

「見殺しというと少し違うけど、たぶん、黒いポペットの使用者を全員守らなかったのは、単純な能力的な限界だと思う。この〝神様〟はさっきも言った通り、そこまで万能じゃない」

それにしても、黒いポペットの使用者に警告するぐらいの事はしても良いのではないかと成瀬は思った。

そこで、黙って九尾と成瀬のやり取りを聞いていた穂村が声をあげた。

『では、なぜ〝神様〟は、その優先順位の高かった駒場勝を新垣真一に殺させたのだろうか……』

この疑問に九尾は即答する。

「たぶん、口封じね」

「口封じ……」

呆気《あっけ》に取られた成瀬をよそに九尾は更に続けた。

「〝神様〟の目的が何なのか解らないけど、このまま彼が夏目くんに自分の情報を与える事を良しとしなかった。だから、夏目くんもろとも彼を殺そうとした。この〝神様〟は目的のためなら手段を選ばないんだわ」

そこで成瀬は閃《ひらめ》く。

「じゃあ〝神様〟が、呪いの代償について黒いポペットの使用者に警告しようとしないのは、黒いポペットを使わせるため……」

リスクを説明すれば、黒いポペットを受け取った者の中で、使用するのを思いとどまる者が出るかもしれない。

「……もしかして、〝神様〟の目的は、人間に黒いポペットを使わせる事そのものっていう事ですか？」

九尾がいつになく真剣な表情で頷《うなず》く。

「たぶん、間違いないわ」

『とんだ、マキャベリストだな』と、穂村がいつもの冷静な口調で皮肉めいた言葉を吐いたところで、話をまとめに掛かった。

『では、駒場勝の生家のあった居猿町へ向かってくれ。こちらのアーカイブを検索したが、この山槌家跡地に関する調査は行われていないようだな』

「ああ、はい」

とにかく特定事案対策室は人手が足りないので、全国にある特定事案の発生原因となりそうな〝要監視対象〟をすべて把握しているとは言いがたい。

『……では、こちらも何か解り次第連絡する』

「はい」

成瀬が通話を終えると、九尾は残りのチョコチップメロンパンを一気に口の中に押し込んだ。


コンビニの駐車場を出て、一時間ほどで那須鳥山市へと辿《たど》り着く。

低い建物と古い住宅が農地や森の間にぽつりぽつりと建っており、成瀬はどことなく自らの郷里を思い出した。

九尾は助手席で真剣な表情を作り、この世ならざるモノを映す瞳《ひとみ》をもって車窓を流れる風景を注意深く観察していた。

取り敢《あ》えず、駒場勝の生家があったという居猿町を目指す。その途中だった。

前方の交差点の信号が赤に変わったので、ブレーキを踏んで減速し始めた直後、九尾がサイドウインドウに両手と額をくっつけながら声を張り上げた。

「成瀬くん！」

「何ですか？」

「ここに、たった今、ポペットの呪いを受けている人がいる！」

「え……」

成瀬は車が停止したのと同時に九尾の方へと視線を向けた。すると、サイドウインドウの向こう側には、黒い縦格子の柵《さく》に囲まれた敷地が広がっていた。そこには、大きな駐車場と雨風でくすんだ白い外壁の施設があった。

正面から見て左右に細長い建物で、成瀬たちのいる道路に面しているのは、その建物の左側面らしい。たった今、信号待ちをしている交差点を左折したところに正面門があるようだ。

そしてエントランスポーチには黒ずんだ雨垂れで汚れた文字看板があり、そこには『那須烏山第二病院』とあった。

成瀬はウィンカーを出して、信号が青になると左折し、その病院の正面門を通り抜けた。

◇◇◇

どこかで、痰《たん》の絡んだマスク越しの咳《せき》が聞こえた。

消毒液の香りと、人体から放たれるすえた臭いが混ざり合いながら鼻腔《びこう》をくすぐる。

それは『那須烏山第二病院』の二階にある薄暗い廊下だった。その壁際に並んだ古めかしいフェイクレザーの茶色い長椅子では、大勢の人々が暗い顔で背中を丸めていた。

そのいちばん右端に座るのは五十歳くらいの女であった。

耳が隠れる程度に長いうねった髪はところどころが白く、目尻《めじり》にも深い皺が刻まれていた。しかし、体形はすらりと細長く、背筋もぴんと真っ直ぐに伸びている。上品な水色のニットカーディガンと裾《すそ》の長いデニム生地のワンピースを着ていた。そして、膝《ひざ》の上に載せられたハンドバッグは、古めかしいながらも高価な鰐革《わにがわ》である。

彼女の名前は深鳥亮子《みどりりょうこ》といった。亮子は自らの右手で握り締めていたプラスチックの番号札を確認する。

『515』

廊下を挟んで向かい側にある神経内科の診察室の入り口脇の電光表示板に並んだ数字は500から510だった。その数字を確認した直後、診察室の入り口から眼鏡をした骸骨《がいこつ》のような女性看護師が姿を現した。その看護師はバインダーを見ながら、診療待ちの患者の名前を呼んだ。名前を呼ばれた者が長椅子から腰を浮かせて診察室へと入って行く。

患者が診察室の入り口の向こうに入ると、看護師が扉を閉めて姿を消した。

あと少しだ。亮子は微笑む。そして、自分の目の前で車椅子に乗った少年に向かって「疲れた？」と聞いた。

ぼんやりとうつむき、自らの鼻先にある虚空を眺めていた少年は、亮子の問い掛けに首を横に振って微笑んだ。彼の年齢は十代前半ぐらいに見える。サイドラインの入った青いジャージをまとっており、前髪が目元に少し掛かる程度のマッシュショートだった。まだ二次性徴期前だからか、中性的な顔立ちをしている。

彼は藤元翔琉《ふじもとかける》といった。

翔琉は数年前からとつぜん両腿《りょうもも》に痛みを感じるようになり、まともに歩く事ができなくなった。痛み止めを使うか神経電気治療を行うと痛みは遠退《とおの》くが、それは一時的なものので、何かの切っ掛けで簡単に痛みは振《ぶ》り返した。

病因はまったく不明で、医師に言わせれば、まるで、ずっと、見えない針が腿に刺さっているかのようなのだという。

この日も学校で急に痛みが出てきたので、早退して、亮子に連れられて病院へとやって来たという訳だった。

そうして、自分たちの番を待っていると、診察室の扉が開き、紺色のジャージを着た白髪の老女が姿を現した。彼女は亮子の顔を見るなり、気安い笑みを浮かべながら二人の元にやってきた。

「亮子さん、お久し振り」

老女はにこやかな笑顔のまま「翔琉くんも。まだ痛むんけ？」と声を掛けた。そして、翔琉がどこか気まずそうに頷くのを見ると、再び亮子に目線を合わせる。

「よぐよぐ大変そうだね……」

「いえ」

と、亮子は憮然《ぶぜん》とした顔で冷たく言い放つ。すると、老女はしばしの間、何かを言いたげにしていたが、諦《あきら》めた様子で立ち去っていった。その後だった。

「こっちよ！」

という女の声が廊下の向こうのエレベーターの方から聞こえた。その場にいた全ての人間の視線が、その声の主に集まる。亮子もそちらへと視線を向けた。翔琉は車椅子ごと彼女の方を向く。

すると、こんな薄暗い片田舎の病院には不釣り合いに思える雰囲気の女が、こちらへ向かって歩いてくる。

その顔立ちとダークブロンドの髪を見るに、どうやら彼女は外国にルーツがあるらしい。その後ろから、どことなく犬っぽい顔の若い男が追い掛けてくる。彼は困り顔で、前を行く女に「先生、ちょっと待ってください」などと声を掛けるが、彼女にその言葉を聞き入れる様子はみられない。

〝先生〟という事は、彼女はあれでも医者なのだろうか。しかし、どう見てもそうは思えない。彼女と犬っぽい男の恰好《かっこう》は、これからキャンプにでも向かうかのようなアウトドアウェアであった。

その二人がみるみる近づいてきて、翔琉の正面までやって来て止まる。

「何なんですか？」

亮子が問うよりも早く、女は屈《かが》むと怯《おび》えた顔の翔琉の両膝を、さっ、さっ、と撫《な》でる。

そして、彼の両手を摑《つか》んで引っ張りながら立ち上がる。すると、翔琉が「うわあ……」と、焦った声を上げながら、車椅子から無理やり腰を浮かす事となってしまった。

「何をするんですか！」

亮子は大声で女のとつぜんの暴挙を咎《とが》めた。しかし、翔琉は女に手を取られたまま、不思議そうな顔できょとんとしている。痛がっている様子はまったくない。

それに気がついた亮子は恐る恐る尋ねた。

「翔琉？　痛くないの？」

彼は驚愕《きょうがく》に目を見開いたまま言った。

「おばあちゃん、痛くない！　ぜんぜん、痛くない！」

その場で足踏みをする翔琉の姿に亮子は驚く。そんな事ができるはずがないのに……。

「うわっ……」

はしゃぎ過ぎた翔琉がよろけ、若い男が如才ない動きで支える。

「急に動き過ぎるのもよくない」

と、男が再び翔琉を車椅子に座らせた。その光景に驚愕したまま亮子は問う。

「あなたはいったい……」

すると、女が自信に満ちた曇りのない表情で言い放つ。

「わたしの名前は、九尾天全。通りすがりの霊能者です。この子を苦しめていた呪いを今祓《はら》いました」

「通り……すがりの……霊能者……」

普段ならば、そんな馬鹿な……と言うところだった。実際、翔琉の事を聞き付けて、その手の輩《やから》が訪ねてきた事があった。

しかし、亮子には解った。この九尾天全は恐らく本物であると。

「九尾先生……」

気がつくと周囲の視線を一手に集めており、九尾天全の後ろで若い男が、思い切り顔をしかめていた。

そんな彼の様子は気になったが、亮子はもっとも聞きたかった事を九尾に問う。

「呪いっていったい、どういう事なんですか？」

「人形です。人形の呪いが彼の脚に苦痛をもたらしていました」

「おばあちゃん……」

亮子は翔琉と顔を見合わせて頷《うなず》き合う。そして、再び九尾に向かって問うた。

「それで、その呪いというのは、もう大丈夫なんですか？　翔琉はもう安全なのですか？」

九尾は首を横に振る。

「今は一時的に呪いを遮断しているだけです。人形は今も力を発してる。ともかく、原因の人形を見つけないと」

「その人形はどこに……」

亮子の質問に、九尾は「今、人形が発してる呪いの力を辿《たど》ってみます」と言って、まるでコルコバードのキリスト像のように両手を広げて目を瞑《つぶ》った。

「憮《ぶな》に囲まれた大きくて古い洋館……たくさんの部屋がある……玄関の奥に赤ちゃんを抱いた裸婦の絵画が……」

と、九尾が霊視の結果を口にするたびに、亮子は驚愕して翔琉と顔を見合わせた。

「……ここまでね」

と、九尾が言って目を開いたところで、翔琉が声をあげた。

「おばあちゃん」

「ええ」

亮子は深々と頷く。そして九尾に向かって言った。

「それ、私たちの家です」

◆　◆　◆

良く晴れた二月の日曜日の午後。

その古めかしい応接間の壁に掛けられた時計の振り子や針の動きが、少しだけ呑気《のんき》に感じられた。窓際に置かれた大理石のフラワースタンドの上では、花麒麟《はなきりん》が赤々と咲いている。庭先に面した掃き出し窓から射し込む陽光は暖かかったが、室内中央の応接セットの周囲には、凍《い》てつくような空気が満ちていた。

年代物の楢《なら》のローテーブルを挟んで、小紋柄のソファーに腰をおろした二人が剣呑《けんのん》な雰囲気を漂わせながら向き合っていた。

一方は深鳥亮子。この頃の彼女はまだ目尻《めじり》の皺《しわ》や白髪はなく若々しかった。

もう一方は、彼女に良く似た顔立ちの少女だった。それだけではなく、髪型も服装の雰囲気も、亮子にそっくりだった。

彼女は深鳥安希《あき》。

亮子と、その夫で町会議員だった深鳥啓二郎《けいじろう》の間に生まれた娘だった。

亮子は娘に射貫《いぬ》くような視線を向けたまま、底冷えするような声音で言った。

「別れなさい」

安希は母親を睨《にら》みつけたまま言葉を発しない。

彼女たちを隔てるローテーブルの上には、何枚かの写真が散らばっていた。それは安希と男が仲睦《なかむつ》まじく腕を組んで歩いている様子を隠し撮りしたものだった。

男は茶色い短髪で、鼻や耳にピアスをつけていた。派手なジャンパーとぶかぶかのズボン。シルバーの指輪にチェーン。亮子がもっとも理解しがたい人種であった。

その写真に視線を送り盛大に顔をしかめて、亮子は苛立《いらだ》ちの混ざった声で捲《まく》し立てる。

「……というか、相手は誰なの？　あなたの事はちゃんと育ててきたつもりだったのに、いったいどういうつもりなの？　やっぱり、男のいる学校なんかに行かせなければ良かった。ああ……こんな男と……」

すると、安希は今にも亮子に飛び掛かりそうな目付きで、ばん、と右手でローテーブルを叩《たた》いた。そして、勢い良く立ち上がると応接間をあとにした。

亮子は両手で顔を覆い、さめざめと泣き始める。

「こんな……こんなはずじゃなかったのに……」

このときは、最愛の娘に裏切られ、まるでこの世が終わったかのような気分に陥った。

しかし、今となっては、翔琉が生まれてくれて本当に良かったと感じていた。

◇◇◇

もう少しやりようはなかったのか、と、成瀬義人は思った。

きっと九尾は一刻も早く黒いポペットの呪いを祓って被害者を救いたかっただけなのだろう。黒いポペットの殺傷能力を考えるなら、急ぐ必要は充分にあった。それは成瀬も理解しているし、そうした優しさは九尾天全の美徳である事も知っていた。

しかし、それにしても、もう少しやりようはなかったのか。いくらなんでも目立ち過ぎである。

取《あ》り敢えず、お互いに自己紹介を済ませる。成瀬は自身を霊能者である九尾のマネージャーという事にして、仕事で居猿町に向かう途中で病院の前を通り過ぎたら、先生が呪いの力を感じたので立ち寄ったという事にした。すると、亮子も翔琉も居猿町に住まいがあるのだという。

どうやら病院へはタクシーで来たらしく、二人を家まで送る事となった。

他の患者の視線が痛かったので一階のロビーにあったカフェスペースで待っている事を告げて、そちらへと移動する。

カフェスペースは裏庭に面した場所にあり、医療に関するポスターが貼られた間仕切りで一階ロビーとは区切られている。テーブル席が六つほどの、小ぢんまりとした昔ながらの喫茶店といった趣だった。

裏庭に面した硝子《ガラス》張りの壁のそばのテーブルに座り、コーヒーを二つ頼んだ。注文したものが運ばれてくると、成瀬は疑問に感じた事を口にした。

「先生。あの少年に呪いを掛けていた誰かは、黒いポペットの脚に針を刺していたとい

ている」

「ええ。彼との繋《つな》がりは切ったけど、まだ、人形の脚には針が刺さっていて呪力《じゅりょく》を発している」

成瀬が知る限り、これまでのポペットの犠牲者はすべて心筋梗塞《こうそく》だった。豊洲の女子高校生の証言では、〝神様〟は夢の中で心臓を針で刺すように言っていたのだという。なぜ、あの子を呪った人物は脚を刺したのだろうか。そして、あの二人も駒場勝の生家があった居猿町に住んでいるというところも気になる。これは偶然なのだろうか。

コーヒーカップを片手に意見を交わすも、現状では何とも言えなかった。

「呪いを行った犯人は先生でも解らないんですよね？」

「そうね。特にポペットは力が弱い代わりに、そういう痕跡《こんせき》は残りにくい」

そこで成瀬は、ふいに視線を感じた。辿ってみると、間仕切りの隙間からこちらを覗《のぞ》く者がいた。

それはジャージ姿の白髪の老女であった。さっきも診察室の前で姿を見掛けたような気がした。彼女は成瀬が視線を向けると、何事もなかったように立ち去っていった。

恐らく霊能者と名乗った九尾の事が珍しかったのだろう。

それから間もなく、深鳥亮子と翔琉がやって来た。

翔琉の脚の痛みは完全に消えているそうだが、車椅子生活が長かった事により、まだ支えなしに歩く事は難しいらしく車椅子に乗っていた。

そんな訳で成瀬たちは駐車場へと向かう。車椅子を折り畳みトランクに詰め込み、亮子と翔琉を後部座席に乗せると、居猿町へと向かった。

出発してそうそうに、亮子は孫を患わせていた呪いについて、九尾に質問を繰り返す。

「先生、人形の呪いという事でしたが、それはいったいどういう人形なのでしょう?」

「黒い布製の人形で、標的とした人間の髪や爪、写真などを人形に付けて針を刺すと、その人に危害を加える事ができます」

ルームミラーに亮子と翔琉の怯《おび》えた表情が映り込む。

「誰がそんなものを……それも先生の力で、すでにお見通しなのでしょうか?」

その亮子の問いに、九尾は首を振り答えた。

「誰がやったのかまでは解りません。しかし、人形に針が刺さったままである限り、人形の位置は解ります」

と、そこで成瀬は、二人のイントネーションがときおり栃木弁っぽくなる程度で、あまり訛《なま》りがない事に気がついた。その事を指摘すると亮子はこう答えた。

「私は神奈川の生まれなので。そして、翔琉も五年前までは東京で暮らしていましたから」

「そうなんですか」

成瀬が相槌《あいづち》を打つと、亮子は何かを思い出した様子で少しだけ笑う。

「どうしたんですか?」

と、尋ねると、亮子は質問を発した。

「先生方は、そもそもなぜ、居猿町へ？　もしかして、私たちの家の事ですか？」

気になる文言があったが、成瀬は取り敢えず彼女の疑問に嘘の答えを述べる。

「……我々は、かつて殺人事件のあった家の跡地のお祓《はら》いを管理会社に頼まれまして」

「ああ。山槌さんのところですね」

亮子が得心した様子で頷《うなず》く。どうやら、地元では有名らしい。

「あそこは、山槌さんの事件以降、おかしな事があると噂で、町の神職さんがお祓いをしたと聞きました。でも、先生方がいらっしゃったという事は、やっぱり効果はなかったという事でしょうか？」

「それは、視てみないと何とも」

九尾が無難な答えを述べてくれたところで、成瀬は別な質問を発した。

「それで、さっきの〝私たちの家の事〟というのはどういう意味でしょうか？」

「ああ……実は私たちが住む深鳥屋敷は、地元ではちょっとだけ有名でして」

「深鳥屋敷……」と九尾が、その名称を繰り返す。亮子は頷くと、話を続けた。

「私が嫁いだ深鳥家は名主《なぬし》の祖先を持つ家でして、今でこそ、さほどではありませんが、たくさんの土地や山を持つ大地主だったみたいです」

そこで亮子は翔琉に向かって慈しむような眼差《まなざ》しを向けながら、話を続ける。

「因《ちな》みに、この子の母親の安希が十五のときに他界した私の夫も、町会議員を務めておりました……」

という前置きで始まった亮子の話は、次の通りであった。

詳しい記録は残っていないが、それは戦前の事だったのだという。

当時の深鳥家の当主であった深鳥権蔵《ごんぞう》は、毎日、山から下りて明け方近くに枕元に立つという女の亡霊に悩まされていた。

その亡霊の名前はさゆと言い、江戸時代に深鳥家に仕えていた娘だったのだそうだ。

さゆは当時の当主に無理やり手込めにされ、呪いの言葉を残して山に入り、山の神様に深鳥家の滅亡を願って崖《がけ》から身を投げて死んだのだという。

「……山の神様ですか」と成瀬が口にすると、「ええ。神様です」と亮子は言って話を続ける。

さゆの死以降、当主が落雷による火災で亡くなり、それからも深鳥家には不幸が相次いだ。

「なぜ権蔵の枕元に彼女が立つようになったかは解らなかったそうですが、とにかく、これを何とかしようと考えた権蔵は、ある高名な僧侶《そうりょ》を頼ったそうです。しかし、その僧侶にも、さゆの怨霊《おんりょう》はどうにも祓う事ができませんでした。そこで、僧侶は権蔵に言いました。〝土地を捨てるか、寝所を変えろ〟と」

さゆの霊が山から下りてきて深鳥屋敷に辿《たど》り着くときには、どうしても明け方近くになってしまうので、一つの部屋にしか行けないのだという。

言われた通り権蔵は、寝る部屋を変えてみると、さゆの亡霊はその夜は現れなかった。しかし、何日かするとまたさゆの霊は枕元に立つようになった。そこで、また寝る部屋を変えたところ現れなくなる。またしばらくすると現れ始める……。

「そこで権蔵は、屋敷の部屋の数を増やす事にしたのです。そうして毎夜、寝る部屋を変えてしまえば、さゆの亡霊は永遠に自分の枕元に立つ事はないのだと。そういった訳で、権蔵は屋敷の増築を繰り返し、現在深鳥屋敷には部屋が六十近くもあるのです」

と、亮子が語り終えたところで、九尾が言った。

「まるで、ウィンチェスターハウスね」

それはアメリカのカリフォルニア州に実在する邸宅である。銃器メーカーとして有名なウィンチェスター社の二代目社長、ウィリアム・ワート・ウィンチェスターの妻であったサラが住んでいた。彼女もまた、ウィンチェスター銃で命を落とした人々の亡霊から逃れるために館《やかた》の増築を繰り返したのだという。

「……もっとも、どこまでが本当の話なのかは解りません。生前の夫から聞いたところによると、権蔵は見栄っ張りで、宴会好きだったらしく、遠方から呼んだ客のために部屋をたくさん作ったとも。それで、今の与太話を余興として話しているうちに、事実として広まったのではないかと……」

「なるほど」

と、成瀬が相槌を打つ。

「……かつては、来客も多く賑《にぎ》やかだったそうですが、今はもうただ古いだけで親族も寄りつこうとしません。今ではお手伝いさんが来るだけ。主人も他界していますし、私と安希と、翔琉の三人で暮らしております」

彼女の話を聞くうちに周囲の風景は市街地から田園風景へと移り変わっていた。その道の先は遠くに見える山の裾《すそ》野まで続いている。

やがて、沿道の道路案内標識に『居猿町』の文字が現れた。

◆
◆
◆

安希が家に帰って来なくなった。学校にも行っていないらしい。聞いた話では、相手の男の元に身を寄せたのだそうだ。

箱入りで世間知らずの娘の事だから、すぐに帰ってくるだろうと亮子はたかを括《くく》っていたが、そうはならなかった。都内の狭いアパートで、男と一緒に暮らしているようだ。

そうして一年が経った頃だった。

「……どうやら、お嬢様は妊娠したようです」

その言葉を発したのは、特徴のない顔と体形の地味なスーツ姿の男だった。彼は深鳥家御用達《ごようたし》の調査会社の探偵であった。

その探偵が持ってきた封筒の中の写真を見て、亮子は大きく目を見開き唇を震わせた。

例の男と病院の玄関から出ようとしている安希の腹は大きくなっていた。元々ほっそりとした体形だったので、余計に目だって見える。

亮子は唇を戦慄《わなな》かせながら写真の中で幸せそうに微笑む娘の姿を見つめ続けた。

「あの子も母親になるのね。きっと、これから大変になるわ……」

そう言うと表情を一変させて、聖母のように微笑んだ。

◇◇◇

深鳥屋敷は町外れに広がる橅林《ぶなばやし》の中に、ひっそり息を潜めるように佇《たたず》んでいた。その正面門に成瀬たちを乗せたリフターは到着する。

忍び返しの付いた格子の門扉は開いていて、そこからエントランスポーチの前まで舗道が延びていた。右側にシャッターの下りたガレージが四つ連なっており、向かい側には細長い屋根付きの駐車場があった。ちょうど、そのもっとも手前のスペースに赤いヤリスが駐車したところだった。

ヤリスの運転席から降りたのは、黒いブラウスとジーンズ姿の四十くらいの女であった。彼女の視線がリフターの方に向けられる。

「あれは、どなたですか？」

と、成瀬が問うと、亮子が首を横に振った。

「小武《こたけ》さんです。彼女はこの近くに住んでいて、お手伝いに来てもらっています。安希は、今日はお弁当屋のパートに。いつもは安希が翔琉を病院に連れて行くのですが、どうしても休めないとかで、私が代わりに」

彼女の言葉を聞きながらヤリスの方を見ると、助手席のサイドウインドウ越しにエコバッグから飛び出した長葱《ながねぎ》が見えた。どうやら買い物帰りらしい。

成瀬は「なるほど」と納得した。すると亮子が駐車場の方を指差して言う。

「車は小武さんの隣に停めてください」

「解りました」

成瀬は駐車場にリフターを停める。

すると、亮子が困惑した様子で言う。

「……でも、先生の事は信じてはいますけど、この家に、そんな恐ろしいものが……何かの間違いでは？」

「いいえ。間違いありません。この館のどこかに人形があります」

そう言って、九尾は慌てた様子でシートベルトを外して、車を降りた。

「待って、先生！」

続いて亮子が車外へと飛び出す。成瀬がルームミラーを覗《のぞ》くと、後部座席に取り残された翔琉が申し訳なさそうな顔をしていた。

成瀬は苦笑しながらトランクを開けて、折り畳まれた車椅子を降ろして広げた。

すると、小武が近寄ってきて、翔琉が降車するのを補助し始めた。成瀬は彼女に向かって「あとは、頼みます」と言い残し、九尾たちを追った。

深鳥屋敷は青い瓦《かわら》屋根と板壁の擬洋風建築で、中央の玄関部分から左右に延びた廊下の先にそれぞれ二階建ての奥へ長い棟があった。エントランスポーチの段差の横には板を渡したスロープが設置してある。

成瀬は段差を飛び越して駆けあがり、屋敷の玄関扉を潜り抜けた。

◇◇◇

九尾天全が深鳥亮子と共に館内に入ると、そこにはタイル張りの三和土《たたき》と、赤絨毯《じゅうたん》の敷かれた広い玄関ホールがあった。高い天井からぶら下がる吊《つ》り照明や調度類のすべてが古風で洗練されており、やはりここにも框《かまち》と三和土に渡された板のスロープが設置されている。

玄関ホールの左右には廊下の入り口があり、正面奥の壁には大きな両開きの扉が見える。その扉の右側には九尾が先程視た裸婦の絵画が飾られており、反対の左側には猫脚のローチェストがあった。

「先生、どの部屋にあるのか解りますか？」

九尾は目を閉じるとポペットが放つ呪いの力を感じ取ろうと集中する。近づいた事でよりはっきりと呪詛《じゅそ》が感じられた。そして、その禍々《まがまが》しい力を辿《たど》ると、彼女の脳裏に情景が浮かびあがる。

　そうするうちに成瀬が玄関扉の向こうから姿を現し、ほぼ同時に九尾は玄関ホールの左手にある廊下の入り口を指差して言う。

「あっちです。両袖《りょうそで》の古い書斎机が置いてある部屋はありませんか？」

　亮子が大きく目を見開く。

「主人の書斎……」

「その机の引き出しの中にあります」

　九尾の言葉が終わらぬうちに、亮子は慌てた様子で三和土にブーツを脱ぎ捨てて、ローチェストの方へと向かう。そして、一番上の引き出しを開けると、たくさんの鍵《かぎ》がぶら下がったキーリングを取り出して叫ぶ。

「ない！」

「何がです？」

　その成瀬の問いに亮子が答えた。

「主人の書斎の鍵が……」

　流石にポペットとは違い、呪いの力を放っていない普通の鍵を捜すにはダウジングに頼るしかない。

「ちょっと、待ってください。その鍵の形状や材質、大きさなどをできるだけ詳しく教えてください。これで捜します」

九尾は首に掛けていたスモーキークォーツのネックレスを外そうとした。すると、亮子は何かに思い当たった様子で、大きく目を見開く。開かれたままだったローチェストの引き出しからもう一つのキーリングを取り出し、手に持ったまま玄関ホールから右側へ延びた廊下へと向かう。

「どこへ?」

と、九尾が声を掛けると、亮子は振り向いて「鍵の場所に心当りがあります! ちょっと、待っててください」と言って、そのまま廊下の向こうに消えた。

すると、入れ違いで小武と翔琉が玄関ホールに姿を現す。

「亮子さんはどこへ?」

困惑気味に眉《まゆ》をひそめる小武に向かって九尾は言う。

「今、鍵を取りに行っています」

「鍵?」と小武が首を傾げる。このとき成瀬は、小武がこちらの素性について何も質問してこない事から、翔琉からある程度の事情を聞いているのだと判断した。

そのまま亮子を待っていると、彼女は間もなく玄関ホールに戻ってきた。そして、右手でまとめて持っていた二つのキーリングをローチェストの引き出しに入れる。その左手には一本の鍵が握られていた。

「行きましょう」

と言って、亮子は玄関ホールの左側へと延びた廊下に進む。成瀬たちもそちらへと続く。そして、廊下の突き当たりにあった扉を開けた。

まず目に入ったのは扉口正面の上り階段だった。すぐ左側には外に面した窓があり、館《やかた》の裏手側に向かって赤絨毯の敷かれた細長い廊下が延びていた。その廊下に沿ってたくさんの扉が並んでおり、突き当たりにも引き戸があった。

亮子が脇目も振らずに階段を上る。九尾と成瀬も続くが、小武は車椅子の翔琉と共に階段の下で待つ事にしたようだ。

不安げな表情で見送る二人を置いて、二階へと辿り着く。どうやら一階と変わらない間取りらしく、赤絨毯の敷かれた廊下が館の裏手側へと延びていた。両側に並んだ扉は左右七枚ずつで、すべてにナンバープレートがついている。

亮子は右側の一番奥に位置する〝17〟の扉の前まで向かうと、解錠してドアノブを回した。そこが深鳥啓二郎の書斎だった部屋らしい。

室内にある天井まで高く続く書架や、五叉の照明、その他すべての調度類は大量の埃《ほこり》にまみれていた。

九尾が視たという書斎机は、正面に見える花柄のカーテンで閉ざされた窓を背にするように置いてあった。暗い臙脂《えんじ》色の光沢を帯びており、奥には立派な黒いレザーの背もたれが見えた。

扉が開かれるなり、九尾が「あの机の中です！　右のいちばん上の引き出し」と言って指差す。

彼女の言葉が終わらないうちに亮子は、右側の壁に掛けてあった振り子時計の方へと向かい、その硝子扉を開けた。そして、中から何かを取り出す。

「それ、何ですか？」

と、成瀬が尋ねると、亮子は「机の引き出しの鍵です」と答えながら、書斎机へと向かった。そして、いちばん上の引き出しを開ける。

亮子は、「うっ」と言って両手で口元を押さえて後退《あとずさ》りし、背後のカーテンに背中をつけた。成瀬と九尾も彼女の元に向かって開けられた引き出しを覗き込む。

すると、そこにはレターセットや古いプリンターのインクリボンと共に、あの黒いポペットが入っていた。その両膝《りょうひざ》に当たる部分には、赤い頭のまち針がそれぞれ刺さっている。そして人形の喉元《のどもと》あたりには、プリントアウトした写真の顔の部分だけが切り抜かれたものが貼られていた。小指ほどの大きさで解像度も低かったが、それは男児の横顔であった。幼い頃の藤元翔琉のようだ。

九尾は写真を何事もなかったように剝《は》ぎ取り、両膝の針を抜き去った。

「これで、もう大丈夫よ」

そのあと、三人で書斎を出て階段を下りる。

すると、階段の真下には小武と共に不安げな顔で見上げたままの翔琉の姿があった。

◇◇◇

いったん、成瀬たちは玄関ホールにあった両開きの扉の向こうへと案内された。その扉口のすぐ正面にステンドグラスの丸窓が付いた引き戸があり、右横には館の裏手へと延びる廊下の入り口があった。

成瀬たちは引き戸の向こう側の部屋へと移動する。そこは応接間であった。因《ちな》みに翔琉は疲れたらしく、自分の部屋で寝るといって、玄関ホールから右側の廊下の向こうへと姿を消した。

応接間は中央の小紋柄のソファーや、そのソファーに囲まれた木製のローテーブルを中心としたレトロな調度類で占められていた。右側の壁に磨《す》り硝子《ガラス》の扉が、館の裏手に面した壁には掃き出し窓があった。

掃き出し窓の向こうには、ウッドデッキが備え付けられていて、その奥には英国風の裏庭が広がっていたが、あまり手入れをされている様子は見られなかった。

九尾と成瀬は、ローテーブルを挟んで亮子と向かい合う形で小紋柄のソファーに腰をおろす。すると、亮子が小武に「お茶をお願いします」と言った。頼まれた小武は磨り硝子の扉の向こうに消える。どうやら、そちらにキッチンがあるらしい。

その扉が完全に閉まるやいなや、亮子が話を切り出した。

「……誰が翔琉に呪いを掛けていたのか、私には解りました」

「いったい、誰です？」

と、成瀬が聞き返すと亮子は断言する。

「安希です。間違いありません」

「翔琉くんのお母さんが……」と九尾は驚いた様子で言った。

成瀬は取り敢《あ》えず根拠を尋ねてみる事にした。

「そう思った理由は何でしょう？」

その質問を受けて、亮子は「ちょっと、待ってください。どこから話せばよいか……」と言って悩み始めた。そうするうちに、小武が現れてローテーブルの上にお茶を置いていく。

亮子はいったん悩むのを止めて、小武に向かって言う。

「何かあったら呼ぶから」

「かしこまりました」

小武は慇懃《いんぎん》な返答をして再び磨り硝子の扉の向こうに消えた。そこで亮子が語り始める。

「まず、この館の事から話す必要がありますね」

彼女によれば、この深鳥屋敷には人形が見つかった17の部屋があった左翼棟と、この応接間がある中央棟、そして、左翼棟と中央棟を挟んで対称の位置関係にある右翼棟があった。

左翼棟と右翼棟はそれぞれ二階建てで、1フロア十四部屋。すべて六畳程度で二棟合わせて五十六部屋ある。

ほとんどの部屋は使っておらず、未使用の部屋は基本的に月一で小武が掃除をするくらいで、普段は誰も立ち入る事がないらしい。

「……そして、あの人形のあった書斎に関しては、主人が勝手に立ち入ると酷《ひど》く腹を立てたので、今でも誰も入らないようにしています」

「つまり、何かものを隠すには、もってこいな訳ですね？」

この九尾の言葉に亮子は頷《うなず》く。

「この屋敷のすべての鍵《かぎ》は、通常ならば玄関ホールに面した中央棟の扉の左側にあるローチェストの引き出しに入れてあります。それで、この鍵……」

と、亮子は言って、さっきの人形があった部屋の鍵をローテーブルに置いた。古めかしい真鍮《しんちゅう》製で、頭の部分の平たいプレートにはキーリングを通す穴が空いており、小さく17という刻印があった。

「……この鍵は、右翼棟の二階にある22番の部屋にある大きな柱時計の中にあったのですが、安希は小さな頃から点数の悪いテストや、悪戯《いたずら》で壊してしまった物を、その中に必ず隠していました」

「いや、だからって安希さんがやったとは限らないのではありませんか？」

翔琉に関しては、自分自身を呪う訳がないし、車椅子の彼が一人で二階へ行くのは困難なので除外できる。しかし、それ以外の人間ならば、22番の部屋に鍵を隠す事は可能である。例えば小武も容疑者なのではないか。

その事を成瀬が指摘すると、亮子は首を横に振り、お茶を一口飲んでから言葉を続けた。

「確かにそうですが、安希には動機があるのです」

「動機?」

成瀬が聞き返すと、亮子は深々と頷く。

「実は、翔琉は昔から病弱で、怪我も多かったのです。あれは、安希が二十四のときだから、あの子が小学校一年のときだったかしら? 足首を骨折して……本人は高いところから飛び下りたなどと言っていたらしいのですが」

「それは……」

あの大人しそうな翔琉が、そんな事をするとは、成瀬には信じられなかった。

「私は、安希が代理ミュンヒハウゼン症候群なのではないかと以前から疑っていました。たぶん、その高いところから飛び下りたというのも母親を庇《かば》っているのだと思います」

「なるほど。代理ミュンヒハウゼン症候群……って、何だっけ?」

九尾が成瀬の方に話を振った。

「保護者が子供の病気や怪我をでっちあげて不必要な医療行為を受けさせる事ですね。

昔はそうした精神疾患として捉《とら》えられていましたが、最近では医療虐待の一種とされているようです」

その解説を聞いて、亮子は悲愴《ひそう》な表情で頷いた。

「今までは疑いでしたが、今回の事で確実に……」

「待ってください。ご心配なさる気持ちは解りますが、まだ安希さんが翔琉くんを呪っていたと考えるのは早計では……」

「いいえ。そもそも安希が何でパートで働いているか解ります？　あれも、そうなんです。安希が翔琉と共に、この家に戻ってきたとき、私はお金の事は心配しなくていいと言ったにも拘らず、働きに出ているのは、実家に頼らず子供を育てようとしている自立した良い母親であると周囲にアピールするため。あの子は、そういう子なのです」

そこで九尾が声を上げる。

「〝この家に戻ってきたとき〟というのは？」

「元々、安希はろくでもない男に誑《たぶら》かされて、駆け落ち同然で家を出ました。五年前までは別々に暮らしていたのです」

「その男というのが、翔琉くんの父親ですか？」

成瀬の問いに亮子は頷く。

「あの男……藤元翔《ふじもとあきら》は、育ちが悪く粗暴な男でした。何でも少年院に入っていた事もあったそうです。気性が荒く安希もずいぶんと苦労していたみたいです。家賃の安い狭い部屋で家具も家電も中古ばかり。そんな場所に暮らして、朝からコンビニだの居酒屋だのを掛け持ちして働き詰めで……」

「今、その藤元翔さんは……」

「あの男は五年前……安希が二十五のときに死にました。解体現場での作業中に事故にあったそうです。そして、そのあとすぐに翔琉が歩けなくなってしまって……安希は一人で育てる自信がなくなったらしく、この家に帰ってきたのです。翔琉が生まれてくれた事には感謝していますけど、私は娘を誑かしたあの男の事は未《いま》だに許せません」

孫は可愛いが、それでも父親に対する悪感情はぬぐいされないという事だろうか。複雑な感情すぎて成瀬にはいまいちピンと来なかった。

そして、かなり興奮した様子だった亮子は、話しているうちに少し落ち着いてきたらしく、誤魔化すように咳払《せきばら》いをした。温《ぬる》くなったお茶を一気に飲み干すと、話をまとめに掛かる。

「ともかく、これ以上は家族の問題ですので。先生方には感謝していますが……」

そう言われてしまうと立つ瀬がない。

それから間もなくして九尾と成瀬は帰る事になった。

◆　◆　◆

それは、ところどころから生活臭が漂うような、狭いアパートのリビングだった。

小さな丸い座卓を挟んで、ジャージを着た体格のよい男と、トレーナーとジーンズの女が向かい合っていた。

男は田沢《たざわ》という小学校の教師だった。そして、女の方は、髪色こそ金色になっており、ずいぶんと印象が違っていたが、紛れもなく翔琉の母親である藤元安希であった。

この日、翔琉について話があると言われて急遽《きゅうきょ》、家庭訪問を受ける運びとなった。その翔琉はというと、先日の体育の日に行われた運動会の休憩時間に、校舎の二階から飛び下りて入院していた。怪我は右足首の骨折と他数ヶ所に及ぶ打撲で命に別状はなさそうであったが、頭を打ったので検査と経過を見るために三日ほど入院する事となっていた。

安希はついさっきまで病院におり、出勤時間の前に応対する事となった。

「……それで、翔琉の事ってどういう事ですか？」

「ええ。実は、翔琉くんがどうして急にあんな事をしだしたのか、それがちょっと解らなくてですね……翔琉くんって、学校では大人しくて、そういった事をふざけ半分でするタイプではないですし」

「何がおっしゃりたいのです？」

「その飛び下りたところを見ていた生徒に聞いた話では、翔琉くんは何の脈略もなくとつぜん飛び下りたそうです」

「そんなこと……」

「藤元さんは、翔琉くんから飛び下りた理由を聞いておいででしょうか？」

安希は首を横に振る。翔琉にはさんざん問い質《ただ》したが、ふざけていただけだと言うばかりだった。

「……翔琉くんは、さっきも言いました通り学校では大人しく、特に他の生徒とのトラブルもありませんし、それで、私どもとしましては、家庭の方に何か悩みがあるのではと……」

「そんな事はありません」

安希は田沢が面食らうほどぴしゃりと言ってのける。

翔琉は物静かに見えて、昔から落ち着きがないところがあり、擦り傷や打ち身などが多い子供だった。

きっと今回も本人が言う通りふざけただけだ。

翔琉は幸せなのだ。

そう思い込む事にした。

◇◇◇

深鳥屋敷の玄関を出て駐車場の方に向かおうとすると、車の陰から車椅子に乗った藤元翔琉が姿を現した。どうやら、待ち伏せしていたらしい。何やら剣呑《けんのん》な表情を浮かべている。

「何か、言いたい事があるのかな？」

と、九尾が優しく尋ねる。

すると、消え入りそうな声で「誤解を解きたくて」と翔琉は言った。九尾は首を傾げる。

「何の誤解？」

「お母さんの事。おばあちゃん、たぶん、お母さんの事を悪く言ったでしょ？　お父さんの事も」

その言葉を受けて、九尾はあからさまに引き攣《つ》った笑みを浮かべながら言う。

「あー、うん、あー、そんな事はないよ？」

バレバレである。

成瀬が呆《あき》れ顔で肩をすくめると、翔琉は剣呑な表情のまま言葉を発した。

「おばあちゃん、お母さんの事が嫌いなんだ。お父さんの事も……たぶん、僕の事も……」

「どうして、そう思うんだい？」

と成瀬が問うと、翔琉は自らの腿《もも》を見下ろしたまま黙り込んでしまった。辛抱強く言葉を待っていると、翔琉は意を決した様子で再び話し始める。

「おばさんは、本物の霊能者なんだよね？」

「おば……」と絶句する九尾を無視して成瀬は首肯する。

「そうだよ」

「僕に呪いをかけた犯人を捜しているの？」

成瀬は九尾と顔を見合わせて頷《うなず》く。

「そうだね」

「なら、犯人はおばあちゃんだよ。おばあちゃんは、もともとお父さんとお母さんの結婚に反対していたんだ。だから、お父さんとお母さんが結婚して生まれた僕の事も嫌いで、それで、僕を呪い殺そうとしたんだ。きっと、お父さんを殺したのもおばあちゃんだ。そして、僕が死んだらきっとお母さんも殺すつもりだ！」

「でも、おばあちゃんは、翔琉くんが生まれてくれて良かったって言ってたよ？」

九尾が言うと、翔琉は首を激しく横に動かす。

「おばあちゃんは、たぶん、僕がおばあちゃんを信用していないのに気がついているよ。知らない振りをしてるみたいだけど」

彼はそう言うが、亮子が犯人だとしても、殺意があったのかどうかについては、大いに疑問が残るところであった。

しかし、特に言い返したりはせず、成瀬は黙って彼の話を最後まで聞く事にした。

「そもそも、前にも同じ事を言われたんだ」

「同じ事？」

九尾が首を傾げると、翔琉は神妙な顔つきで頷く。

「……車の中で話してたでしょ？　山槌さんの土地を神社の神職の人がお祓《はら》いしたって」

「ああ……」と、成瀬は記憶を辿《たど》りながら相づちを打った。そこで翔琉は深鳥屋敷の方へと視線を向けて言った。

「その人が、僕の脚が痛むのは呪われているからで、呪いの原因は、この家のどこかにあるって。そう言ったんだ」

「なるほど」

と、成瀬は得心する。いくら彼の脚の痛みがとつぜん消えたとはいえ、やけにあっさりと呪いの人形だとかいう話を信じたものだと違和感を覚えていたのだが、そのときの事が下地になっていたのだろう。

「それで、その人は家に連れて行ってくれれば呪いの原因を探し出せるって言ったんだけど、そのときおばあちゃんはインチキだって凄《すご》く怒ったんだ。今考えると本当の事を言われたからだったんじゃないかって」

「だから、おばあちゃんが怪しいと？」

成瀬の問いに翔琉は深々と頷く。

そして、悲愴《ひそう》感の溢《あふ》れる顔のまま、深々と頭をさげた。

「だから、お願いします。お金は……ないけど、将来、必ず働いて返すので、お母さんと僕を助けてください。おばあちゃんを何とかしてください」

成瀬は考え込む。

翔琉が嘘を吐いているようには見えないが、それでも彼の言う事が正しいとは限らない。

成瀬は何とも言えずに言葉に詰まってしまったが、九尾は即答だった。

「ええ。任せてちょうだい」

「先生……」

たぶん、彼の言葉を信じる根拠などないのだろう。

しかし、成瀬には、こういうときに何の躊躇《ちゅうちょ》もなく今の返事を口にできる彼女の事が眩《まぶ》しく感じられた。そして、翔琉は出会ってからようやく初めて笑顔を見せる。

そこで成瀬の鼻の頭に、ぽつりと水滴が当たった。同時に翔琉も空を見上げる。どうやら、降雨の気配を感じ取ったらしい。

「それじゃあ、もう戻るけど、よろしくね？　連絡先教えるから何か聞きたい事があったらいつでも聞いて」

翔琉はジャージのポケットからスマートフォンを取り出した。成瀬と連絡先を交換する。

「去年の誕生日に初めてスマホを買ってもらったけど、家族以外の人と連絡先を交換したの初めてかも」

などと可愛らしい事を口にする翔琉は、年相応の少年に見えた。彼は車椅子の向きを器用に変えて右手を上げる。

「それじゃあね」

と言葉を残し、エントランスポーチの方へ向かって車椅子を走らせていった。

そして、九尾と成瀬は、ひとまず深鳥家の事は置いておいて、当初の予定通り駒場勝の生家である山槌家跡地へと向かう事にした。

リフターを走らせて深鳥屋敷の門を通り抜けたところで、雨が本格的に降り始めた。


駒場勝の生家であった山槌家の跡地は深鳥屋敷からそれほど離れていない場所にあった。そこは山沿いにある新興住宅街の奥だった。

縁石ブロックに囲まれた綺麗《きれい》な更地で、周囲は農地らしく人家から少し離れた場所にあった。土地の奥には竹林に覆われた緩やかな山の斜面が見える。

その牧歌的な風景は、さきほどから降り始めた雨によって、色を失っているように思えた。

「見事に何もないわね」

沿道に停めた車から降りて、土地の縁で、折り畳み傘を手にした九尾の第一声がこれである。彼女は周囲を見渡した。

成瀬も運転席から降りてビニール傘を差すと、九尾の隣に並んだ。傘の表面を叩《たた》く雨音が陰鬱《いんうつ》なリズムを刻む。

九尾はしばらく土地に舐《な》め回すような視線を這《は》わせてから口を開く。

「……見事に祓われている。この土地からはもう何も感じられない」

「では、この土地を祓った人の力は本物という事ですか？」

「ええ」

「なら、〝神様〟について、何か知っているかもしれませんね。後で話を聞いてみても良いかもしれません」

と、成瀬は言ったが、そこまで期待はしていなかった。

最高の力を持つ〝狐狩り〟の九尾天全が感じ取る事のできない存在を、〝狐狩り〟でもない霊能者が感じ取れる訳がない。ただ、この土地に長く住んでいるならば〝神様〟に関わる噂や伝承などを知っている可能性はある。

その事は頭に入れつつ、成瀬は切り替える。

「とりあえず、現状では深鳥屋敷の件を追う以外にないですね」

「まあ、放っておけないしね」

「それもありますけど……」

と、前置きして成瀬は語り始める。

「新垣真一が消えたのがだいたい二週間前です。恐らく、このとき彼は〝神様〟と接触して操られてしまった。そして〝神様〟はSNSを使って呪物《じゅぶつ》の売買をしていた新垣の真似をし、彼を操って黒いポペットをばら撒《ま》き始めた」

「ふんふん」

「〝神様〟が、駒場勝が盗んだポペットを元にして、あの黒いポペットを作りあげたのだとすると……夏目先輩が大学一年生のときだから、今から十年以上前ですか？」

「夏目くん、今年で三十二だから十四年も前ね」

「という事は、十四年前からこの件が始まっているならば、〝神様〟はつい二週間前まではどうやって黒いポペットを使ってくれそうな人を見つけていたのでしょうか？」

「別な人のアカウントを使っていたのかも」

九尾の意見に成瀬は首を振った。

「〝神様〟が以前からSNSを使っていたなら、もうすでにこの情報がもっと拡散されていないとおかしいです。きっと、以前は別な手段だったのだと思います。たぶん、もっとアナログな……」

「ああ、それもそうね」

「それで、翔琉くんが黒いポペットに呪われたのは五年前の事。彼を呪った犯人はどこで〝神様〟にその願望を聞き届けてもらったのか。これは〝神様〟の正体に迫る上でも重要なファクターだと思います」

「なるほど……」

と、九尾が答えたところで、二人は車内へと戻った。

成瀬がシートベルトを締めながら九尾に問う。

「それで、九尾先生のここまでの見解はどうですか？」

九尾は少しだけ思案顔で俯《うつむ》いたあと口を開いた。

「一つ言えるのは、翔琉くんも、亮子さんも、けっこう精神状態はよくないかも」

「というと……？」

成瀬が問い返すと、九尾は腿《もも》の上で両手の指をわしゃわしゃと動かして、ハンドボール大の何かを揉《も》みしだくような仕草をしながら言う。

「こう、感情の流れしか解らないから、何ともいえないけど……でも」

「でも？」

「亮子さんが、そこまで翔琉くんを憎んでるようには思えない」

「じゃあ、翔琉くんの言っていた事は嘘だと？」

「解らないけど……特別に好きな訳でもないと思う」

九尾はそう言って首を傾げた。


ホテルの部屋に戻るなり、穂村への報告を済ませる。

それから、駒場勝の住居から大量の黒いポペットが発見されたらしい事を知らされた。

すべて未使用で、その数は二百十八。ポペットの素材や作り掛けと思われるものも同時に見つかっており、この事から駒場が黒いポペットを作っていたらしい事が判明した。すべて押収されて特定事案関連の証拠保管室で厳重に管理される事となった。

なお、駒場の住居があったアパートの防犯カメラには、新垣真一と、長濱に黒いポペットを届けた人物の姿が映り込んでいた。どうやら、配達するポペットを彼の家に取りに行ったところらしい。

現状SNSでは、例の長濱タカシの配信以降、黒いポペットが届いたという報告は上がっていないとの事だ。しかし、駒場宅にあったものがストックのすべてとは限らない。もし、すべてのストックを押さえられたのだとしても、恐らく、〝神様〟はすぐに駒場の代わりを見つける事だろう。何にせよ、早々に〝神様〟を見つける事が求められる状況には変わりなかったが、少しは時間的な猶予ができたのかもしれない。

因《ちな》みに長濱タカシの元にポペットを届けた人物の氏名は、すでに判明しているそうだ。茨城在住の会社員で、北村玲二《きたむられいじ》という名前らしい。所在は解っておらず、県警の協力を得て行方を追っているとの事だった。

そんな訳で成瀬は徐々に〝神様〟を追い詰めている手応《てごた》えと、あと一歩のところで届かないもどかしさを感じつつ、穂村とのやり取りを終えて就寝した。

◇◇◇

翔琉からSMSで『お母さんが会いたいって』と連絡があったのは、その日の朝だった。

昼間に那須烏山市内の国道沿いにあるファストフード店で会う事になった。昼時という事もあり、店内は小さな子供連れの客や長距離ドライバーなどで賑《にぎ》わいを見せていた。

そんな店内の窓際にある席で、九尾と成瀬は藤元安希と向かい合う。彼女は白いパフスリーブのチュニックに小花柄のワイドパンツという恰好《かっこう》だった。顔立ちの印象は亮子とよく似ていたが、背中まで伸ばした髪はライトブラウンに染めてあり、ルージュの色は濃いめで派手な印象だった。

「……本当に霊能者の方なんですか？」

と、挨拶《あいさつ》を済ませたあとに、安希は胡乱《うろん》げな調子で質問してきた。

九尾が期間限定のハンバーガーにかぶりついたあと「そうですよ」と答える。

「だって、翔琉はともかく、あの、母まであなたの事を本物の霊能者だなんて……本当に翔琉は痛みを感じていないみたいでしたし……」

そこで安希は言葉を詰まらせ、アイスコーヒーのカップに刺さったストローをくわえて啜《すす》る。そして、何やら覚悟を決めた様子で、再び口を開いた。

「それで、翔琉の脚は呪いのせいだったというのは本当でしょうか？」

成瀬は「ええ」と返事をした。すると、九尾がルイ・ヴィトンのハンドバッグの中から、深鳥屋敷で発見された黒いポペットを出してテーブルの真ん中に置いた。その布の人形を見るなり、安希は溝鼠《どぶねずみ》の腐乱死体でも見たときのような顔になった。

「これが呪いの人形です」

と成瀬が言って、少し冷めたホットコーヒーにミルクを流し込んだ。すると、安希は唇を震わせながら、とうぜん抱くであろう疑問を口にした。

「本当に、この人形は効果があるものなのでしょうか？」

「ありますよ。とても危険なしろものです。この人形に標的にしたい人物の髪や爪、写真などを付けたりして、針で刺すだけで危害を加える事が可能です。この翔琉くんを呪っていた人形には両脚にまち針が刺さっていました」

九尾がハンバーガーの包装用紙をくしゃくしゃと握り潰《つぶ》しながら答えた。

「まだ、呪いだとか、霊能力だとかは、少し信じられないですけど……」

「それは、そうですよ」

九尾が他人事《ひとごと》のように言った。すると安希が更に質問を重ねる。

「この人形って、簡単に手に入るものなんですか？」

「ええ、ネットがあれば誰にでも」

と、成瀬が答えたところで、安希は青ざめた様子で語り始める。

「私には、呪いだとかは良く解りませんけど、この人形が本物だとしたら、たぶん、翔琉を呪っていた人物は一人しかいません」

「それは誰です?」

成瀬が促すと、安希は恐る恐るその名前を告げた。

「翔琉です」

「は?」

ポテトをくわえる寸前だった九尾がそのまま固まる。安希は語り始める。

「……たぶん、長らく絶縁状態でしたし、母は勘違いしていると思うのですが、私たちは幸せでした。ただお金がなかっただけで」

「確かに亮子さんは、安希さんはずいぶん苦労していたと」

成瀬が昨日の亮子との会話を思い出しながら言うと、安希は首を横に振った。

「苦労はしていました。でも、ほとんど喧嘩《けんか》なんかした事はなかったし、確かに翔琉……夫は素行が悪かったようですけど、私の前では、そういった面はあまり見せたがりませんでした。母や世間が彼の事をどう見ていたのかは解りませんが、私にとっては優しい人でした」

「まあ、そうだったんでしょうね」

九尾が安希の右肩の奥の空間を見つめながら言った。安希は静かに頷《うなず》いて話を続ける。

「……もっとも、母は他人の話を聞かず、何を言っても自分の意見を曲げようとしないところがある人なので、私の方からもあまり彼との事は話していません。だから、母が誤解するのも無理はないんですが」

「なるほど」と、成瀬は亮子の頑《かたく》なな態度を思い起こしながら言った。

安希は再び遠い目で過去を見つめながら語る。

「さっきも言った通りで、私も実家に頼るつもりはありませんでしたし、彼の方も実家とは付き合いがないらしくて、本当にお金はありませんでしたが幸せでした。ただ、一つだけ悩みがあったとすれば、私も翔も仕事が忙しくて翔琉と一緒に過ごす時間が作れなかったという事です。もちろん、翔も私もできる限りの時間を使って、翔琉の世話はちゃんとしていましたが」

確かに、若くして実家の援助もなしに自らで生計を立てて家庭を維持するとなると、相当な苦労がある事は想像するまでもない。そのために藤元夫婦が犠牲にせざるを得なかったのは家族との時間だったという事なのだろう。

「……そうして、翔琉が物心付いた頃、頻繁に腹痛や頭痛を訴えるようになったのです。医者に連れていっても、原因は解らないと」

「それは、翔琉くんの詐病だったという訳ですね？」

成瀬の言葉に安希は頷く。

「……翔琉は私たちの気を引きたかったんだと思います。一回、嘘を吐いて病気の振りをするのは駄目だと諭した事があったのですが、それが良くなかったのか、以降は転んだとか、ふざけて高いところから飛び下りたとかで、本当に怪我をするようになって……」

「では、今回の呪いもそうだと？」

「というより、呪いの話を聞くまでは、翔琉の脚の痛みは、その……夫があんな事になった精神的なショックが原因ではないかと考えていました」

「それで、実家に戻ったんですよね？」

そう成瀬が言うと安希は頷く。

「そんな状態の翔琉を家に置いて、働きに出る事なんかできないと思って、ずっと縁を切っていた実家の敷居を八年振りに跨《また》いで、母に頭を下げました。幸いにも母も翔琉の事を可愛がってくれていますし」

「そうなんですか？」

そこで、成瀬は翔琉の言葉を思い出す。

本人は亮子が自分を殺したがっていると思っているらしいが、母親の目から見ると違うらしい。

「ですから、私が今後仕事の時間を減らして、翔琉との時間を作ってあげれば、もうこういった事が起こる事はないんじゃないかと……」

成瀬は自己完結し掛けていた安希の言葉を制するように声を上げた。

「では、ちょっと聞きたいのですが」

「あの、もう家族の問題ですし……」と、困り顔で話を打ち切ろうとする安希を無視して成瀬は質問を発した。

「深鳥屋敷の左翼棟には、一見するとエレベーターなどの設備が見られませんでしたが、翔琉くんは、どうやって二階へ？」

「それが何か……」

「重要な事です」

「ですから、もう、家族の問題ですし、これ以上は……」

「事態の終息に当たって大事な質問です。お願いします」

しばらく逡巡《しゅんじゅん》していた安希であったが、彼女は諦《あきら》めた様子で溜《た》め息を吐いて言葉を発した。

「二階へ行く方法は階段以外にないので、翔琉が一人で上るのは無理です。そもそも、私の知る限りでは、あの家に住むようになって、翔琉が二階へ上った事は一度もないはずです。だいたい家にいるときは、私の寝室の向かいにある部屋で過ごしています」

「翔琉くんとは別々な部屋なんですね」

と、九尾が何気ない調子で言うと、安希は少し照れ臭そうに笑う。

「去年ぐらいから、別な部屋がいいって言い出しまして……私は何かあったら困るからと言ったんですが、翔琉はスマホで連絡するからと言って聞かなくて。まあ、痛みの出てないときは、一通り自分の事はできますし……」

「年頃ですしね」と、成瀬は流して、次の質問に移る。

「使っていない部屋の掃除は、小武さんがしていますよね？」

「はい。父の書斎以外は小武さんが」

「そうですか」

と、成瀬は答えてからテーブルの上の黒いポペットを見て言う。

「安心してください。翔琉くんの過去の怪我は自作自演である可能性がありますが、彼をこの人形で呪っていた犯人は彼自身ではありません」

「え……」

「簡単です。この黒い人形は、あなたのお父さんの書斎にありました。彼の脚では人形を二階のあの部屋に隠せる訳がありません」

すると安希は意外そうな顔で言う。

「何で父の……」

「もう、すべての経緯を聞いているものと思いましたが」

成瀬が不思議に思って聞くと安希は首を横に振る。

「母からは霊能者が翔琉の脚を治したとしか……翔琉から原因が呪いの人形であった事は聞きましたが、詳しくは霊能者の二人に聞いて欲しいと」

「なるほど……」

成瀬はこれまでの関係者の発言や状況を整理する。安希は人形を見つめたまま独り言《ご》ちる。

「それなら、いったい誰が……」

そもそも、怪しい人間は最初からはっきりしていた。成瀬はその人物の名前を口にする。

「亮子さんです」

「は？」

安希が大きく目を見開いて聞き返した。成瀬は、はっきりと断言する。

「間違いありません。翔琉くんに呪いを掛けたのは亮子さんです」

そして、すっかり温《ぬる》くなったホットコーヒーを飲み干した。

◇　◇　◇

深鳥亮子は小武に呼ばれて応接間の戸を開いた。

すると、中央のローテーブルを囲んだ小紋柄のソファーには、九尾と成瀬が並んで座り、その右側に安希と翔琉が腰を下ろしていた。

「……もう、家族の問題だと言ったはずですが、何なんですか？」

と、眉《まゆ》を吊《つ》り上げる亮子に対して成瀬は笑顔で応じる。

「まあ、落ち着いてください。とりあえず、ちょっと聞きたい事があるだけです。それさえ済めば、すぐに帰ります」

「聞きたい事？」

その亮子の言葉に成瀬は頷《うなず》き答える。

「亮子さん、あなたがどこで、あの黒い人形を手に入れたのか？」

「なっ……」

亮子は大きく目を見開いて絶句する。

「あ、あんな人形、昨日、初めて見ました」

何とか誤魔化そうとしていたが声が震えていた。対照的に成瀬は自信たっぷりな様子で言葉を発した。

「嘘ですね。あなたの言動は色々とおかしい事だらけでしたが、安希さんを犯人扱いしておきながら、彼女にまったく細かい経緯を話していない事で確信しました。あなたは、もうこの件をここで終わらせたがっているのだと」

「私が犯人って……？　どういう事なの、お母さん」

安希が叫んだ。

彼女や翔琉、小武の顔を見る事ができなかった。今彼女たちは、どんな目で自分の事を見ているのだろう。その恐怖と戦いながら、亮子は必死に言い訳を練りあげる。

「……そんな訳がないじゃないですか。というか、もしあの人形が私の物だとしたら、わざわざこの家にあなた方を招き入れる訳がないじゃない。いくら呪いの人形が自分の家にあると言われても、霊能力なんか信じない振りをして突っぱねればいい」

成瀬は首を横に振る。

「どうして我々をこの家に招き入れたのか。答えは簡単です。それは翔琉くんがいたからです」

「僕？」

と、翔琉が不思議そうな声をあげた。

「あなたは以前、翔琉くんがいるところで神職の方から同じ指摘を受けた。〝翔琉くんの呪いの原因は、この家のどこかにある〟と。そのときはインチキだとして突っぱねたみたいですが、神職の方と同じ指摘をして、なおかつ、本当に脚の痛みを治してしまった九尾先生の事をインチキ呼ばわりしたら、それこそ翔琉くんに怪しまれてしまいます。だから、あなたは我々をこの家に連れてくる他なかった」

その通りだった。

彼らの車で帰路に就く途中もどうやったら誤魔化せるのかを必死に考えていた。

「……ともかく、あなたは平静を装いつつ、九尾先生がどこまで解るのかを会話しながら探る事にした。そして、翔琉くんの脚の痛みが人形によるものだと解っても、犯人までは解らないと知って誤魔化す事にした。あえて安希さんを犯人に仕立てあげ、家族の問題だからと、この件から我々の手を引かせる事にした。しかし、書斎の鍵《かぎ》が22番の部屋にあった事にしたのはやりすぎでした」

「やりすぎも何も本当に22番の部屋に……」

その言い訳を言い終わる前に成瀬が言葉を被《かぶ》せてきた。

「いいえ。そもそも、誰があの人形を書斎に隠したにせよ、わざわざ誰も普段入る事のない部屋の鍵をキーリングから外して隠しておく必要なんかないんですよ。なぜなら、部屋を掃除するために、あのキーリングを手に取る小武さんに、鍵がない事に気がつかれてしまうかもしれないからです。そうなってしまえば、せっかく人形の絶好の隠し場所だった書斎に注目が向いてしまう」

「まって、それなら、そもそも、あの人形だって、書斎に隠す必要なんかないじゃないの。もしもあの人形が私のものだったら、自分の手元に置いておくけれど。そちらの方が安全じゃない」

亮子は反駁《はんばく》するも、それは無駄な抵抗だった。

「きっと、最初はそうだったのでしょう。しかし、神職の方に指摘を受けた事で、あなたは不安になった。翔琉くんは、あなたの優しさを疑っていましたが、あなたの方もそれに気がついていた」

亮子は思わず翔琉の方を見た。そのときの彼の表情は、あの男と別れろと告げたときの安希とそっくりだった。

「……そして、彼が人形の場所を捜し出そうとするかもしれない。だから、あなたは念のために人形を自分の手元ではなく、この館《やかた》の人間ならば、キーリングの鍵を使って誰でも入れるが、普段は誰も入ろうとしない書斎に人形を移した」

なぜ、この男は全部見てきたかのように……。

亮子は必死に言い訳と反駁の隙を探す。しかし、言葉が出てこない。

「あのとき、本当は左翼棟のキーリングには、17番の鍵がついていました。あなたは鍵を捜す振りをして左翼棟のキーリングごと持って右翼棟に行き、書斎の17番の鍵だけを外して戻ってきた。安希さんが犯人であると判断できる根拠を作りあげるためだけに」

「違う……」

「そもそも、あの人形にセロテープで貼られていた翔琉くんの顔写真は、解像度が低く横向きでした。いかにも遠くから隠し撮りでもしたような。もしも、あなたの言う通り安希さんが犯人ならば、そんな写真は使わないんじゃないでしょうか。これまでに撮影した写真だってあるだろうし、なんなら適当な理由をつけて本人に断り、写真を撮り直してもいい。いずれにせよ、あんな風に遠くから隠し撮りしたようなアングルの写真を切り抜いたものを使うのは不自然です」

「ああ……やめて……やめて……」

亮子は頭《かぶり》を振りながら否定するが、図星だった。

あの写真は、まだ離れて暮らしていた頃に、調査会社の探偵が撮ってきたものを切り抜いたものだった。

「……だいたい、プリントアウトや写真を切り抜く手間を考えるなら髪や爪でもいい。

安希さんなら簡単に手に入るでしょう。あんな写真を使っているという事は、犯人は当時の翔琉くんと接触のなかった人物であるという事に他なりません」

小武が化物でも見たときのような顔をしている。

翔琉は相変わらず剣呑《けんのん》な目付きで睨《にら》みつけている。

そして、安希は目に涙を浮かべている。

その三人の視線に耐えながら、亮子は涙声で訴えた。

「私じゃあない、何でそんな事を……私の可愛い孫なのに……」

そこで成瀬は、あまり気が進まない様子で口を開いた。

「あなたは会話の中で昔を思い出すとき〝安希が何歳のとき〟というように、すべて安希さんの年齢を基準にしていました。それから、安希さんは、夫だった翔さんとの事をあまり母親に話していないと言っていましたが、翔琉くんの怪我の事や、その暮らしぶりについて、まるで見てきたかのように語っていましたね。八年間も絶縁していたのに」

「それが、いったい何だと言うんですか!」

何が悪いというのか。

自分は母親なのだ。その自負が、これまでの人生が否定されたような気がして、亮子は泣きながら声を張りあげた。すると、対照的な冷たさで成瀬が指摘する。

「あなたが翔琉くんを呪ったのは、娘の安希さんのためなのではないですか？」

亮子は顔を覆って、その場に膝《ひざ》を突いた。

「ああ……」

やはり、すべてお見通しなのだ。

可愛い安希。

好みの服を着せて、好みの髪型にして、考えうる限りの最良の人生を歩ませるはずだった娘の安希。大切な私の安希。

それが、あんなくだらない男に引っ掛かって、その男の血を引いた子供を産んでしまった。

家を出ても、どうせすぐに帰って来るだろうと思っていた。しかし、探偵が持ってくる安希の写真はいつも幸せそうだった。

妊娠して子供が生まれれば、これまでと比べ物にならないほど生活が大変になる。そうなれば、きっと嫌になって、この家に逃げ帰って来るに違いない。そして、自分を頼ってくれるに違いない。

しかし安希は、あの男と人生の苦労を楽しむかのように毎日を過ごしていた。そうするうちに翔琉が寂しさのあまり自傷行為に走り始めた。

その報告を探偵から聞いたときには、それ見た事かと亮子は胸を躍らせた。やっと、最愛の娘が帰ってくる。きっと自分を頼ってくれる。でも、安希は帰ってこない。

だから、あの男を殺そうと思った。

あの男が死ねば、安希は戻ってくるかもしれない……。

「お母さん、どうして……」

最愛の娘の悲痛な叫び声が耳を突いた。

「どうしてって……」

亮子は安希の顔を見た。すると、そこで、娘がまったく自分を信じていない事を悟った。その疑念に満ちた眼差《まなざ》しで亮子はすべてを諦《あきら》めた。

「全部、あなたのためよ」

「あなたのためって……」

「最初は、あの男が死ねば、あなたが私のところに帰って来てくれると思ったから、山の神様にお願いしに行ったの」

この亮子の言葉の直後だった。

安希と、翔琉と、小武が大きく目を見開く。

「お母さん、山の神様って、まさか、お堂に行ったの……？」

娘の質問に亮子は涙をぬぐって、晴れやかな笑顔で頷《うなず》いた。

「そうよ。そうしたら、山の神様が夢に出てきてあの黒い人形を授かったの。でも、あの人形を使う前に、あの男が死んでしまった。だけど、あなたは帰ってこなかった。だから、翔琉をあの人形で……」

最初は翔琉を殺すつもりだった。

しかし、それだと安希があまりにも可哀想だと気がついた。我が子を失う辛《つら》さは誰よりもよく知っている。安希は悲しみのあまり自ら死を選んでしまうかもしれない。亮子自身も安希と離れ離れで暮らすようになって、何度も死ぬほど寂しい思いをしていた。だから、翔琉には重石《おもし》になってもらった。自分勝手な娘がどこかへ行ってしまわないように、繋《つな》ぎ止めるための存在になってもらう事にした。

亮子は翔琉に感謝していた。彼のお陰で、やっと最愛の娘が、この家に帰って来てくれたのだから……。

「ねえ、安希」

「何、お母さん」

「何でなの？　何でこの家から出て行ったの？　何で私と一緒にいてくれないの？　何で私の言う事を聞いてくれないの？」

「それは……」

言い淀《よど》む最愛の娘に向かって、亮子は立ち上がると、胸のうちから込みあげる感情を思い切りぶつけた。

「答えなさい!!」

すると、安希は酷《ひど》くうんざりした様子で言った。

「だから、何度も言ったよね」

何の話をしているのだろう。

娘の言葉は常に聞き逃さないようにしてきた。常に良き母親であろうとしてきた。

彼女が何を言いたいのか、まったく解らなかった亮子は首を傾げた。

そんな母親を真っ直ぐ見据えて、安希はその言葉を口にした。

「お母さんと一緒にいると、息苦しいの」

ああ、また安希が我儘《わがまま》を言い始めた。この子は変わっていない。昔から何も。

亮子は再び膝を突いて、まるで幼子のように大泣きした。

◇ ◇ ◇

亮子は小武に支えられて、自らの寝室へと連れて行かれた。応接間を出たあとも聞こえていた彼女の泣き声が遠ざかって聞こえなくなったあと、安希は九尾と成瀬に礼を述べた。

「ありがとうございます。近いうちに翔琉を連れて、この家を出ると思います。もう二度と帰って来ないつもりです。でも、その前に母とは、もっと、ちゃんと話し合おうと思います。やっぱり、家族ですし」

そう言って、翔琉に向かって微笑み掛けた。

人命が失われるなどの原状回復が不可能な被害が出た訳ではないので、この一件が特定事案として公訴される事はないだろう。しかし、深鳥亮子が危険な呪術《じゅじゅつ》を行使した者として要監視対象リスト入りを果たす事は確実と見られた。

成瀬としても、これ以上は家族の問題となるので、彼女たちの今後の選択についてどうこう言うつもりはなかった。それよりも、安希が口にした言葉について質問した。

「それで、さっき言っていた〝お堂〟というのは……」

彼女は怪訝《けげん》そうな表情になり、首を捻《ひね》る。

「ああ、お堂ですか？　この近くの上猿山《かみさるやま》の中にある古いお堂の事です。そこでお祈りすると山の神様が復讐《ふくしゅう》したい人に呪いを掛けてくれるっていう伝説があるんです。でも、それが本当の事だったなんて……」

幕間　3

木目の浮いたカウンターの上で湯気を立ち上らせるチャーシュー麺《めん》をぼんやりと見下ろし続けていた事に気がつき、北村玲二は目をぎゅっと一回瞑《つぶ》ってから頭を振った。すると、カウンターの中から怪訝《けげん》な表情で見つめるラーメン屋の店主と目があって、誤魔化し笑いを浮かべた。

何事もなかったように割り箸《ばし》を箸立てから抜くと、チャーシュー麺を勢い良く啜《すす》り始めた。

どうも一週間前から調子がおかしい。

眠っても疲れが取れないし、おかしな夢ばかり見る。目が覚めておかしな夢を見たという事は覚えているが、具体的な夢の内容はまったく覚えていない。

それもこれも、あの穴場へ行ってからだった。

そこは山奥にある沢で、渓流釣りの絶好のポイントだった。しかし、谷底にあり、足元の滑る鎖場を下りなければならない。更にそこから上流に向かい、浅瀬を渡って対岸へと行かなければ、その穴場に糸を垂らす事は難しい。

以前は吊《つ》り橋があり、簡単に対岸まで渡る事ができたのだが、四年前ぐらいに老朽化によって吊り橋が渡れなくなってからは、誰もその場所に足を運んでいなかったのだという。

渓流釣りや山歩きが趣味で体力に自信があった北村は、休暇中にその場所へと行ったのだが、それ以来どうにも体調が優れない。

鎖場を下りて岩場を伝って上流へと遡《さかのぼ》り、浅瀬を渡った辺りから記憶が曖昧《あいまい》になっている。その日の釣果や、けっきょくどれぐらいその場所にいたのかも思い出せない。

ただ、浅瀬を渡っているときに、誰かの声を聞いたような気がした。それは、助けを呼んでいるような……。

山にはおかしなモノがいる。

それは、昔どこかで聞いた言葉だった。馬鹿馬鹿しい。北村は、そういった人智の及ばぬ何かを信じてはいなかった。しかし、この自分の身に降り掛かっている出来事は何なのだろうか。

北村は背筋を震わせた。そして、気がつくと、すでにどんぶりの中にはスープしか残っていなかった。

いつもなら、ぜんぶ残さずに平らげるところであったが、この日は早々に席を立った。

店内に立ち込めたスープの匂いと共に外に出て暖簾《のれん》を右手で叩《たた》くと、そこには奇妙な二人組が立っていた。

一人は知らない顔の女だった。二十代半ばくらいに見えて、黒のパンツスーツ姿だった。背中まで届く髪を後ろでまとめており、お堅い印象の黒縁眼鏡を掛けていた。

そして、その右隣に立つのは、モヒカンの大柄な男だった。顔中にピアスをぶら下げ、パンキッシュなトレンチコートを羽織っている。

その男はいかつい容姿に似合わない笑みを浮かべて「最近、調子が悪いでしょ？　治してアゲル」と言って、ぱちりとウインクをした。

面食らっていると、女の方が何かをジャケットから取り出して、それを掲げた。

「北村玲二さんですね？　ご同行お願いします」

女が掲げたのは、警察手帳であった。

5、歪《いびつ》な神様

大正九年も残りわずかとなった年の瀬の朝。

昨晩のうちに降った雪が、庭先をうっすらと白く覆い尽くしていたが、山の向こう側から照りつける朝日によって、さっそく跡形もなく融《と》けようとしていた。

その暖かな陽光に曝《さら》された外の世界とは逆に、隙間なく並んだ縁側の戸板の内側には淀《よど》んだ闇と、生臭さを含んだ鉄錆《てつさび》の臭いが漂っていた。

「……あー、何で、死んでくれなかったのよ」

その重苦しい怨嗟《えんさ》に満ちた声音を発した唇が微笑みを形作る。

桐田《きりた》ヨリは先っぽの折れた包丁を逆手にもって、虚《うつ》ろな眼差《まなざ》しのまま声を漏らし笑い始める。その包丁の先っぽは、寝床で大の字になって天井を見上げる夫の右眼に深くめり込んでいた。

「あー、もう、あー!」

ヨリは左手で頭をぼりぼりと引っ掻《か》く。彼女の夫である昭一《しょういち》は酷《ひど》い有り様だった。昭一の着ている浴衣《ゆかた》は血をたっぷりと吸い込んで、元の柄が解らなくなっていた。右頬の肉がそげ落ち、奥歯が覗《のぞ》いていた。右耳が血塗《ちまみ》れの布団の外までちぎれ飛んでいる。

もう誰がどう見ても死んでいたが、ヨリは夫の腹にどかりと腰をおろすと、再び包丁を下ろし始める。

「あんたが！　死なないから！　何度も！　何度も！　お堂に行ったのに！　何で、あんたは死なないの！」

酒飲みで、すぐに暴れて、浮気を繰り返すろくでなし。

同じ村の福田伊勢《ふくだいせ》から、お堂の噂を聞いて、一縷《いちる》の望みを繋《つな》いでお参りに行ったのに、夫はいっこうに死んでくれない。

自分勝手で、馬鹿で、傲慢《ごうまん》な最悪の男。

顔を見るたびに、いつ死んでくれるのか心待ちにしていたのに、昭一は何も変わらない。とうとう、ヨリは我慢ができなくなった。

〝神様〟が何もしてくれないなら、自分で殺すしかない。

彼女はついに凶行に及んでしまった。

しかし、後にこの一件を、人々はお堂の呪いであると噂しあった。

◇　◇　◇

駐車場の前で藤元安希が言った。

「お堂の事については、郡司《ぐんじ》さんに聞いてください」

「郡司さん？」

と、成瀬が聞き返すと、翔琉が答えた。

「山槌さんの土地を祓《はら》った神職の人だよ。上猿山の登山口の近くの神社に住んでる」

「解った。ありがとう」

と、成瀬が言うと、安希は怪訝そうな顔をする。

「でも、本当に、あのお堂が翔琉の件と関係があるのでしょうか？」

「それは、行ってみない事には何とも」

どうやら地元民にとっては、なじみのある場所らしい。そんな場所が、息子を長年苦しめていたものと関わりがある事が、安希には信じられないようだ。

「それでは、そろそろ」

と、成瀬は別れの挨拶《あいさつ》を口にして、リフターへと乗り込む。一方の九尾は車椅子に乗った翔琉の頭に手を置いて微笑んだ。

「じゃあね、翔琉くん」

「うん、ありがとう」

「もう、寂しいからって、お母さんに迷惑を掛けちゃ駄目だぞ。今度は君がお母さんを守ってあげて」

それだけで、九尾が何を言いたいのか悟ったらしい翔琉は、一瞬だけはっとした顔になり、真面目な表情で頷《うなず》く。

「解ったよ。先生」

その返答に満足げな表情をすると、九尾は「あ、忘れるところだった」と言って、アノラックパーカーのポケットから、綺麗《きれい》な包装紙に包まれた煙草くらいの大きさの箱を取り出した。

「これ、亮子さんの部屋で焚《た》くように言ってください」

「何ですか、これ？」

安希は、九尾からその小箱を受け取ると、しげしげと見つめた。

「それは、邪気を祓うお香です。呪いの力を行使した者には必ず運命の皺寄《しわよ》せが訪れ、代償を支払う事になります。それを防いでくれるでしょう」

「何から何まで……ありがとうございます」

安希が深々と頭を下げた。

「それじゃあ、お元気で」

と、九尾は右手を軽くあげて藤元親子に背を見せると、リフターに乗り込んだ。すると、すでに運転席に乗り込んでいた成瀬が車を走らせる。そして、二人の見送りを受けながら、深鳥屋敷の門の外に出た。

そこで成瀬は音声コマンドを発して穂村へと通話を繋ぐ。

『成瀬か？』

「はい」

と、返事をして深鳥屋敷での一件を報告しようとしたところ、穂村の方が先に口を開いた。

『ちょうど良かった。こちらからいくつか報告事項がある。山田と鈴木が北村玲二の身柄を確保した』

九尾が口元に右手を添えて声を潜めながら言った。

「誰だっけ？」

「長濱タカシのマンションに黒いポペットを届けた人ですよ」

成瀬は普通の声量で言った。穂村が話を続ける。

『北村は長濱のマンションに行った事は、まったく覚えていないらしい。駒場についても面識はないそうだ。ただ、一週間前に、ある場所へ渓流釣りをしに足を運んでから、妙な夢を見たり、意識が途切れたりと、調子がおかしいという事だ』

「そのある場所って、上猿山の事ですか？」

この成瀬の言葉に驚いたのか、穂村は少し間を置いてから『……その通りだ』と言った。

今度は成瀬が深鳥屋敷での一連の出来事を掻《か》い摘《つ》まんで説明する。

聞き終えると、穂村は『では、その上猿山のお堂について、こちらからも一つ情報がある』と言って語り始める。

『そのお堂は地元では有名で、呪いたい人物の身の回りの物や、髪の毛、写真といったものを捧《ささ》げると、その相手が本当に死ぬのだという。お堂の中は、それらの品で溢《あふ》れかえっており、かなり異様な光景らしい。一九九八年とかなり昔になるが、テレビの心霊番組でも紹介されていた』

「え……」

そのお堂の力が本物であり、過去にメディアで紹介されるほど知名度があるならば、さすがに人手不足といえども、特定事案対策室がすでに対処に乗り出しているはずである。

成瀬がその辺りの疑問を穂村にぶつけると、予想外の答えが返ってきた。

『実は、このお堂の存在はずいぶん前から特定事案対策室も把握していたが、その呪殺《じゅさつ》能力については疑問符が付けられていた。その一九九八年のテレビの映像を〝狐狩り〟が確認した記録が残っていたが、異常は見られなかったらしい。そして、三年前にも、ある〝狐狩り〟が現地に赴き調査したが、異常なしという結果だった。それゆえに〝要監視対象〟リストからは漏れていた』

一九九八年は置いておくにしても、三年前といえば、もう黒いポペットがばらまかれ始めている。何かの異常が見られた可能性は高い。

「誰なんですか。その〝狐狩り〟って」

『わ、わたしじゃないからね？』

と、なぜか九尾は慌て出す。

そして、穂村は淡々とその名前を告げる。

『木嵜幽太郎《きざきゆうたろう》だ』

「ああ、なるほど」

成瀬は得心する。

「そのテレビの映像を確認したのも彼なんですか？」

『いや。それは、別な〝狐狩り〟だ』

その穂村の言葉を九尾が補足する。

「一九九八年の頃は、まだ〝神様〟は生まれていなかったのかも。それか、極々弱い存在だった」

「何にせよ、木嵜さんが調査した〝要監視対象〟は、ぜんぶ洗い直さないと駄目かもしれませんね」

その成瀬の提言について、穂村は淡々と言葉を返した。

『もうすでにやってはいるが、手が回っていない。人員も予算も少ない。それがうちの部署だからな』

予算が少ないのは初耳だった。

もしかすると、オフィスがないのも、私用車をわざわざ許可申請して公用に使っているのも、それが原因なのではないか。この辺りの理由について成瀬は、機密保持のために特定事案対策室が警察内部に存在しない事になっているからなのだと聞いていたのだが……。

ともかく、現状でやれる事をやるしかない。

「とりあえず、これから上猿山のお堂へと向かいます」

『了解した』

と、そこで穂村との通話を終えた。

◆　◆　◆

秋の雷鳴がずいぶんと近くに聞こえた。

空では黒雲がうねり、周囲の山々の木々が風によって激しく揺れ動いている。肌が泡立つような湿気が大気には満ちており、あと少しで訪れる降雨を予兆していた。

その日、山間《やまあい》の狭い盆地に広がる静かな村は騒然としていた。茅葺《かやぶ》きの木造家屋の犇《ひし》めく住宅密集地を取り囲むように広がる田園の農道に、大勢の人々が集まっている。

それは桐田ヨリが夫の昭一に刃《やいば》を突き立てる一年以上前の朝だった。

上猿村に住む福田重郎《じゅうろう》が死んだ。

この日もいつも通り朝起きた彼は、農閑期のために町の木工所へ仕事に向かった。妻の伊勢が作った弁当を持って自転車に乗り、村の外へと通じる農道を進んでいた。

すると、沿道の右側でさざめく稲穂の中から一匹の猫がとつぜん飛び出してきた。福田は驚き大きくバランスを崩してしまう。しかも、運が悪い事に後輪のブレーキが切れてしまい、つんのめって転倒してしまった。そのとき、頭部を強く打ち付け、首の骨を折って帰らぬ人となる。

その五分後、同じように町へ仕事に行くために事故現場を通り掛かった村人によって彼は発見され、この悲劇は瞬く間に村中へと広まった。

福田重郎は面倒見が良い親分肌で、冗談で人を笑わせるのが得意な盛り上げ役でもあった。子供にも優しく、村の人気者だった。

とうぜんながら騒ぎを聞き付けて集まった村人たちは、彼の死を悼んだ。しかし、彼の妻である伊勢だけは違った。

実は福田重郎は、外面が異様に良いだけで、伊勢に酷《ひど》い暴力を振るっていた。顔などの目立つところには絶対に危害を加えなかったが、伊勢の身体は青痣《あおあざ》と傷跡でぼろぼろだった。

重郎と伊勢の間に子供がいないのは、彼女の身体が弱いからという事になっていたが、彼の執拗《しつよう》な暴力のせいであった。

少しの失敗でなじられ、身勝手な理由で暴力を振るわれる。そんな地獄のような日々が終わりを告げた事を、訃報《ふほう》を知らせにやって来た村人から聞かされたとき、伊勢は思わず浮かびそうになった笑いを必死に堪《こら》えた。

そして、路上に倒れたままの自転車と目を瞑《つぶ》ったままぴくりとも動こうとしない夫を見た瞬間、歓喜に打ち震えて思わず涙を流してしまった。その場で膝《ひざ》を突き、顔を両手で覆って、咽《むせ》び泣き続ける彼女の姿を見て、集まった村人は重郎の死を悼むと共に、夫に先立たれた伊勢を哀れんだ。しかし、その場にいた誰もが、彼女の口元に笑みが浮かんでいる事に気がついていなかった。

伊勢は誰かに聞かれないほど小さな声で言った。

「〝神様〟ありがとう……」

彼女が山間のお堂で重郎の死を祈ったのは、お盆を過ぎた頃だった。そこで祈りを捧げれば怨敵《おんてき》に死をもたらす事ができるのだという。

昔この上猿村一帯の名主に乱暴された女中が、お堂で祈りを捧げたところ、その名主の屋敷に雷が落ちて火の手が上がったのだという。この火災によって名主は命を落としたと言われている。

その昔話を信じた伊勢は足繁くお堂に通い、けっきょく何も起こらなかったので諦《あきら》め掛けていたのだが、とうとう重郎が死んだ。

この奇跡的な偶然を経て、伊勢は思った。

もっと〝神様〟の事を広めなくては。自分のようにどうしようもない境遇で困っている人はたくさんいる。この素晴らしい力が世に広く知れ渡れば、みんな幸せになれるのではないか。

まずは、同じ村に住んでいる桐田ヨリに〝神様〟の事を教えてやろう。彼女の夫は酒癖が悪く浮気性だった。

きっと〝神様〟ならば何とかしてくれるはずだ。

◇◇◇

居猿町の南西の山間部であった。

右手に渓谷を望む道は、轍掘《わだちぼ》れやひび割れによって傷み、走り心地はすこぶる悪かった。

山の頂に切り取られた空には黒雲がうねり、ときおりぱらつく小雨がフロントガラスにわずかな水滴を浮かび上がらせる。

その曲がりくねった道をしばらく進むと、左側の山肌を上る未舗装の坂道が見えてくる。錆《さび》付いた立て札があり、そこには『上猿山登山口こちら』とあった。

成瀬がその坂道を上ると木々に囲まれた学校のグラウンドぐらいのスペースがあり、奥の山肌に古びた丸太のゲートがあった。そこが登山口らしい。そして、その登山口のゲートから少し離れた左側に赤い鳥居があった。扁額《へんがく》には『上猿神社』とある。

鳥居の奥には石段が続いており、右脇にはビニールテントのガレージがあった。そのガレージの中には軽トラックのフロントが見える。

成瀬はリフターを鳥居の左側に停めると、九尾と共に車を降りて、鳥居の奥にあった苔《こけ》むした石段を上り始めた。

階段を上りきると石造りの二の鳥居があり、少し先には参道を挟んで狛犬《こまいぬ》が向き合っていた。更に奥には古びてはいるが立派な社殿があった。その右奥にトタンと瓦《かわら》屋根の平屋が見える。どうやら、郡司なる神職の住居のようだ。

九尾と成瀬は鳥居を潜り抜け、平屋へと向かう。縦格子の引き戸の左側にあった呼び鈴を押すと、すぐに中から物音が聞こえた。

「あいー、誰だい？」

と、声がして引き戸が開いた。ジャージ姿の白髪の老女が姿を見せる。酷い仏頂面であったが、九尾も成瀬も彼女の顔に見覚えがあった。

「こんにちは。とつぜんお伺いして申し訳ありません。病院でも、お会いしましたね」

と、成瀬は言った。彼女は『那須烏山第二病院』の一階喫茶スペースの間仕切りの隙間からこちらを覗《のぞ》き込んでいた人物であった。どうやら、彼女が神職の郡司らしい。

「おー、すごいねーちゃんに、犬のにーちゃん、じゃねえの」

「上猿山にあるお堂について、お聞きしたい事があるのですが」

「あんなとこに、何の用がある？」

そこで九尾が口を開く。

「〝神様〟に会いに」

「神様け？」

と、郡司は少しだけ眉間《みけん》に深いしわを刻んで黙り込んだあと、玄関に立つ九尾と成瀬に背を見せた。

「上がれや」

九尾と成瀬は顔を見合わせ、いったん郡司宅へお邪魔する事にした。

二人が案内されたのは六畳の和室だった。丸い木製のちゃぶ台と古びた茶簞笥《ちゃだんす》など年季の入った調度類が並ぶ。その片隅には骨董《こっとう》品のブラウン管テレビがあったが、地上デジタルチューナーに繋《つな》がれているところを見ると一応は現役のようだった。

ともあれ、成瀬と九尾は少し湿ったように感じる座布団に腰を落ち着ける。郡司が磨《す》り硝子《ガラス》の戸の向こうから、湯気を立たせた湯飲みを三つお盆に載せてやってくる。

その湯飲みをちゃぶ台に下ろし、郡司も座布団の上に座った。

「あの子は大丈夫《だいじ》なんけ？」

あの子とは、藤元翔琉の事であろう。成瀬は頷《うなず》く。

「ええ。彼の呪いは消え去りました」

すると、郡司は仏頂面を綻《ほころ》ばせる。

「そうかい。それはありがとうね。うちも気にはなってたから」

そう言って、湯飲みを両手で持ち上げ、ずるずると茶を啜《すす》る。成瀬はそこで本題を切り出した。

「その呪いの原因となった物をもたらしたのが、くだんのお堂の〝神様〟らしいのですが」

その言葉を聞いた郡司は大きく目を見開き、湯飲みを置いたあとに、ごほごほと盛大に噎《む》せ返る。

「大丈夫ですか？」

と、九尾が腰を浮かしそうになると、それを郡司は右手で制した。そして、大きく咳《せき》払《ばら》いを何度もしたあとで笑い出す。

「馬鹿な事言ってんじゃねえ。あの神様にそんな事できる訳がねえよ」

「どうして、そう思うんですか？」

成瀬が冷静に問い返すと、郡司は尚《なお》も笑いながら言う。

「……あすくの神様にご利益なんてねえから」

彼女によると、くだんのお堂は遥《はる》か昔に炭焼きの男が作ったのだという。

「そいつが何のために、あのお堂を建てたのかは知んねーけど、そいつはすごい坊様でも宮司でもねーし、宮大工でもねえ。ただの木偶《ちくばり》だ。けど、お前ら知ってっか？　さゆの昔話」

九尾と成瀬は頷いた。深鳥屋敷へ向かう途中に聞いた昔話の事だ。

郡司によれば、さゆが死んでからしばらく経ったある日、深鳥家に落雷があって火が出たのだという。そして、さゆが死ぬ前に、お堂の方へ向かうところを見ていた者がいたらしい。それから、人々は噂するようになった。

きっと、さゆはお堂で祈りを捧《ささ》げてから身を投げたに違いない。深鳥家に雷が落ちたのも、お堂の力に違いない……。

「ぜーんぶ、ただの噂だ。あのお堂にはなーんもねえ。あすくの神様は大声で泣き叫ぶだけで虫も殺せねえ。そっちのねーちゃんなら見れば解るべ」

郡司はそう言って再び笑った。

◆◆◆

享和《きょうわ》三年の茹《ゆ》だるような暑い夏の最中《さなか》であった。それは、長い夜が明けて山々の稜線《りょうせん》が白み始めた頃。間の抜けた雉鳩《きじばと》の鳴き声が響き渡る楢《なら》の林を、覚束《おぼつか》ない足取りで進むのは、襦袢《じゅばん》姿の女だった。

その顔には何かが始まる事を期待するような、もしくは何かが終わる事を喜ぶような笑みが張りついていた。視線は前方にある木立の合間に向いてはいたが、そこではない何処かを見ているかのように虚《うつ》ろであった。

名前をさゆといい、名主《なぬし》である深鳥家に仕える女中の一人だった。彼女は深鳥家の当主である広恒《ひろつね》に、無理やり手込めにされ、弄《もてあそ》ばれる日々を送っていた。その境遇に耐え切れなくなり、ついに屋敷から逃げ出したのが昨晩の事だった。そうして、彼女が目指した先は上猿山にあるお堂であった。

さゆは日頃から、ずっと天に祈っていた。

神様、助けてください……仏様、助けてください……誰でもいいので助けてください……。

しかし、何も変わらない。

毎晩、広恒の欲望の捌《は》け口にされ、彼女は心も身体もどうにもならないところまで追い詰められてしまった。

四六時中、広恒の酒臭い体臭が鼻先を漂い、芋虫のような指先が這《は》い回る感触が全身に残り続ける。そんな地獄を忘れるために、彼女は死ぬ事に決めた。屋敷を抜け出し、死に場所を求めて山中を彷徨《さまよ》っていると、そのお堂の事を思い出した。

そこはいつ誰によって建てられたのかは判然としないが、山の神様が祀《まつ》られているのだという。その山の神様は、普通の神様や仏様とは違いとても奇妙な姿をしているらしい。

何度も神仏に祈りを捧げるも何も変わらなかったさゆは、死ぬ前にお堂で、夜明けまで山の神様に祈りを捧げる事にした。

もしかしたら、このお堂の神様なら、哀れな自分を救ってくれるかもしれない。

しかし、必死に祈りを捧げたが、けっきょく何も変わらない。目を瞑《つぶ》り、耳を塞《ふさ》いでも、その辛《つら》い記憶や身体の傷が消え失《う》せたりはしなかった。

そのまま朝になり、さゆはすべてに失望して何もかもを諦《あきら》めた。

「死ね……死ね……みんな死ね……あははは……みんな、みんな、死んでしまえ！　あははは……」

さゆは世界を呪う言葉をうわ言のように呟《つぶや》きながら、お堂から少し離れた場所にある断崖《だんがい》を目指した。

◇　◇　◇

郡司からお堂までの道を教えてもらう。

彼女曰《いわ》く、四年前からお堂へ向かう途中に横たわる渓谷を渡る吊《つ》り橋が通れなくなったので、足場を伝って谷底へと下らなければならないのだという。そして、渓流の河原を遡《さかのぼ》り、角沢《つのざわ》と呼ばれる上流の浅瀬から向こう岸に渡らなければならないらしい。

礼を言い、郡司の家を後にする。

そして、登山口のゲートを潜り抜けて山道を登っていると、木立の向こう側から水の流れる音が聞こえてくる。

「それにしても、いったいどういう事なのかしら？　郡司さんの話によると、お堂の神様には何の力もなかった。一九九八年のテレビの映像にも異変は見られなかったし、もしかして木嵜さんの見立ては正しかったとか……」

前を行く九尾の疑問に、成瀬は思案顔をしながら答える。

「呪いの力を持った何者かが、お堂の神様の振りをして、人々の願望を叶《かな》えているとか。あるいは……」

と、成瀬が言い掛けたところで、言葉を呑《の》み込んだ。そして、首を小さく横に動かすと言い直す。

「今は憶測は止めましょう。いずれにせよ、はっきりしている事は、駒場勝が弓澤千種のポペットを盗んだところからすべてが始まっているという事です」

「まあ、そうね」

などと会話をするうちに、視界が開けて渓谷に突き当たる。

すぐ正面に吊り橋があったが、入り口には、雨風で汚れた『立入禁止』の札が下がったタイガーロープが張られており、橋板がほとんどなかった。

崖《がけ》の縁に立ってみると、吊り橋の右側から岸壁を斜めに過《よぎ》る形で足場が渓流の河原まで続いている。雑草に埋もれ掛かっていたが、横幅の狭い階段のようで、その足場に沿って岸壁に張られた鎖もしっかりとしている。

足元が滑り易そうではあったが、これなら九尾でも下りる事ができるだろう。

「じゃあ、先に行きますから付いてきてください」

と言うと、九尾は思い切り顔をしかめる。

「……ここを下りるの？」

「前に、こういう僻地《へきち》への遠征が多いとか何とか言ってませんでしたっけ？」

「……い、いや、うん。別に慣れてるし」

二人は鎖を握り慎重に足場を伝っていった。

そして、何事もなく渓流の河原まで辿《たど》り着くと、そのまま上流へと遡り始める。そうするうちに、浅くて川幅が狭い場所に到着した。向こう岸には楢の林があり、木立を割って奥へと続く杣道《そまみち》があった。

その杣道の入り口を見つめて九尾がいつになく真面目な顔で呟く。

「……今、感じた」

「何をです？」

「ここから先は〝神様〟の縄張りだわ」

「〝神様〟の……」

成瀬は生唾《なまつば》を呑み込んで向こう岸の杣道を見据えた。

「わたしたちは大丈夫だけど、一般の人はちょっと辛いかも。神楽坂さんのような〝過敏体質〟の人なら足を踏み入れただけで、かなり危うい」

「なるほど……」

成瀬は得心する。

きっと、北村玲二は知らずに踏み入ってしまったのだろう。〝神様〟の領域に……。

「行きましょう」

「ええ」

二人は浅瀬を渡り始めた。

◆　◆　◆

享保《きょうほう》八年。

中秋となったその日の日没前。

長雨が止《や》んだあと、様子を見に行くと言って山を下りた息子の一太郎《いちたろう》がようやく帰ってきた。父親の五兵衛《ごへえ》は囲炉裏に火を入れて湯を沸かしながら、息子の話に耳を傾ける。

数日ぶりに向かい合った息子は、しょぼくれており、顔色が悪かった。まるで、死にそうな猪のようだと五兵衛は思った。

そんな息子が語り始める。

「……酷《ひど》い有り様だった。何にも残っておらん」

その炉火に当てられた一太郎の顔は、心の底から噴き出る絶望に染まっていた。

「おまけに、酷い臭いだった。まるで、地面が全部、腐ってしまったかのようだった」

暴風雨により水位が上昇した五十里《いかり》湖から押し流された土砂と湖水は下野国《しもつけ》（栃木県）に甚大な被害をもたらした。多くの牛や馬、人々が呑み込まれ、いくつかの村が消え失せた。これが後の世に言う五十里洪水である。

「……それでな、父さん。何もかもが土砂に呑まれて失くなった場所にな、ぽつんと石の鳥居とお社だけが建っておった。流れてきた木や土砂がいい具合に壁みたいになって、お社は少し水に浸《つ》かったぐらいで何ともなかった」

五兵衛は息子の話に耳を傾けながら、その荒涼たる風景を想像して背筋を震わせる。

一太郎が泣きそうな声でぽつりと呟いた。

「……何で、神様だけ」

五兵衛は「世の中、そういうもんだ」としか言う事ができなかった。すると、息子がどん、と畳に拳《こぶし》を打ち付ける。

「母さんが疝癪《せんしゃく》を患ったときもそうだった！　毎日、山の神様に祈っても、けっきょく治らなかった……」

「ああ……」

と、五兵衛は痛みをこらえるように目を閉じた。息子は尚《なお》も捲《まく》し立てる。

「あの鳥居の先に祀られていた神様にも、たくさんの人が祈りを捧《ささ》げていたに違いない！　なのにどうして、神様は何もしてくれない？」

「ああ……」

五兵衛は、その暗く重い息子の慟哭《どうこく》に、そう返す以外にできなかった。

しばしの間、釜《かま》の中で湯が沸き始める音と、パチパチと薪が燃え盛る音だけが続く。

そして、少しだけ落ち着いたらしい一太郎が声を上げた。

「父さん、おら考えたんだが……」

「何だ？」

「おらが自分で、ちゃんと人の声を聞いてくれる〝神様〟を作れば良いんじゃないかと……苦しんでいる人々の声を聞き漏らさないように耳は大きく、見逃さないように眼も大きく、その声が遠くへ届くように、口も大きく……」

「は？　お前、何を言って……」

揺らめく炎を見つめていた五兵衛は視線をあげた。すると、揺蕩《たゆた》う煙の向こう側で息子が酷く晴れやかな笑みを浮かべていた。

これがすべての発端となった。

◇◇◇

そこは楢《なら》の木立の合間にできた狭い土地だった。

枯れた蔦《つた》と苔《こけ》に侵食された小さなお堂が建っている。広さは八畳ぐらいはありそうだった。

木造で茅葺《かやぶ》き屋根だった。周囲の廻《まわ》り縁はところどころ床板が抜け落ちており、壁板の合間にも隙間が多い。入り口は板戸で閉ざされていたが鍵《かぎ》などはなさそうだった。

「先生、これが……」

「間違いない。この中に〝神様〟がいる」

「なるほど……それじゃあ、行きます」

特に九尾が異を唱えなかったので、そのまま成瀬は入り口まで続く短い階段を慎重に踏みしめて戸板に手を掛けて開けた。すると、中から流れ出した強烈な黴《かび》の臭いが鼻腔《びこう》の奥に突き刺さった。

薄暗かったので、マウンテンパーカーのポケットからペンライトを取り出してつける。そこで成瀬はその異様な光景に思わず言葉を詰まらせた。

まず真っ先に目に入ったのは正面奥にある毒々しい色合いの山だった。成瀬の腰丈まである。

それは着物の切れ端や排水溝の蓋《ふた》にへばりついたようになった髪の毛の束などが積み重なったものだった。その中に腕時計やネックレス、ピアスなどの装飾品類が交ざりあっている。

そして、両脇の壁、天井にいたるまで、無数の写真が釘《くぎ》や画鋲《がびょう》などで止められていた。剝《は》がれ落ちたものなのか、床にも無数の写真が散らばっている。

それらはすべて、怨《うら》みを抱いてこのお堂にやってきた者たちが持ち込んだ物であった。これほどの人が誰かの死を願い、ここへ訪れた事が恐ろしく、成瀬は背筋を震わせた。

そして、それに気がつく。

正面の壁に五寸釘で胸元を貫かれ磔《はりつけ》になった、色褪《いろあ》せたピンク色のポペットに……。

駒場勝が弓澤千種から盗んだポペットであった。

成瀬はお堂の中へと足を踏み入れて、そのポペットの正面に立つ。

駒場はこのお堂の力で弓澤千種を呪おうとしたのだ。わざわざ、こんな場所までやって来るぐらいだから、このお堂の呪いの力を確信していた事になる。その根拠となったのは、言うまでもない。恐らく彼の父親が母親に殺された一件だろう。

郡司の言う通り、このお堂には何の力もなかったのかもしれない。それは何かの偶然だったのかもしれない。

いずれにせよ、駒場はお堂には本当に人を呪う力があると信じてしまった。彼は弓澤千種を呪うために彼女のポペットを捧げ、そのポペットを参考にして、何者かがあの黒いポペットを彼に作らせた。

「成瀬くん」

背後で九尾の声がした。振り向くと彼女はごみの山を指差しながら言った。

「その中から見ている」

それが誰かは聞くまでもないだろう。

成瀬はごみの山に向き直ると、それを両手で突き崩す。

よりいっそう強烈な黴の臭いが湧き起こり、中からバスケットボールぐらいの大きさはありそうな木造の球体が顔を覗《のぞ》かせる。

それは、粗い作りで、かろうじて人の顔であるかのように見えた。

顔の横幅と同じぐらいの耳と、口角の上がった大きな口が球面に彫り込まれていた。

そして、その柳葉のような両眼を見たとたん、はっとして成瀬は九尾の方を見た。彼女も神妙な表情でゆっくりと頷《うなず》く。

「あの防犯カメラの……」

ブロックノイズの中にあった眼だ。

「九尾先生……それじゃあ……」

「ええ。これが〝神様〟よ。最初は名もなき誰かが彫った民間仏だったけど、長い年月を経て魂が宿ってしまった。そして、更に時を経て、超弩級《ちょうどきゅう》の呪物《じゅぶつ》へと成長していった……」

民間仏とは仏師が彫ったものではなく、普通の大工などの一般人が彫った神仏の像を指す。その造形は通常のものより素朴で異様な形をしたものが多い。

「成瀬くん、どいて」

「はい」

成瀬は九尾と位置を入れ替わる。

すると彼女は床に膝《ひざ》を突いて、一心不乱にごみの山を崩し〝神様〟を掘り起こす。やがて、その全貌《ぜんぼう》が明らかにされた。

胴体は直径が二十センチ程度の円筒で、袖《そで》や帯を表す溝が彫ってあるだけだった。不恰好《ぶかっこう》な大きな小芥子《こけし》。

その姿は、成瀬には、あまりにも歪《いびつ》に思えた。

九尾は膝を突いたまま〝神様〟の額に手を当てる。そのましっかりと目を瞑《つぶ》った。

どれぐらい、そうしていただろうか。

九尾がゆっくりと目を開くと立ち上がる。そして〝神様〟を見下ろしながら言う。

「ずっと、辛《つら》かったんだね」

「どういう事です？」

と、成瀬が聞くと、九尾はそのまま答える。

「……この〝神様〟は名もなき炭焼きの男が、理不尽な苦しみにあった多くの人々の救いになるようにと創造したものだった。やがて、人々の身勝手な噂から、憎い人を呪い殺してくれる〝神様〟とされるようになった。ここに運ばれてきた多くの人々の怨みの念が〝神様〟に力を与えた。でも、この〝神様〟は人を呪い殺す方法なんて解らなかった」

「その方法をもたらしたのが、駒場勝だったたんですね？」

成瀬の言葉に九尾は頷いた。

「この〝神様〟は創造主の願い通り、多くの人々を救済したかっただけ」

そう言って、九尾は再び〝神様〟に語り掛ける。

「でもね。そのあなたの優しさは、とても残酷なの」

それから九尾はしばらく〝神様〟と静かに向き合う。

時おり「うん、そうだね」などと相づちを打ち小さく頷いたり、首を横に振ったりしていた。

そうするうちに木々のざわめきがお堂の周りを取り囲み始めて、空気がぴんと張り詰める。

成瀬は周囲の気配に気を配り、何が起こっても構わないように身構えた。

木々の枝が軋《きし》る音……葉が揺れる音……それはまるで、ここを訪れた大勢の人々の怨《えん》嗟《さ》の呟《つぶや》きのようだった。

やがて、そのざわめきが、ぴたりと止《や》んだ。

九尾が右手で〝神様〟の左右の眼を順番に撫《な》でる。

すると、成瀬には、お堂の中に張り詰めていた決定的な何かが消えてなくなったように感じられた。

6、エピローグ

数日後の昼過ぎだった。

病床の夏目を見舞いに九尾天全と成瀬義人がやってきた。

「……思ったより、元気そうじゃん」

九尾がベッド脇のパイプ椅子に腰を下ろす。

この日の彼女は五分袖でパフスリーブの白いブラウスと、黒いワイドパンツという服装だった。ダークブロンドの髪は、桜をあしらった和柄のバレッタでハーフアップにされていた。

その隣の成瀬はいつも通り、ダークネイビーのスーツをまとい、ボルドーのネクタイを首からぶら下げている。

そんな二人をベッドに寝たまま見上げて、夏目は自嘲《じちよう》気味に微笑む。

「まったく、今回は散々だったわー」

駒場と夏目が新垣に刺された一件は、『会社員とセキュリティコンサルタントが職業不定の男に路上で刺された通り魔事件』として、各種メディアで報道されていた。

「セキュリティコンサルタントが自身のセキュリティを怠っていたのでは、商売になりませんね」

と、成瀬が冗談めかした調子で肩を竦《すく》める。夏目は珍しい後輩のジョークに「はっ」と鼻を鳴らして笑った。

「まあ、何にせよ、夏目先輩の怪我が大した事なくてよかったです。だから、とっとと、復帰してください。うちは人員が少ないんですから」

「もう少しだけ、先輩をゆっくり休ませておこうっていう気遣いはないのかね？」

「逆に甲斐甲斐《かいがい》しく先輩の穴埋めをしている後輩を気遣う心はないんですか？」

「お前も言うねえ」

夏目は吹き出してまた笑った。そして、真っ白い天井に視線を移しつつ、今回の顚末《てんまつ》について質問する。

「……で、けっきょく〝神様〟はどうなったの？」

「〝神様〟は眠りに就いたわ。もう、何の知識もない人が例の黒いポペットでの呪殺を行う事はできなくなった」

眠りに就いたといっても、大災害の原因になりかねない最高クラスの〝特定危険呪物〟をそのままにしておく事はできない。祓《はら》うにも、これほどの力を持った呪物となると、一筋縄にはいかない。

そこで〝神様〟は、その日のうちに成瀬たちによって、お堂より都内某所に所在する専用の保管庫に運ばれる事となった。

「今は素直におねんね中か」

と、夏目が言うと、九尾は憐憫《れんびん》に満ちた表情で断言する。

「まあ、そのまま封印しないでおいても目覚める事はないと思うわ」

九尾によれば、人を救う事が存在理由だった〝神様〟は自らの無力さに打ちひしがれていたのだという。

その大きな耳は苦しむ人の声を聞き逃す事なく、その大きな瞳《ひとみ》は苦しむ人の姿を見逃す事なく、大きな口で弱音を吐く事も許されず、お堂を訪れる人々の黒い憎しみを受け止め続けて、願いを叶《かな》え続けなくてはならない。

それは、夏目には想像もできないほどの地獄だった。

「……もしかしたら、弄《もてあそ》ばれていたのは人間ではなく、〝神様〟の方なのかもしれないな」

「ええ。そうかもしれませんね」

と、成瀬が同意したところで、九尾は明るい声音で提案した。

「……まあ、ともかく、夏目くんが退院したら、鈴木さんのところで快気祝いね！　盛大にお祝いしなきゃ」

「先生は、お酒を呑《の》む口実が欲しいだけじゃないですか……」

と、成瀬が突っ込むと、九尾は即座に否定する。

「わたしは口実なんかなくてもお酒を呑んでいるわ」

「自慢げに言わないでください、そんな事……」

その二人のやり取りを見ながら、夏目は呆《あき》れ顔で笑った。そして、特に考えもせずに言葉を発する。

「まあ、何にせよ、そんときは九尾ちゃんの介護、また成瀬に頼むわ」

次の瞬間だった。成瀬が何かに驚いた様子で真顔になる。そんな彼に向かって、九尾は満足げな笑みを浮かべながら右手の親指を立てた。

それを見た成瀬が突如として不機嫌な顔になって、そっぽを向いた。

本書は書き下ろしです。

この作品はフィクションです。実在の人物、団体等とは一切関係ありません。

その呪物《じゆぶつ》、取扱《とりあつかい》注意《ちゆうい》につき

歪《いびつ》な神様《かみさま》

谷尾《たにお》 銀《ぎん》

令和7年 4月25日 初版発行

発行者●山下直久

発行●株式会社KADOKAWA
〒102-8177 東京都千代田区富士見2-13-3
電話 0570-002-301(ナビダイヤル)

角川文庫 24623

印刷所●株式会社暁印刷
製本所●本間製本株式会社

表紙画●和田三造

●お問い合わせ
https://www.kadokawa.co.jp/（「お問い合わせ」へお進みください）
※内容によっては、お答えできない場合があります。
※サポートは日本国内のみとさせていただきます。
※Japanese text only

ISBN 978-4-04-116099-2 C0193

◇◇◇

角川文庫発刊に際して

角川源義

第二次世界大戦の敗北は、軍事力の敗北であった以上に、私たちの若い文化力の敗退であった。私たちの文化が戦争に対して如何に無力であり、単なるあだ花に過ぎなかったかを、私たちは身を以て体験し痛感した。西洋近代文化の摂取にとって、明治以後八十年の歳月は決して短かすぎたとは言えない。にもかかわらず、近代文化の伝統を確立し、自由な批判と柔軟な良識に富む文化層として自らを形成することに私たちは失敗して来た。そしてこれは、各層への文化の普及滲透を任務とする出版人の責任でもあった。

一九四五年以来、私たちは再び振出しに戻り、第一歩から踏み出すことを余儀なくされた。これは大きな不幸ではあるが、反面、これまでの混沌・未熟・歪曲の中にあった我が国の文化に秩序と確たる基礎を齎らすためには絶好の機会でもある。角川書店は、このような祖国の文化的危機にあたり、微力をも顧みず再建の礎石たるべき抱負と決意とをもって出発したが、ここに創立以来の念願を果すべく角川文庫を発刊する。これまで刊行されたあらゆる全集叢書文庫類の長所と短所とを検討し、古今東西の不朽の典籍を、良心的編集のもとに、廉価に、そして書架にふさわしい美本として、多くのひとびとに提供しようとする。しかし私たちは徒らに百科全書的な知識のジレッタントを作ることを目的とせず、あくまで祖国の文化に秩序と再建への道を示し、この文庫を角川書店の栄ある事業として、今後永久に継続発展せしめ、学芸と教養との殿堂として大成せんことを期したい。多くの読書子の愛情ある忠言と支持とによって、この希望と抱負とを完遂せしめられんことを願う。

一九四九年五月三日